棄婦當嫁

上

文創風
114

魚音繞樑 著

目錄

自序

二〇一二年，在一個月黑風高的夜晚，我看了一本書，名字叫《香乘》，自此，我沈迷在古代的香料世界裡無法自拔。那一段時間，我瘋狂地尋找了許多與中國古代香文化相關的書籍，細細學習。用書來鄙視自己一如既往的淺薄時，腦子裡突然掠過一個一身紅衣的女子，舉著火把站在香料鋪前，眼裡盡是火把都蓋不過去的怒火。

當時腦子裡有個隱隱約約的構想，到了夜裡更是輾轉反側，腦子裡反反覆覆都是一句話：「草木有情知春秋，十里香風思良儔，茶點雖美人離去，不教真情付東流。」夢裡又看到那個紅衣的女主角，臉上是絕望和憤怒，可到底，她是倔強的，不屈的，讓我不由得去想，她到底發生了怎樣的故事？她又是個怎樣的一個傳奇女子？

故事來得這樣突如其然，每個人物又鮮活地存在我的腦海裡，他們就像生活在一個我無法到達的世界裡，每個人都這樣真實。

所有的故事，呼之欲出。

隔日醒來，我決定將這個故事傾注於筆尖。

於是，《棄婦當嫁》就此誕生。

作為一個寫文比較隨心所欲的大綱無能人士，在寫這本書時，我確實遇到了許多困難。

一來，因為涉及許多古代香料的知識，每每才開始提筆，就要翻閱許多資料；二來，這是我初次涉足古言題材，在把握人物及劇情進展時，也倍感吃力。

有好幾回我都差點堅持不下去，好在有可愛的讀者一直支持著我，即使是簡單的「加油」二字，也讓我一次又一次感受到分享故事的快樂。藉此機會，感謝一直不離不棄的讀者們，深深鞠躬。

此次《棄婦當嫁》的出版稿與網路版相比，修改了一些Bug，調整了一些劇情，最重要的是，增加了許多男女主角之間的甜蜜互動，讓感情線更加平滑，故事的可讀性和戲劇性也更強。

在網路版裡，許多讀者對男配角的死覺得遺憾，而出版稿裡我給了他一個更加完美的結局，對幾個男配角的去向問題也交代得更加明朗，還額外增加了熱騰騰、火辣辣，絕對新鮮可口的獨家番外，保證讓讀者們大呼過癮！

在接到此書出版的消息時，我正好得知自己的生命中又多了一位親人。謹以此書，送給我肚子裡今日剛滿三個月的小魚，希望他／她健健康康，茁壯成長。也祝天下的媽媽，一生平安喜樂。

魚音繞樑

二〇一三年七月九日

楔子

建元十年，八月初五。大齊國京師益州。

沈君柯在一片觥籌交錯中有些恍神。正欲休息，便見貼身的小廝沂源慌慌張張地跑進來，身邊跟著個滿面驚恐的老太太。

他皺眉正想斥責沂源不穩重，卻猛然想起，這老太太便是那年與宋景秋一同入府的李嫂。

他的心突然一沈，便聽到李嫂苦著臉喊道：「姑爺，小姐她……」

一騎白馬，沈君柯策馬狂奔。疾速之下，風颳在臉上，一絲絲的刺痛，他卻渾然未覺。

他趕到時，「十里香風」已然火光四起，映紅半邊天空。

大門敞開，四處都是濕的，充斥著極濃重的酒味和煤油味。地上零落著一張大紅燙金的「東主有囍」，那雙喜，生生被燒掉了半截。

紅衣素面的宋景秋舉著火把，火光照耀下，她的臉有些不真實的紅亮。嘴邊掛著淺淺的笑，似是極其隨意地點起一簇簇的火。火星過處，竄起高高的火焰。

宋景秋竟是存了必死之心，將自己困在火場中。

火光下已然有人在救火，沈君柯跳下馬便要往裡衝，卻被沂源一把抱住。「少爺，您不能進去，今日風大，這火勢已起，只怕一時是撲不滅，您若進去，必定……必……」

「讓開！」沈君柯眸色一沈，手一甩，沂源受力不住，往後退了一步，依舊拚死抱住沈君柯。

也就是瞬間的事情，屋頂上突然掉下一段橫樑，若是沈君柯方才衝進去，必定被砸傷。

宋景秋似是有所感應一般，抬起頭來看著沈君柯。他俊朗的臉上濃眉深鎖，身上依然是那身大紅喜袍，襯著火光越發耀眼。

火光外，她一抬眼，便看到一張皺紋滿面的臉，李嫂癱坐在地上哭喊著：「小姐，算了，您同我回去吧。沈家這幫忘恩負義的雖是該死，可如今他們有權有勢，我們如何鬥得過？老天爺若是長眼，他們必定不得好報，您又何苦賠上自己的一條命？若是您真去了，老奴如何面對死去的將軍？」

小姐？她低啞輕笑，那聲音似是拉不動的石磨，粗糙得讓人驚懼。

這世間，唯有李嫂始終叫她小姐，也只有李嫂，依然記得，她曾經是撫遠將軍家的小姐。

倘若父親還在世，她何至於淪為棄婦？

十年過去了，沈家的人在稱頌聲中挺直了腰板，人人都道定國公沈研仁厚，不忘舊友。舊友因戰滅門，他領了遺孤回來親自教養。

可誰記得，十年前正是她父親撫遠將軍宋良在抗敵時為救沈研而亡，才成就了今日的定國公？那時，沈研不過是她父親帳下的前鋒。

人人都讚定國公仁厚，她七歲入定國公府，便知道寄人籬下的苦處。事事小心謹慎，做小伏低，及至十二歲嫁與沈君柯，她更是盡心侍奉公婆，操持家業。

儘管她嫁時，沈君柯正在軍中，可是她依然等著。五年，她整整等了五年。

她不求什麼，只求有夫君疼惜，平穩度日，將來兒孫滿堂。

從她嫁與沈君柯那日起，她便能想像到她的日子，一夢到白頭。

可如今竟橫生了枝節，小小的願望變得這般奢侈。

那個口口聲聲要對她好一輩子的夫君，轉瞬間便休妻再娶。

那些窩囊活著的日子，換不來一點點憐憫和同情。

拿到那封休書時，她哭著鬧著，甚至跪在她所謂的婆婆面前三天三夜，卻絲毫沒有作用。

就連這夫君，都只是冷冷地看著。

怒目看向沈君柯，她這一刻只想問，她究竟犯了什麼錯？

「宋氏，妳待如何？」她似乎聽到沈君柯隔著大火對著她冷冷地問。縱然到了此刻，他的言語裡依舊只有憤怒，毫無半絲情意。

「我待如何？」宋景秋癡癡地笑了。「沈君柯，自小我們便一塊兒長大，我一直視你如兄長。你待我一向親厚，我也感激你。我十二歲時，是你求著婆婆要娶我為妻，你在外征戰，我仍是嫁給你，你書信與我，說不替我父報仇誓不還。如今你回來了，卻休妻再娶。你告訴我，你待如何？」

「宋氏……」耳邊是沈君柯拔高了的嗓音，火灼得她疼，她終是拿出那封休書，當著沈君柯的面一點點燃盡。

那休書上「此後各自婚嫁，永無爭執」幾個字如針扎在她眼中。

各自婚嫁？他輕易地做到了，她呢？

無依無靠，如今又被人逐出了門，這天地間，哪裡還有她容身之處！

這便是她自小一同長大的沈郎啊……她揚起嘲諷的笑，任憑火舌灼燒著手指，及至休書化為灰燼。

「十里香風？」宋景秋看著那金字招牌落在地上，朝天大笑。

「草木有情知春秋，十里香風思良儔，茶點雖美人離去，不教真情付東流。」

她細細地唸著。「不教真情付東流？沈郎，你沈家，如何配得上『十里香風』這四個字？」

誰都知道定國公府風光，聖寵不斷，可定國公府每日開銷無節制，內裡早就空虛。她接掌之後，盡心經營家業，方才挽回頹勢。

而這「十里香風」，便是定國公府最大的收入來源。她入府多久，就在香料行待了多久。及至後來，她幾乎全心投入在這鋪子裡，如今看著這「十里香風」，成了最大的諷刺。

她的婆婆為了盡快休了她，竟連她手頭的那串鑰匙都忘記收回。或許並非忘記收回？堂堂的定國公夫人，怕是看透了她膽小怕事的懦弱個性。

日子太久了啊，十年，她竟忘記了她的父親是個多麼驕傲的人，她是父親的女兒，本該一身驕傲。

「若知有今日，我情願從未嫁與你。」

香料行裡的香料燃燒之後，散發出濃烈的香味，這一會兒混著火焰的濃煙，像是宋景秋的催命符。一陣火襲來，她終是喘不過氣。

這一把火，燒出了她的怨氣。這無情無義的地方，留戀還有何用？

她宋景秋，終是在死前快意恩仇了一把。

要死，便讓這「十里香風」同她陪葬。

「景秋！」死之前，她聽到一個撕心裂肺的聲音，一個青衣的身影閃身進了火場，她閉眼前，看清那人在火光之下的臉。

「沈君山……」

沒想到送她最後一程的，竟是他。

據《大齊雜記》記載，建元十年八月初五，京師益州發生了兩件大事。

一是，定國公府的那場婚禮，盛況空前，多年後依然為人稱道。

二是，安平街上的「十里香風」不慎走水，那場大火燒了整夜，香料行的香料燒了大半，其中不乏珍稀香料，安平街上香味半月不曾散去。

誰都沒有注意到，在這場大火中，還有個香消玉殞的宋景秋。

她恰如人間的一粒塵埃，未曾掀起半絲波瀾。

建元十年八月初八，大齊國南部，建州。

好吵。胸口好悶。

「阿九、阿九……」她不熟悉的聲音，一聲聲在她耳邊響著，越發吵得她頭疼欲裂。

「娘，您別哭。我找了大夫來。」很和悅的男聲，可她不認識。她皺眉，想要避開這些紛亂的聲音。

「娘，妹妹動了，她還活著，她還活著呀！」

不知道是誰，拿著針扎她，她的意識漸漸清晰，腦子中一道亮光閃過，原本不屬於她的記憶瞬間湧入她的腦中，她一下睜開眼。

她皺了一下眉，難以置信地看著自己的胳膊、腿，茫然地掃視這間家徒四壁的屋子，最後停留在那個看起來像是四十多歲的老婦人身上。

腦子裡的記憶清楚地告訴她，這個婦人不過三十出頭。

自懂事起便再沒喊過的一個稱呼，從嘴裡呼之欲出。「娘？」

一旁站著的青澀少年，欣喜地望著她，她愣愣地叫了一句：「哥哥？」

「娘、哥哥……」她再次咀嚼著這兩個詞，似是怕驚擾了這美夢，只能小聲確認。

眼前的婦人擁她入懷時，她終究泣不成聲。

老天畢竟待她不薄，給了她重來一次的機會。

這一世，她叫蘇白芷，她擁有上一世未曾享受過的親情。

她有了全新的人生，一切都還來得及。

她宋景秋，要替這個無辜死去的蘇白芷，踏踏實實地活出一個人樣！

第一章

「阿九，妳可是身上哪裡不舒服？要不我再去喊大夫來瞧瞧？」少年站在宋景秋面前，一臉擔憂地看著她。

「哥哥，我沒事兒，許是乏了，歇一會兒就好。」宋景秋淺淺地笑了笑。重生到建州蘇家已經好幾天，她好不容易才漸漸熟悉這個稱呼。

在最初的幾日，許是剛剛重生，她身子虛得很，總是在半夢半醒的狀態。也或許是重生這個事實過於驚悚，她偽裝著迷糊，將腦子裡所有混沌的記憶理清。

如今她人在有「香城」之稱的大齊國南方小城——建州，名喚蘇白芷，小名阿九，家中有母親和一個哥哥，父親在她年幼時便去世了。

她在定國公府時便聽聞建州四大望族之一的蘇家，如今觀文殿學士蘇清和便是建州蘇家人，族中子弟更是遍布大齊各地，不論經商或從政，都有一定的成就。

而唯一不同的便是蘇白芷一家。

在所有以經商或者從政為最佳選擇的蘇家子弟中，蘇白芷的父親蘇清遠卻毅然選擇了習醫。

多年來，蘇清遠仁心仁術，頗得當地民眾敬仰，蘇白芷的外祖父便是在一干才俊中挑中了老實忠厚的蘇清遠，後生得一子一女，日子雖清貧，卻是難得的和樂。

誰知天有不測風雲，蘇清遠在一次上山採藥途中不慎跌落山崖，剩下孤兒寡母。

姚氏出嫁前本就是大門不出二門不邁的小姐，可憐母親死得早，父親續弦，等到後母生了弟弟，她越發沒了地位，時常被欺負。嫁給蘇清遠後，她難得過了幾年安生日子，蘇清遠憐惜她，族裡的冷嘲熱諷，有蘇清遠在前頭擋著。

如今蘇清遠一走，她反倒亂了手腳。

這些年，多少人勸她改嫁，她硬是挺了過來。才不過七年，她一個韶華少女竟也熬出了鬢邊華髮。

靠著姚氏做些輕鬆的活計和族長接濟，他們一家人總算活了過來。可饒是如此，孤兒寡母的，受的氣哪裡能少？

看著眼前清瘦的少年偶爾抿著唇時，有著同他年齡不符的倔強，她不由得嘆了口氣。她的便宜哥哥，如今不過十六歲，在名門望族之中只怕受的冷落白眼並不少。偏偏又是知事的年紀，許是什麼事兒都藏在了心裡，所以眉間總似藏著心事。

「哥哥今日不去學堂嗎？」在她的記憶中，他早就應該入了族塾。

蘇家的族塾原本只收本族的宗室子弟，因著前些年塾裡來了位極有名望的先生，建州城裡有些頭面的人家便託著各種關係想進蘇家的族塾。這些年，族塾的名額反倒緊俏了些。

蘇白芷隱約記得，為了能讓蘇明燁進入族塾，姚氏還求了族長許久。

「我同先生告了假，今日不去了。」蘇明燁聽她提起學堂，眼神一閃，似是有話要說，卻終是嘆了口氣。

宋景秋出生時，母親難產，她打小便沒娘，一路都是由李嫂護著，如今多了姚氏這個溫柔的娘。她睡著時，總有一雙溫暖的手握著她，那手掌的粗糙莫名地讓她安心。

「娘呢？」蘇白芷又問。

「娘去領這個月的月錢……」蘇明燁低聲回道。

蘇白芷這才想起，姚氏只怕又到族長那兒碰釘子去了。

原本蘇清遠除了從醫之外，在族裡也有產業，雖是間小小的香料鋪，可蘇清遠盡心經營，每月收入也不少。

蘇清遠死後，族長將這香料鋪交與二房的蘇清松管理。

姚氏本想著自己不懂香料，交與他人打理，每月領分紅也不錯。可鋪子到了人家手裡，她去要錢時，便要看蘇清松的臉色，高興了便爽快地給；不高興了，只當沒看到姚氏這個人。姚氏素來軟弱，幾次碰了釘子之後，苦著臉便回來了。

這次蘇白芷大病一場，請大夫花去不少銀子，只怕姚氏也是走投無路，才會去求族長主持公道。

這可憐的一家人喲！蘇白芷嘆了口氣。

蘇明燁躊躇了片刻，見蘇白芷精神好了許多，方才安下心，轉身想到窗前看書，不知怎麼地，又撓了撓頭，給蘇白芷倒了杯水，遞到跟前。

「妹妹，萬事且放寬心，娘親和哥哥都在。」

他沒頭沒腦地說這一句話，讓蘇白芷丈二和尚摸不著頭腦，蘇明燁幾次欲言又止，眼神閃爍，她原就覺得奇怪，接過水時便多看了他幾眼，這一眼，看到了蘇明燁手腕上的一片青腫。

許是蘇家著實太窮，蘇明燁又正在長個子，這衣服縫縫補補，依然嫌小，他一伸手是真真實實的「捉襟見肘」。

她一把抓住蘇明燁的手，蘇明燁痛得齜牙，卻仍然固執地抽回手，將袖子抖落遮住傷，裝作若無其事地說：「妹妹一日未曾進食喝水，我去給妳弄點吃的。」

他轉身出了門，卻聽到蘇白芷低聲地叫住他。「哥哥，我沒事，你別擔心。」

自她醒來，蘇明燁同姚氏幾次三番和她說話時欲言又止，卻沒人提及她這場莫名其妙的大病。

她在記憶中搜尋了許久才明白怎麼回事。

竟是去學堂給蘇明燁送飯的路上被地痞調戲了兩句，回來時便鬱鬱寡歡。

年輕姑娘視名節比天還高，這事兒要傳了出去，名節必定受損。加之父親早亡，她的性子比起旁人更加軟弱敏感，整日便恍恍惚惚，更加不敢出門。

初五那天，宋景秋在火場喪生，而真正的蘇白芷卻投了水。也許正是那個時候，她的魂魄便穿到了蘇白芷身上。

蘇明燁身上的傷，怕是知道了她落水的來龍去脈，氣憤難平的當下尋那痞子講理，被人打的。

雖是秀才遇到兵，明知鬥不過，卻也為妹妹爭了這口氣。哥哥護妹的心，也著實讓人感動。

她的心頭一軟，莫名溫暖。宋景秋在這人間無親無故，她曾經以為真心待她好的，最後也背叛了她。

如今這一家子雖貧窮至極，可難得的是一家人互相扶持。

蘇白芷留給她的記憶裡，全是哥哥對她的好、母親對她的疼愛，就算是那只存在記憶裡的父親，也是打小把她捧在手心視如珍寶，這是宋景秋從未體驗的。

比起在定國公府錦衣華服卻寄人籬下的日子，她卻更加感恩於現在。

李嫂說的對，人在做天在看，她且等幾年，看定國公府那幫無情無義、狼心狗肺的東西究竟能笑到哪天。

幾日在床上養著，她躺得骨頭都直了，偏生哥哥和母親看得緊，不讓她下床走動。如今正好監護不在，她前腳剛落地，便覺一陣暈眩。

寒門清苦，蘇白芷的身體並不好，甚至有些虛弱，如今大病一場，內裡掏了個空。她勉強扶著桌沿暗自苦笑，若是要好好地再活一場，最該先做的便是養好這具軀殼，否則她日子還沒開始過，許就要收拾包袱去見孟婆。

她推開門，正好姚氏從外面回來，臉上愁雲未散，蹙著眉，見她起身，又連忙讓她坐下。

蘇明燁做了碗麵條端到蘇白芷跟前，見姚氏臉色不豫，放下碗便使了眼色想同姚氏出去說，卻被蘇白芷按了下來。「娘，是不是二伯父又給您臉色看了？」

姚氏嘆了口氣，依是回答：「妳身子剛好，莫要想太多，凡事有娘。」

「若不是阿九不慎落水，害家裡白白花費了這麼多銀錢，又何必煩勞娘去看二伯父的臉色？娘若有苦便同阿九說，即使阿九不能為娘排憂，也不至於讓娘鬱結在心。」蘇白芷輕輕握著姚氏的手。

「妹妹此番落水，倒像是換了個人似的，懂事許多。」蘇明燁對姚氏笑道：「莫不是水龍王讓咱家阿九開了竅？」

「水龍王嫌阿九愚笨，不要阿九來著，讓阿九好生鬱悶。」蘇白芷反唇笑道，二人合著逗姚氏一樂。

姚氏一手握著女兒，一手牽過兒子，不免欣慰。「為娘總覺得對不起你們，沒能讓你們過上好日子，跟著娘吃了許多苦。好在上天有眼，讓我們平平安安地過來了。」

「娘哪裡的話？」蘇明燁搖頭道。「若不是有娘在，我同妹妹早就流落街頭了。如今妹妹也大了，這家中的事兒她總要懂得一、二，娘親便告訴妹妹吧。」

姚氏點點頭，這才將前因後果都說與蘇白芷聽。

原來蘇白芷落水昏迷不醒這幾日，姚氏請遍建州所有的大夫，前前後後花了不少銀子，金錢實在周轉不開，便同蘇清松要那拖欠了幾個月的分紅。

誰知道蘇清松不但沒有為難姚氏，還大方地借給姚氏一筆醫藥費。姚氏本以為蘇清松是看在自家姪女病重的分上，畢竟血濃於水，才救人於難，誰知道今日卻被蘇清松叫去族裡，商討要事。

「您說二伯父要買下我們的鋪子？」蘇白芷皺著眉問。

好一個血濃於水的二伯父，良心都被狗叼走了。欺負這一門孤兒寡母，竟是要趁火打劫，以低於市價許多的價格盤下他們的鋪子。

「是，妳二伯父說那鋪子如今都是他在經營，若是每月給我們分紅實在麻煩，不如一次給我們一大筆錢，省得日後一次次結算。」姚氏低聲答道。

好一個如意算盤。蘇白芷心裡罵道。那蘇清松給的價格著實誘人，若是按照現在每月的分紅，他給的價格確實能抵上二、三十年。可天知道，他們家的那個香料鋪子雖小，卻是在建州最繁華的路段，每日人來人往，商客如織。

有人的地方便有商機，有鋪子便有流水的利，總比一筆不動的銀錢要好。若是能好好經營那個鋪子，所賺的錢豈止那麼點兒？

蘇清松這是明著欺負他們一門不懂經商嗎？

「娘，萬萬不能答應呀。」蘇白芷險些將心裡的想法說出，這才突然想起，蘇白芷本是什麼都不懂的姑娘，硬生生將話題轉了。「那鋪子是爹的心血，若是賣了，如何能對得起爹爹？」

「娘也知道。可妳二伯父說，若是不賣鋪子，便要我們將欠他的錢還上，如今我們哪裡有錢能還啊……」姚氏蹙著眉，似是怨恨自己著了蘇清松的道兒。

都說人心險惡，誰能想到最險惡的竟是身邊的血親。

「他這是明擺著要害我們。」蘇明燁憤然。「就不能找族長說說理嗎？族裡這麼多人，我就不信沒有一個人站出來替咱們說話的。」

「族長去了京師參加你白禾姊姊的婚禮去了，至今未回來。我們現在也只能盼著族長早日回來，這幾日，娘親儘量將欠你二伯父的錢湊齊……」

「白禾？蘇白禾？」姚氏的話音未落，突然聽到蘇白芷尖銳的聲音，姚氏望過去，蘇白芷的眼裡突然滿是怒火，爾後漸漸涼薄，及至沒有情感。

那一瞬間，姚氏心頭一凜，幾乎要不認得自己的女兒。尤其是蘇白芷最後的那一聲嘆息裡，滿是無奈和淒涼，哪裡是一個小姑娘能有的複雜情緒。

等她回過神時，蘇白芷又恢復成原本的模樣，低聲說道：「娘，族長什麼時候回來？」

「兩個月後吧。學士大人同定國公府聯姻，於我們蘇家來說是天大的喜事。初五那天妳落了水，我們都忙著照顧妳，今兒個我去了族裡，妳二伯母說了我才知道，婚禮當天出了些差錯。妳白禾姊姊一向心氣兒高，凡事都求個順當，這會兒只怕心裡還不舒服呢。」

蘇白芷默不作聲地低著頭，神思不知道又飄到哪裡去了。倒是蘇明燁先開口：「怎麼了？」

「從京裡傳來的消息，說是定國公名下的香料行在婚禮當晚走了水，定國公的大公子放下家中的新娘子沒管，跑去救火，直到下半夜才回新房。還聽說，二公子沈君山救火的時候受了傷，也不知道為了救誰，差點把自己的命搭進去了。」

姚氏細細說著：「剛成婚便遇到這樣的事兒，哪個新娘子心裡都得添堵。回門的時候不知道又出了什麼岔子，你白禾姊姊來了脾氣，索性同大公子鬧起來。」

「才成婚便鬧起來？」蘇明燁皺眉。這個堂姊他是見過的，與他同歲，不過大上他幾個月罷了，卻一向眼高於頂，傲得不成樣子。

當日聽說她要嫁入定國公府，他就想著這堂姊夫若是個不服軟的人，兩人間必定要鬧起來。只是他沒想到會這樣快。

「是呀，原本族長參加完婚禮就要回來的，這一鬧，也就耽擱下來了。正好族裡在京師有產業，族長索性在那兒處理好了再回來。」姚氏道。

「他們總不會趁著族長不在，明著搶咱們的鋪子。」蘇白芷皺眉，如今她什麼都還沒摸清，總不能就讓那鋪子被人搶了去。

蘇清松是個極好面子的人，如今暗地裡逼得姚氏走投無路，想讓姚氏明面上去族裡將鋪子轉賣，欺的就是姚氏的溫良。

姚氏和蘇明燁見她面有倦色，便起身讓她好好休息。

房間裡頓時空了下來，剩蘇白芷一個人，頓生無力感。

怪不得她醒來時，總覺得腦子中忘記什麼重要的事情。

蘇白禾……重生讓她遠離了京師、遠離了定國公府，可老天偏偏還是在他們之間牽了一條線，這一回，她成了沈君柯的小姨子，那個奪她夫君的人，偏偏是蘇白芷的堂姊。

命運轉了個大彎，跟她開了個莫大的玩笑。

幸而，建州遠在山南水北，她同沈君柯不輕易得見。

她如今最需要考慮的，是如何弄到錢。

七歲之前被爹爹捧在手心，後來入了定國公府，她也一直衣食無憂，如今她卻要為生計奔波。可這種感覺很好，這一次，她是徹徹底底為了自己活著。

第二天蘇白芷起了個大早，收拾妥當便想隨姚氏上城外的天音寺還願。姚氏說她這一回多虧有佛祖庇佑才撿回一條命，總要在佛前供奉一炷消災香。

她們正要出門，就看到一個著暗花細絲褶緞裙的少女攜著個丫鬟，遠遠地就同她們招手，走近了又胡亂地給姚氏施禮，叫了句「嬸娘」，轉身就湊到蘇白芷的跟前問：「九姊姊這是要上哪裡去？」

蘇白芷微微皺眉，將胳膊從她手中抽出來，又微微退了一步。

這蘇白雨是蘇清松的嫡女，一向看她不起，總是尋由頭兒找她麻煩。這會兒表現出一副親姊妹的親熱樣子，只怕是有事情要求她。

「妳九姊姊身子才好一些，嬸娘帶她去天音寺還願。」姚氏道。

「哦，前幾日是有聽爹爹說起，九姊姊如今可好些？九姊姊生病時，雨兒正好被娘約束在家學女紅，沒來得及看望妳……」蘇白雨一副遺憾的模樣，蘇白芷忍不住想翻白眼。

若是她的魂魄不穿到蘇白芷的身上，等蘇白雨來看她，那只能是弔唁了。如果她沒記錯的話，蘇白雨每日都與那些侯門千金、大家閨秀混在一起，不是比衣著便是比吃用，哪裡有時間來看望她這個將死的堂姊？

「找我有事？」蘇白芷顯然不吃這套，這態度倒是把蘇白雨嚇到了。

蘇白芷雖是她的姊姊，可吃穿用度一向都是靠著她家接濟，身分上自然低了她一等。蘇白芷平日與她說話都是細聲細氣、瑟瑟縮縮的，問一句答一句，何曾有過這樣的氣勢。

臉上的笑一僵，蘇白雨暗暗擰了手絹，賠上笑臉說道：「九姊姊給我做的烏髮香油，雨兒特別喜歡，正好張家的嫣兒姊姊來看我，她用了一些，我見她喜歡，便送了一瓶給她，我自己這兒倒沒剩下多少了。如果姊姊方便，能不能再幫我做一些？」

「唔。」怪不得空氣中一陣濃烈的頭油香。蘇白芷心裡冷笑，按照她這愛顯擺愛張揚的個性，只怕不只張家的姊姊喜歡，那四、五個千金大約都喜歡吧？

按理這烏髮香油會做的人很多，市面上也有賣，可蘇白芷做出來的香油卻格外好。蘇白雨貌美，唯一的缺點就是頭髮乾燥發黃。她偶然得了個做上等烏髮香油的秘方，蘇白雨用了，頭髮漸漸烏黑順滑。

後來每回蘇白雨用完了便來央她再做，只有那時候她才會顯得格外親熱。

小小姑娘便這樣勢利，倒是像極了她的父親。

蘇白芷能得到的唯一的好處就是，每回做多了，蘇白雨只取一部分，那些桂花油放久了也會變質，剩下的便由姚氏拿去集市上賣了貼補家用。

「妳九姊姊身體才好一些……」姚氏出言阻止，卻被蘇白芷攔住。

如今生意上門，她不想跟財神爺過不去。

「娘，都是自家姊妹。這點小忙還是要幫的。」蘇白芷嘴邊掛著淺笑，見蘇白雨似是鬆了一口氣，心裡大約猜到，蘇白雨這次估計又是答應了什麼重要的人要這桂花油。「雨妹妹，我近來研製出新的配方，可能需要的原料會多一些……」

「啊，這沒問題。」蘇白雨點了點頭，做頭油的東西不外乎一些桂花和麻油，在她看來，這些並不值幾個錢。

「最好再給我一些新鮮的花草。」蘇白芷叮囑道。

蘇白雨雖是不明白她拿這些做什麼用，依然是爽快地答應了。

建州「香城」之稱由來有二，一是天下奇香大抵出自建州，製香、品香、鬥香之氣盛行。二便是因為建州人喜好種花，從茶花到牡丹，各色花卉都有，要一些新鮮的花草對於大戶人家來說，並不是什麼難事。

到了傍晚，蘇白芷和姚氏從天音寺回來，蘇白雨的下人已經捧著一大籃子的原料等在她家門口，見她們回來，放下麻油和花草便走了。

姚氏輕嘆了口氣，蘇白芷握著她的手道：「娘。」

話沒出口，彼此卻是知道的，家境貧寒，就連蘇清松家的下人都不拿他們當一回事。

兩人並肩進了門，姚氏擔心道：「小九，還是身子好一些再做吧。」

「不打緊。」蘇白芷淨手換衣，翻了翻蘇白雨給她的原料，那用來裝頭油的瓶子都是精緻的青花白瓷瓶，光是這些白瓷瓶的價格就已經不菲。

她略微整理了下腦子裡蘇白芷關於桂花油的做法，發現她與市面上的做法唯一不同的便是桂花油的再次提純和浸漬。

一般的做法是將半開的桂花與麻油拌勻，密封於瓷罐中，隔水用大火煮，再將瓷罐置於乾燥處七天，開罐取出桂花便是桂花油。而她的做法則是在這道工序後用紗布過濾出桂花油中的桂花殘渣，再次加入桂花重複上述步驟。

這樣做出來的桂花油濃度更高，花香氣也更純。

蘇白芷嘆了口氣，這具身體原本的主人看來也挺聰明的。這桂花油提純的做法才剛剛在京師時興起來，沒想到遠離京城的建州，有個成日躲在閨房裡的姑娘卻早已經研製出來。

照著腦子裡的記憶，蘇白芷做了一大份桂花油，等回過神來時，天已經大黑了。

姚氏來喊她吃飯時，看到屋子裡還剩下一大瓶的麻油、桂花和花草，正想幫她收拾開，蘇白芷攔著她說：「娘，這些我還有用。」

不只有用，還是有大用。

她們正說著話，蘇明燁從學堂回來，走進屋子時一直低著頭，低聲叫了句「娘」便想往屋子裡躲。

蘇白芷喊了句「哥哥」，蘇明燁一抬頭，她便看到蘇明燁顴骨上明顯的傷痕，烏青青一片，十分駭人。

姚氏手一抖，驚呼出聲。「燁哥兒，你這是怎麼了？」

第二章

姚氏的手還沒摸到蘇明燁的臉上，他就已經躲開，先開了口。「回來的路上跌了一跤，沒事的。」

蘇白芷看他臉上的傷明顯是被人打的，沒想到她這個素來隱忍的哥哥近來卻頻頻與人動手，上一次是為了她，今日不知道又是為何。

她能想到這一層，姚氏自然也懂。一大一小兩個女人兩雙眼睛看著蘇明燁，他說話的聲音漸漸弱了，恰好門外有人敲門，蘇明燁扭頭便去開門。

蘇白芷隔著門便看到一個著墨色衣服的男子站在門口，嘴角掛著一絲淺笑，俊美非常，一身翩然的氣質與周圍的環境極不相襯。

微微的光線下，男子如玉的臉上透著一道柔光，讓見到他的人只覺得一道清風拂面，從心裡舒坦起來。

蘇明燁顯然沒料到此人會到他家中，先是一愣。「仲文兄？」

男子身後的小廝遞過東西，他接過，親自送到蘇明燁的手中。「明燁兄方才走得匆忙，將書落在學堂了。」

「煩勞仲文兄跑這一趟。」蘇明燁接過書，正不知說什麼好，又聽秦仲文說道：「今日多虧明燁兄仗義出手，我同我的隨從方才免去財物受損之苦。」

他的聲音不大不小正好讓兩個女人聽見，兩人又說了一會兒話，聲音落下去，從蘇白芷的角度看到蘇明燁似乎面有感激之色。

秦仲文走時給了蘇明燁一小盒上好的膏藥，姚氏在給蘇明燁上藥時看著他不時齜牙，難免有些心疼抱怨。「即使是助人也應該顧及自己的身體，萬事不能逞強。」

「娘，那是秦仲文，學堂裡學問最好的學生，先生都要誇獎他的。哦，還有韓壽，曾經來過咱們家的，您也見過，他是學堂裡學問第二好的學生。先生說，如果我能有他們一半好，那將來中個舉人還是有希望的……」

他們兩人絮絮叨叨說著話，蘇白芷卻盯著那盒藥兀自出神。

她自小嗅覺便十分靈敏，遠遠地便聞到那藥裡有淡淡的麝香味及許多名貴的中草藥，像是宮中獨門秘方的千金活血白玉膏，這等良藥一向千金難求，秦仲文卻整盒藥大方送人，也不知道是什麼來頭。

第二日，陽光甚好，蘇白芷淨了手又繼續做她的桂花油。

前朝以來，宮中及達官顯貴、富商巨賈便十分推崇用香，隨著大齊開通了同吐蕃、天竺、回鶻等地的貿易往來，民間的香料品種和數量增加，香料的用途也因此有極大的發展，各式奇異的香料在使用上更為廣泛。

可她的婆婆，定國公夫人蕭氏卻始終只愛花草類的香料，其他諸如沉香、檀香，蕭氏都覺得腥膻無比。

為了討好蕭氏，她花了不少心思在花草香的配製和使用，這桂花油便是她下了大功夫去做的，後來更是在「十里香風」中熱賣。

在定國公府的十幾年，她唯一學會的，便是這些與香有關的手藝。

沒想到最後，給予她最大的傷害的也是定國公府。

「十里香風……」

蘇白芷兀自搖了搖頭，臨了，她最不捨得的竟是她一手扶持起來的香料行。可那離她的生活似乎太遙遠，她現在的日子，是從填飽肚子開始。

傳統桂花油做法是隔水加熱的溫浸法，用的是新鮮的半開桂花，浸漬的油本身就容易腐壞，新鮮桂花中的水分更是容易讓油變質。而她所用的是乾花冷浸法，製作的全程都不沾水。

她將所有的新鮮花草洗淨攤開已經花去了不少時間，一個個盛滿花瓣的簸箕擺在院子中，把姚氏嚇了一跳。

她擦了擦手便要出門，姚氏回頭喊她。「阿九，妳上哪兒去？」

「去集市上看看。」蘇白芷回頭應了一聲，不忘叮囑姚氏。「娘，記得把桂花油的瓶子稍微晃一下，不要曬過了時辰。」

桂花油製成要十天半個月，在這其間，她總要找一些事情來做做，掙一些銀兩，若是她總跟在娘親和哥哥後頭混吃等死，她重生又有何意義？

建州城中最繁華的街道有兩條，一條在城東，都是比較大的香料行和鋪子的集合，而另外一條在城西，集散的藥材香料收購商都在這裡，百姓的日常用品，也多在這裡添購。

蘇白芷隨便逛了逛，零零散散看到幾個大娘在賣胭脂水粉，桂花油卻是賣得極少。她問了價格，大約一小瓶子也才二十文錢，那品質卻不是很好，香味不純，更像是摻了水。唯獨有個大娘賣的東西比較全，她看了一會兒卻略略有些失望，這兒使用的口脂香粉等女子常用物品大都製作粗糙，並無什麼特色。

可這粗糙的東西卻賣得不錯，攤子前有幾個姑娘駐足。

許是她多站了會兒，前前後後又多問了幾個問題，那個大娘有些不耐煩，皺著眉呵斥道：「姑娘，妳買還是不買呀？若是不買便閃開一些，別妨礙我做生意。大娘我沒時間陪妳閒嗑牙。」

她的眼神裡全是鄙視。

蘇白芷看了看身上的粗麻布衫，悻悻地放下胭脂盒，低頭說了聲對不起。正要離開，斜下裡插進一個男子，一隻手攔著她，一雙鳳眼卻看著大娘，眼底純淨如一泓清泉，並無半絲輕浮之色。

「張大娘，買賣不成仁義在，妳這麼凶巴巴的，哪個姑娘敢找妳買東西？」他調笑地說著，那張大娘卻也不惱。

「好你個韓小子，幾日不見你了，一來就敢下大娘的面子。」

「這幾日學堂裡忙得很，沒空出來。」那男子閒閒地同張大娘聊起天來，一雙手正好將蘇白芷圈在攤子前。蘇白芷避之不及，帶了薄惱道：「公子，你擋了我的路了。」

「是嗎？」男子似才發現攔住了她，抓了抓後腦勺。「好像是哦。」

蘇白芷正要走，右手腕一暖，那男子粗糙的掌心附在她的手背上，她連忙放開手，這下是真惱了。「公子請自重。」

「重？我不重啊！」男子嬉皮笑臉道，拿過剛才她拿著的胭脂盒塞到她手裡。「妳喜歡這個？我送給妳。」

「你……」蘇白芷忍不住翻了個白眼，不再搭理他，轉身就走。

她一路走，一路便覺得那男子不緊不慢地跟著她。她停，他也停；她快走幾步，他也連忙跟上。

到最後，她終於受不住，回頭問他。「你到底要幹麼？」

男子堆上笑湊到跟前。「喂，蘇家妹子，妳不記得我了啊？」

「啊？」蘇白芷上上下下打量了他兩眼，沒印象。

男子失望至極，癟了癟嘴。「好歹我曾經也救過妳一回。若不是我，李凌那痞子還不知道如何對妳……」

他這話一說，蘇白芷頓時想起來。

是了，那日痞子攔住蘇白芷調戲她，動手動腳，是有人在身後喝住他，蘇白芷那時候慌亂，恩人的臉記不住，這聲音卻耳熟得很。

只是看他這樣，真不像是正人君子，比那痞子看起來還像個登徒子，身上還有股女兒香，怕也是在脂粉堆裡爬過來的人。

宋景秋自小崇拜的，是像父親那樣頂天立地的男子。混在脂粉堆裡油頭粉面的書生，她打從心底不喜歡。

若不是看這個人臉上毫無輕浮之色，只怕她當下便拂袖而去。

「謝謝你。」蘇白芷福了福身，只當作感謝，心道這人看起來實在奇怪，早日擺脫為妙。

殊不知那人還是攔在她面前，撓了撓頭，頗為懊惱。「我是妳哥哥的同窗，我叫韓壽，不是什麼壞人，蘇姑娘莫怕。」

「你是哥哥的同窗？」蘇白芷抬頭看他，這書院裡果然能容眾人，有似是普通的寒門學子蘇明燁，有那出塵俊逸的秦仲文，更有這登徒子樣的韓壽——哦，對，蘇明燁那天似乎提到過這個名字。

書院裡學問第二好的學生？韓壽？

蘇白芷噗哧一笑，他爹也真是能取名字，真是契合他的氣質。

「嗯，一個學堂的學生。」韓壽解釋道，看蘇白芷發笑，隱約猜到她笑的是什麼。

韓壽偷香，他爹一世風流，生了個兒子也非得取個風流的名字。在香城裡行走，每回他提起自己的名字總有人露出同蘇白芷一樣忍俊不禁的神情。

看蘇白芷的樣子像是不信，他又忍不住邀功。「昨日妳哥哥同李凌動起手來，弄得滿身都是傷，被先生瞧見了，以為是妳哥哥刻意滋事，險些趕妳哥哥出學院，若不是我和秦仲文一同為妳哥哥作證，只怕妳哥哥這會兒懊惱死。」

「我哥哥是同李凌動手的？」怪不得秦仲文送書上門致謝時，反倒是哥哥一副感激的模樣，原來這內裡還有這曲折。

「當然，大部分的功勞還是歸仲文兄。他的人品和學識在學堂裡都是數一數二的，先生比較信他，可我也不差。」韓壽點頭，不忘誇讚自己。

誰也不知道秦仲文的來頭，就連那位號稱「建州百曉生」的老狐狸都不太清楚，只能說明秦仲文來自別處。偏偏他是那樣一個讓人不得不嘆服的優秀才子。

看蘇白芷皺著眉，他才意識到自己似乎說得過了，連忙解釋道：「妳也別擔心，別看妳哥哥平日文文弱弱，可打起架來可不手軟。那李凌素來就是個欺軟怕硬的，這麼一鬧，近日是不會再來尋妳哥哥麻煩的。」

「你今日不用上學堂嗎？」蘇白芷奇怪，若他真是學堂的學生，這會兒又怎麼會在這裡？

「今日不上課啊。先生家中有事，我們休學一日。」韓壽答道。

「休學？」蘇白芷沈吟，一大早哥哥帶著書出了門，不知道上了哪裡，正沒個答案，韓壽又自顧自地說：「我一早好像看到妳哥哥揹著一個竹簍往雁落山的方向去了，這會兒去追，興許還能趕得上。」

韓壽朝雁落山的方向望了望，正好看到一道青灰色的身影。「喏，妳哥哥不就在那兒嗎？」

蘇白芷順著他的視線望過去，果真看到蘇明燁揹著個竹簍站在一個藥材攤子面前，面紅耳赤地與人爭執著什麼。

蘇白芷走近時看到蘇明燁手上拿著一株紫色的植物，枝葉間的花一層層地疊著，色澤豔麗，煞是好看。那模樣瞧著極為眼熟，可她一時也沒認出來。只聽到蘇明燁梗著脖子和那缺了顆門牙的藥販子爭辯。「您看看，這真是羅勒，您隨便出個價錢就好。」

「少年郎，你也別為難大叔。你看看我攤子上收的羅勒，要麼是綠色的，要麼就白色的，哪裡能有你紫得這麼豔麗的羅勒。雖說是長得像，可這都是藥材，要用到人身上的，若是出了什麼差錯，你我都擔待不起。你還是走別家看看收不收吧，我眼拙，真看不出它有什麼好的。」那大叔忙著推開他，蘇明燁還要說，那大叔急了，手上推了他一把，蘇明燁退後了幾步方才穩住身子。

蘇明燁臉上苦澀地笑了笑，揹著簍子又往旁處去了。

蘇白芷連忙迎上去，喊了聲「哥哥」，蘇明燁愣了愣，見蘇白芷身邊跟著韓壽，臉上有些詫異，將手上的植物往簍子裡一丟，喊了聲「韓兄」，這才問蘇白芷怎麼在這裡。

「我來集市逛逛。」蘇白芷道，往蘇明燁身後的竹簍探了探。「哥，你簍子裡的東西能不能給我看看？」

「這……」蘇明燁沈吟片刻，礙於韓壽在場，許多話不便說。那韓壽是個自來熟的性子，見他欲言又止，淺淺一笑，轉身同路邊上的藥販子聊起天來。

蘇明燁這才對蘇白芷道：「今日的事情妳可千萬別同娘親說。」

「什麼事情？」蘇白芷不明白。

「就是，」蘇明燁摸了摸頭，將藥簍子交到她手裡。「我今日沒去學堂，卻來集市賣藥的事兒。」

「這些都是你採的？」蘇白芷翻了翻簍子，裡面不但有紫色的植物，還有一些她認識的香草。

「爹是上山採藥的時候摔下山才……自那以後娘都不太願意讓我們上山。若是讓她得知我平日下了學上山採藥的事兒，她必定又要擔心自責。」蘇明燁想起爹走後，娘每日驚恐的模樣便犯怵。那段時日，但凡他晚下學片刻，她就擔心他是在路上出了什麼意外。每日都在心驚膽戰中度過，過了這麼多年方才好一些。

「哥哥。」蘇白芷的手微停，許多事情經他提醒，便像是打開了一道門，讓她想起更多回憶來。

包括蘇明燁在父親死之前，總跟在父親身邊學習醫術、辨別藥草，後來父親鑽研醫術，要將香藥同醫術結合，推進香藥的使用，每日問完診便埋首在各式香料之中，蘇明燁同蘇白芷都學到了不少。而蘇明燁在父親死前的理想，一直是當個同父親一樣仁心仁術的大夫。

她忍不住發問。「你是不是還想學醫？」

蘇明燁的嘴裡含著一絲苦澀。「族裡的那些人看不起咱們，正是因為父親當初不聽長輩的勸，放棄仕途成了大夫，最後還慘死。父親死後，娘親將所有的醫書都藏了起來不讓我碰，生怕我走父親的老路，我怎麼還敢存這樣的心思。只是娘親一人辛苦，我實在不忍讓她一人養活我們，這才瞞著娘親賣些草藥貼補家用。」

怪不得蘇明燁每日回家身上總有些磕磕碰碰，有時候鞋子上也滿是泥土。兄妹倆低著頭沈默了片刻，蘇白芷看著簍子裡的藥草，突然「欸」了一聲。

「哥，你這紫草是從哪裡採來的？」蘇白芷皺著眉。建州怎麼會有這個？

「怎麼了？」蘇明燁見她神色凝重，忙說：「以前爹爹帶我去雁落山上採過藥，那兒路途險峻，去的人比較少，藥也比較稀有，我今天去的時候看到滿地都是這個，味道聞著像是羅勒，便採了一些回來。莫非這些藥有問題？」

「不。」蘇白芷又仔細聞了聞那味道，截了一段梗在嘴裡嚼了嚼，滿是欣喜。「哥，趁著天色還早，你帶我去那個地方看看。」

「這哪成！那路不好，若是摔著妹妹了，回頭娘親又得心疼。」蘇明燁斷然拒絕，蘇白芷從小身體就弱，大門不出二門不邁，如今更是大病初癒，他哪裡肯冒這個險。

「去哪裡玩？我也去！」蘇白芷正想求蘇明燁，在一旁的韓壽跟藥販子聊得正起勁，耳根子卻尖得很。

這會兒又聽到蘇白芷說要去哪裡，連忙說道：「蘇明燁你真是個書呆子，身體不好才要多走動走動，一直悶在家裡，腿只會越來越軟。那些姑娘就是在家待久了，才三天兩頭這兒痛那兒痛的。今日正好秋高氣爽，最適合踏青登高了。」

蘇白芷的嘴角抽了抽，見蘇明燁見怪不怪的模樣，想來韓壽平日的行事作風就是如此。於是柔聲求道：「是呀，哥哥，我在床上待了那麼久，總要走動走動的。」

「那妳跟緊我，若是覺得乏力了，咱們立刻就回來。」蘇明燁叮囑，算是應允了。

一路上韓壽興致極高，嘴裡哼著莫名的曲調，一個人在後頭自得其樂。

蘇白芷低聲悄悄問蘇明燁。「哥哥，這真是你同窗嗎？」

蘇明燁點頭。「韓壽兄確實是我同窗，學堂裡，仲文兄的學問若是第一，那韓壽兄便是第二。他為人一向不拘小節，性格豪爽，不是壞人，妳別怕。」

蘇白芷暗自嘀咕，真是一樣米養百樣人，人不可貌相。

「對了，小九要去山上幹麼？」蘇明燁看蘇白芷的臉上漸漸出了薄汗，不明白她為何堅持要上山。

「哥，你採的那藥叫紫羅勒，是羅勒中的珍品，市場中極少。」

若是炮製得當，轉手賣給香料行，就是一大筆銀子的收入。紫羅勒是羅勒的變種，她在「十里香風」時，也難得見到炮製好的成品，新鮮的紫羅勒她還是第一次見到。

「可我方才賣給藥商，他們都說不要……」蘇明燁沈吟。

「那是因為他們見得少，若是送去城東的大鋪子，他們一定要的。」蘇白芷不假思索地回答道，這才發現說順了嘴，蘇明燁的眼睛裡滿是疑惑。

她頓了一拍才解釋。「從前爹爹也教了我許多。那時候我年紀小不懂，近來在床上無聊便尋了爹爹的筆記來看，裡面有記載的。」

「哦，這樣。」蘇明燁點頭。

韓壽快走幾步同蘇明燁並肩。「果然是有其兄必有其妹，明燁兄的妹妹也看了很多書呀。」

「是呀，小九自小便愛看書，若是小九去應試，沒準兒能考個女狀元回來。」蘇明燁平日同韓壽的關係顯然不錯，也不避諱，直接誇獎蘇白芷。

蘇白芷只當沒聽到，低了頭往前走，心裡默默給自己加把勁，這蘇白芷的身子弱得喲，她走兩步都覺得暈。

三人走了好久，好幾次蘇白芷都覺得自己快不行了，硬是咬著牙挺了過來。好不容易跟著蘇明燁爬上山頂又往下走到了谷底，頓時覺得眼前豁然開朗。

怪不得此處無人，這雁落山山路九曲十八彎，一路上都是雜草，誰能想到山的背後有這樣一片桃源勝地。

滿地不知名的白色小花星星點點襯在綠地上，一陣風吹過，淡淡飄香。山澗中小溪流淌，一片靜謐。

韓壽二話不說直接躺倒在草地上舒服地仰頭望天，和風輕吹，陽光暖和，他翻了身說：「若是能在這兒躺一輩子，真是比神仙還舒服。」

韓壽打著滾，蘇白芷卻直接忽視那些小花，望向山谷裡唯一的一小片紫紅色。那花美不美麗她來不及想，只想著，這片紫羅勒若是炮製出來，他們的生計便有了極大的保證。

手邊採著藥，她不忘喊上蘇明燁。「哥哥別愣著，幫我多採些紫羅勒。」

那一小片紫羅勒兩個人沒一會兒就採得差不多，蘇明燁攔著蘇白芷，留了一些，只道這種珍稀不能全採了，凡事要留有餘地。

回過神時，韓壽已經躺在那兒睡著了。

兩人休息時，蘇明燁給蘇白芷打水喝，蘇白芷便喜孜孜地看著滿簍子的紫羅勒，韓壽輕微的鼾聲卻傳到她耳朵裡。

她望過去，正好望見韓壽緊閉雙目的側臉，安安靜靜的，面龐如玉，臉托在那綠地之上，有種驚人的美，一掃原先浮躁的神色，讓她忍不住想起初見他時，那雙冷冽如泉的清澈眼眸。

蘇白芷搖了搖頭，嘴角掛起一絲淺笑，他的樣子看上去分明是個無慾的人，偏生愛去惹一身紅塵。

這個小子，真真不知道是有意還是無意，做那一副輕浮樣子。

她隱約記得，蘇明燁的朋友是極少的，因著家境的原因，蘇明燁或多或少都有些自卑，對於朋友的選擇更是苛刻。可是看上去，他同韓壽的關係卻還不錯。

若是韓壽真是個浪蕩不羈、惡名昭彰的人，蘇明燁大體也不會同他走近。

這小子，身上究竟帶著什麼故事？

他是個什麼樣的人呢？

見他睡得香熟，她起身拍了拍身上的塵土，又觀察起四周的地形來。卻未及看到她轉身之後，韓壽嘴角彎起一絲似有若無的笑。

香料大體上與藥材都是分不開的，很多香料甚至可以直接入藥。她原本在「十里香風」時，最缺的便是對藥性、藥效的瞭解，如今有了蘇白芷的記憶，反倒彌補許多她曾經缺少的知識。

若是真照蘇明燁所說，家裡那些藥書，她倒是真有必要跟姚氏要來好好看看，反正技多不壓身，多看點東西總是有用的。

她走得不遠，一直都在蘇明燁的視線範圍內，回來時更是欣喜地告訴蘇明燁，這山谷裡普通的藥材和香草也不少，回頭可以多採集一些，做些香藥香包。

這一趟收穫頗豐，臨走時，蘇白芷又採了一些普通的羅勒覆蓋住紫色羅勒。懷璧有罪，說不準就有哪個識貨的搶了她的東西呢。她如今什麼事兒都需要小心一些。

正要叫醒韓壽，他卻自己醒了，看也不看一眼蘇白芷採的藥，拍拍屁股打了個哈欠對蘇明燁說：「下回你們來這兒再叫上我，難得有個地方能讓人睡得這麼舒服。」

蘇明燁無奈地搖了搖頭，跟著韓壽往回走。

三人各取所需，都極為滿意今日的收穫，本想順順當當的回家，沒想到，路上又出了岔子。

第三章

蘇明燁揹著藥簍子，三人又從原路回去。韓壽大約是還沒睡舒坦，伸了個懶腰隨手扯過一根野草叼在嘴裡，見蘇白芷護在蘇明燁身邊，生怕有什麼藥草掉下來，不由得好笑。「這都是什麼好東西？看妳寶貝的。」

見蘇白芷不說話，低著頭，只管收拾自己的東西，他覺得無趣，將嘴裡的野草吐了，隨口同蘇明燁攀談。

兩人有一搭沒一搭說著，蘇明燁說的大體都是學堂裡的事情，韓壽覺得無趣，索性同他講起民間軼事。大到宮廷的秘聞，小到市井街頭的流言，他都說得津津有味，許多事情甚至連蘇白芷都未曾聽聞過，他講得精彩，蘇白芷雖一直裝作未聞，卻也拉長了耳朵在聽。

聽到最後，蘇明燁倒是來了興趣，問了一句：「韓壽兄這些軼聞可都是從書中看來的？」

「放屁。這都是小爺我在市井裡看到的。」韓壽笑道。「什麼書中自有黃金屋，書中自有顏如玉，這些都是假的。若是你一輩子只看著那些書，我就不信金子銀子會自動出現在你面前。那些夫子總跟我們說，以後出仕了一定要造福於民，為民請命，可若連民眾的生活是個什麼樣子都不知道，如何為他們請命？」

他話說得糙，可卻是在理的。

蘇明燁想了片刻，才抱拳作揖。「受教了。」

「別來這套，小爺我不喜歡。」韓壽揮了揮，見蘇白芷偏著頭若有所思的模樣，遂故態復萌，玩笑道：「蘇九妹也覺得小爺的話有理？」

「嗯，有理。」蘇白芷忽略韓壽那聲「蘇九妹」，爽快地點頭。

小時候父親曾經帶著她走訪益州郊外，那時正逢動亂，兩國交戰，有許多流民湧入益州，父親便告訴她，其實民眾是最容易滿足的階層，他們所有的想法不過是能有吃有穿有住，生計有保障，這就是他們最大的幸福。

可那些上位者卻總是錯估民眾的需要，原因不過是因為上位者並未走入民間瞭解他們。以高位者的角度去俯瞰底層民眾，只會將自己的身分越發拔高，而民眾卻只能低到塵土裡。

她正想著，韓壽已經接下話去。「這些都是撫遠將軍宋良告訴我的。可惜他英年早逝……」

聽到韓壽提及父親，她心裡不由一酸，十年過去了，沒想到還有人記掛著父親。「你見過撫遠將軍？」

「嗯，小時候見過一次，他的氣度真是無人能比，我至今都忘不了。」韓壽點了點頭。「一代將才殞逝，大齊之憾也。若是他還在，大周、大楚等國哪還能對我國虎視眈眈。」

當年匆匆見過一面，韓壽依然記得宋良，還有跟在他身邊的那個女兒，一笑起來眼睛就彎成一弦月，可愛得緊。後來聽聞她被送入了定國公府，也不知道現在如何了。

韓壽抬頭望著碧空如洗，似是憶起當年，卻沒看到蘇白芷低頭時眼角的潮濕。

三人各懷心思，沈寂了片刻，卻聽到隨風吹來的一陣陣呼救聲。

「來人哪……救命哪……夫人，夫人……」

「嗚嗚……」

那求救聲初時極小，漸漸變為哭聲，三人聽著像是林子裡傳來的，連忙快走了幾步，蘇白芷一眼就看到一個大約三十出頭的年輕少婦躺在地上，面呈紫黑色，四肢微微輕顫，一個丫鬟打扮的姑娘站在她身邊已然六神無主，只知道邊哭邊抹淚。

蘇明燁一個快步走到她身邊放下藥簍。那姑娘見三人，男的俊俏，女子容貌清雅，且蘇明燁在察看夫人的時候又有模有樣，只當他是路過的大夫，連忙哭訴道：「求各位救救我家夫人。」

蘇白芷隨著蘇明燁蹲下，蘇明燁皺著眉頭看了一會兒，方才轉過身去，對蘇白芷道：「阿九，妳褪下這夫人的鞋襪看看是不是有什麼傷口。」

他扭過頭去，蘇白芷小心翼翼地察看後，果真在小腿處看到極小的兩個傷口，出血少，傷口有輕微的紅腫。

「怕是被毒蛇咬了。」蘇明燁聽完後蹙眉。

看夫人如今瞳孔散大，若是再不處理，只怕會命喪當場。可偏偏這毒中了有一段時間，一般在毒蛇附近會有的解藥，如今這裡是找不著了。

一條命眼睜睜在眼前就要沒了，韓壽也沈了臉色，卻見蘇白芷和蘇明燁兩人突然站了起來，一個喊著要找毛麝香、血見愁，一個喊著要找千層塔、七葉星，兩人默契十足地分頭奔去，蘇明燁走之前不忘叮囑韓壽道：「韓兄，將夫人身上的毒血吸出來！」

「啊？」韓壽睜大眼睛，片刻前他還覺得這兄妹倆真是純良，這會兒他怎麼覺得這兩人就挑危險的活兒給他幹呢？

等兩人拿著草藥回來時，就見韓壽悠哉悠哉地搖著不知道從哪裡變出來的摺扇，背著那夫人和正在吸毒血的丫鬟悠悠道：「欸，對，千萬別把那血吞進去，否則妳可就危險了。對，使勁兒吐唾沫，看那血不黑了就成。」

那丫鬟一臉快哭出來的神情，正趴在地上使勁兒啐口水。

蘇明燁搖了搖頭，接過蘇白芷手上的藥草，又從藥簍子裡拿出一部分羅勒，一起搗爛了給那少婦敷上。

眼見那少婦臉色漸漸轉正常，從城的方向跑來了幾個家丁與一頂轎子，想是來接少婦的，幾人便放心離開，卻不想家丁才放下轎子，少婦猛地身子一彈跳，嘴角漸漸湧出白唾沫，比方才看起來還嚴重了。

三人直到被家丁扭送了官府，進了大牢，才知道，方才那少婦是建州新上任刺史顧常的夫人。

原本是助人為樂，卻不想讓自己鋃鐺入獄。

蘇明燁抱著頭想，到底是哪個環節出了問題。倒是韓壽看得開，自得其樂地觀察著監牢，見牢頭走過，又從身上掏了錠銀子，拉著牢頭閒話家常。

大齊不能男女共牢房，蘇白芷就關在蘇明燁的隔壁，她想了半晌，才想起來那藥最大的問題可能是在千層塔上。

「哥，我們方才可能是放多了千層塔。那夫人應該是中了千層塔的毒才會那樣。」

「嗯，我想也是如此。方才情況緊急，我一時下了重藥。不過幸好不打緊，若是夫人醒了，自然有人來放我們出去。」

話雖是這樣說，可直到兩個時辰之後，牢頭才放他們出去。那時候天已經大黑了，早就過了晚飯的時辰。

他們剛出去，便有隨從打扮的人撲上來拿柚子葉打在韓壽身上，邊打邊哭。「少爺，您可出來了。你再貪玩也不能玩到牢房裡呀！」

韓壽躲之不及，轉身到了蘇明燁身後。「小爺我還沒死呢，你別哭喪！顧常真沒意思，我們救了他夫人，他還把我們關起來，這會兒發現錯了，放我們出來，連謝謝都不說一句，起碼得道個歉啊！」

「哪裡是他們放的！刺史夫人到現在還沒醒過來呢！是老爺衝到了……」隨從正要抱怨，韓壽一把捂住他的嘴。「怎麼出來不要緊，反正出來了，回家吃飯才是正事。」轉身同蘇明燁兄妹作別。

蘇白芷還未及想為何刺史不放人，他們就能輕而易舉地出來，聽隨從說到什麼老爺，她猜想或許是韓壽家有靠譜的老爹，將他們弄了出來。

她心裡正疑惑著，蘇明燁已經拉著她開始狂奔。

到家時依然是晚了。姚氏正在家門口一直望著路的方向，急得都快哭了，見到兄妹倆一同回來，身上還揹著個藥簍子，反倒不是抱著兩人痛哭，當下便沈下臉來，拿出了家法讓蘇明燁跪在父親的牌位面前。

蘇白芷正要開口，卻被姚氏擋了回去，只冷冷說讓蘇白芷自個兒吃了飯歇下，便走進了自己的房裡，任蘇白芷在門外喚她仍是不答應。

直到下半夜，姚氏悶不吭聲在屋裡坐著，蘇明燁還在牌位前跪著，隔著窗，蘇白芷能聽到姚氏在屋裡唉聲嘆氣。蘇白芷去讓蘇明燁起來，蘇明燁只是搖頭，紋絲不動地看著牌位。

蘇白芷站在院子裡，左右看著兩人，也不知道怎麼地，心頭一酸。姚氏那擔憂的眼神在眼前一直揮之不去，直到現在，兩人雖是在兩個屋子裡，卻還是能感覺到兩人深深的牽掛。

她悶不吭聲地走到蘇明燁的身邊，索性也陪著他跪。

八月的夜裡已經有些冷，敞著門，月光灑進房裡，照在兄妹倆身上，一大一小兩個影子並肩靠著，蘇白芷跪在地上，心卻如明鏡一般透亮。

自重生後，她第一次感覺到自己是這家中的一分子。

原本她一直站在局外，冷眼看著姚氏和蘇明燁在苦難線上掙扎，以一個旁觀者的身分想著要以自己的一份力量改變局面，可今日她同蘇明燁走這一趟，還有救人時的每一個細節、每一個心領神會，都讓她身體裡屬於這個家的血脈充分跳動起來，那才是真正的血脈相連。共患難時才見真情。母對子的疼惜、子對母的愧意，她看在眼裡，就像是一道火暖在心頭。這一刻，她願意同這個家榮辱與共。

手裡突然一暖，似是有人牽住她的手，她聽到蘇明燁說：「記得父親在時，我闖了禍被罰跪，妳也總是這樣陪著我。許久都沒這樣了，我總怕妳長大了便同我生分，還好……」

「哥哥，你說，娘會一直生我們的氣嗎？」蘇白芷低聲問道。

「不會，娘這是心疼我們。過一會兒她就不生氣了。她不是在怪我們，她這是在怪自己……但凡我們有一絲受到傷害，最難過的總是娘親。」蘇明燁解釋道，想到姚氏一個人將兄妹倆拉拔大，若是讓她知道兄妹倆今兒個還在監牢裡走了一番，不知道會著急成什麼樣。

「哥哥，你跟我說說爹是什麼樣的人吧。日子久了，我都快忘記爹的樣子了……」蘇白芷望著牌位上的名字，熟悉又陌生。

「爹啊，他是個很英俊的大夫……」

兩人絮絮叨叨說了好一陣子的話，到最後，兩人實在是太累了，不知不覺就睡著了。

姚氏從房中出來就看到兄妹倆歪歪斜斜靠在一起，月光如水，她抓著蘇清遠送給她的一串沉香佛珠，越抓越緊，幾欲將那珠子捏碎。

她的子女她如何能不知道？看到藥簍子的那一刻，她突然明白蘇明燁這幾日為何回來總是特別疲憊。

她是真正心疼這一雙兒女。深深地嘆了一口長氣，她起身走到兒女身邊。腳步一動，蘇明燁便醒了。

「娘，」他低聲喊道，生怕驚擾懷裡的蘇白芷。「對不起，讓您擔心了……」

姚氏腳步頓了一頓。「送妹妹回房歇著吧。她身子不好，哪能讓她這麼跪著。」她叮囑道，轉身拿手去揩眼角的淚。

蘇白芷一天折騰下來也累得夠嗆。隔日醒來時，天已經大亮，她推門出去，蘇明燁已經去了學堂，也不見姚氏的影子。

找到廚房，昨天弄回來的那一簍子羅勒依然好好地擺著，她才鬆了口氣，這可是救命的錢，若是姚氏一時心疼兒女，將這簍子的藥都給丟了，那真會讓她肉疼。

將那幾個香油罐子輕輕搖晃，讓罐子更加均勻地接受陽光曝曬，她算了算時辰，這幾日陽光極好，若是運氣好，過幾日，她的第一批香油便能出來，雖然可按照市面上的價格，但若是要靠著這個發財，卻是極難的。

幸好，這邊還有不常見的花香油……她想了想，建州這個地方雖是香城，可那脂粉香油的品質比起京師來還是差了許多。這建州城裡的貴婦不少，識貨的人必定也是有的，她缺的是一個門路。如今只能慢慢打響名聲，一切都急不得。

本錢啊，她最缺的便是本錢。

將曬花的簸箕接著放在太陽底下曬，做完一切，她開始整理昨天採回來的香草和羅勒，其中也不乏一些藥材。

羅勒的炮製方法其實極為簡單，只要除去雜質及殘根，搶水洗淨（注一），稍潤後，切段曬乾即可。

她做到一半，就聽到姚氏回來的聲音，連忙淨了手出來迎她。（注二）

「娘。」她見姚氏滿面愁容，眉頭緊鎖，連忙扶著她坐下，又給她倒了杯水，眼角瞥見姚氏將幾件繡品放在桌面上，心知她又上集市去賣自己的刺繡，看樣子，是生意極其不好。

姚氏見滿院子的簸箕，院子中又有一些藥草擺著，蘇白芷臉上全是汗水，鬢髮微亂，不免心疼道：「昨天看你們累了一天，原想讓妳多睡會兒的，怎麼一早又起來忙活了。妳身子剛好，可別累壞了。」

「哪裡這麼矜貴了。」蘇白芷笑道，想起上輩子還沒見到娘的面，娘就走了，這輩子的娘卻溫婉又疼她，心下歡喜。「娘，您別怪哥哥，昨兒個是我央著哥哥帶我去山上採藥的。」

「我哪裡是怪你們。」姚氏牽過蘇白芷的手，蘇白芷就勢趴在姚氏的膝頭，任她有一下沒一下地摸著她的頭，她又說：「是娘沒用，才會讓你們過不上好日子。昨兒個你們沒回

注一：快速過水洗淨，由於與水接觸的時間短，故稱為「搶水洗」。

注二：潤，意指浸泡。

來，我在家裡只能乾著急，越想越害怕。那年妳爹爹去了，我天都塌了。若不是還有你們倆在，我真想就這麼隨妳爹爹去了。如今娘沒什麼指望，只希望你們兄妹倆平平安安到老。」

「會的。」蘇白芷低聲道：「娘親也會平平安安到老。阿九只要有娘和哥哥，就什麼都不怕了。」

「娘只怕……你們連飯都吃不飽。」姚氏手一頓，聲音轉低落。「原先娘還能繡一些帕子在西市賣，可近來買繡品的人卻是越來越少，也不知道是不是娘的眼睛壞了，繡出來的東西也不中看了。」

「怎麼會？」蘇白芷拿起桌面上的繡品，繡面上的畫栩栩如生，針腳細密。

姚氏在出嫁前是大家閨秀，刺繡功夫在整個建州曾經是數一數二的，自蘇清遠死後，雖有族裡的補貼，可大部分還是靠著姚氏賣繡品養家餬口。

明明這繡品還是一樣的好，問題不知道是出在哪裡。

「娘，明兒個我陪您去街上賣帕子。」她說道。

「娘還想掙些錢回來還妳二伯父的帳，如今看來……」姚氏又是嘆氣。「長此以往，娘只能上妳舅舅家借些銀兩周轉，若然……若然他們還是不肯，那只能賣了這個了……」

姚氏說著，褪下了手腕上的沉香手串。那還是她成親那年蘇清遠送與她的。這麼多年她一直隨身佩帶，從未離身，每一顆珠子她都撫過成千上萬遍，木珠子上都有了瑩潤的光澤。

「妳爹爹當年救過一個番邦人，那人為了謝謝妳爹爹，便將家傳的這串珠子送與妳爹爹，妳爹爹又送與我。這沉香本就是上等香料，這更是箇中極品，若是賣了，應該能賣個好價格……」

「那哪行！」蘇白芷見過這串珠子，也聽蘇明燁說過，蘇清遠當年救的人或許是登流眉國的貴族，所贈與的這串珠子更是上品沉香，為千年朽木所結，取其一片染之，那香氣便是三天都散不去。

這種香被當地人稱為無價之寶，而對姚氏來說，卻是蘇清遠留與她的一片念想。每次有煩心事，蘇白芷便見她握著那串珠子定心，可想而知這手串的重要性。

至於姚氏口中的舅舅，是更加不靠譜。姚氏雖是大家閨秀，可當年嫁與蘇清遠還是遭受不少非議。蘇清遠死後，她更是幾乎斷了與娘家的來往。不到萬不得已，姚氏是不會上娘家借錢接濟的。

想起舅舅家那個頤指氣使的舅母，她忍不住打了個寒顫。

「娘，不怕。」蘇白芷指了指院子中炮製了一半的紫羅勒，還有紫羅勒邊上的一些普通香料藥材。「我同哥哥尋了個採藥的好地方，那兒的藥品質極好。若是拿到市面上，定能賣個好價錢。」

「那些？」姚氏皺眉。「真能賺錢？」

「能！」蘇白芷肯定地點頭。「爹爹曾經教過我們，那些香料既可入藥又可製香，用量都是極大的。」

她瞅了瞅天色，還很早，索性將那些普通的羅勒先炮製了。

第二日，蘇白芷帶著那些炮製好的普通羅勒隨姚氏上西市，還是先到了前幾日蘇明燁問過的藥販子那兒，那藥販子見她手中的羅勒乾乾淨淨，又是處理過的，二話不說便掏了錢。雖說只有十斤，可還是換回來三百文的銅錢，把姚氏給樂壞了。三百文，若是拮据著過，十來天的生活便有保障了。

蘇白芷在路上便聽到其他家的收購價格，倒是這位大叔童叟無欺，價格公道。第一次的交易倒也順利，心裡暗暗想，下幾回若是有藥材，便還來這兒賣。只是羅勒也快過了季，她必須找到其他的香料或者藥材才行。

挽著姚氏，懷裡揣著幾百文，她心裡喜孜孜的。想來前世每日過手的紋銀也有幾百兩，可那每一分錢，都不屬於她。如今是確確實實為了自己的生計活著，每一文她都賺得歡喜。

兩人來到西市賣繡品集中之處，選了個不太突出又不至於讓人忽視的地方，剛把東西擺上，便有一雙青灰色的鞋子踏在繡品上。她心頭一怒，皺著眉抬頭，便看到一雙流裡流氣的眼睛，歪著嘴挑釁地看著她，微微低了身子說道：「蘇小娘子竟也拋頭露面做起買賣來了？小爺來看看……」

抬了腳，他撿起那被踩髒了的帕子，突然放聲說道：「喲，妳們賣的可都是髒東西呀。東西倒是像做它的人，不乾不淨的。」

來人，正是那日害她投水的潑皮無賴——李凌。

第四章

蘇白芷本不意與這樣的潑皮無賴糾纏，更何況身邊還有姚氏，多一事不如少一事，只能吞下這口氣，索性當沒看到這個人，低下身子去整理餘下的帕子。

誰知道那李凌見她不搭理，身邊跟著的好幾個兄弟都暗地裡偷笑，他覺得損了面子，面上一紅，索性揚了手上的帕子在嘴邊聞了一聞，咧著嘴笑道：「這帕子上的香倒是像極了小娘子身上的味道，清清爽爽的。」他說完又拿那樣無恥的眼神上下打量蘇白芷。

他身邊跟著的幾個男子哄堂大笑，有幾個更是明目張膽地問李凌：「你平日可都是宿在萬花樓的，你說你就喜歡那兒的脂粉味，什麼時候倒是喜歡這種……」

男子眉一挑，似是暗示李凌，現下蘇白芷身子板瘦小，幾乎都沒長開，那張臉雖是俊俏，可畢竟還是沒有絲毫的女人味。

李凌拍了那男子的頭罵道：「爺最近就喜歡吃清淡的，換換口味不成！」

這話說得實在是太露骨，就連姚氏都有些不安，扯著蘇白芷的袖子低聲道：「阿九，咱們還是走吧。」

這事若是換作從前的蘇白芷，或許早就哭著跑回家了，可如今的蘇白芷，嫁過人，死過一回，一、兩句怎麼能嚇走她？

她收拾著手邊的東西，只抬頭裝無知，一派天真地問姚氏。「娘，您說這裡有些人，看起來倒是乾乾淨淨的，可怎麼就那麼不是東西呢？」

「妳……」李凌臉一沈，顯然沒想到一向嬌嬌弱弱的蘇白芷竟也變得牙尖嘴利。「妳罵的是誰？」

蘇白芷放下手邊的東西，站起身來，個子只及李凌的胸前，可偏偏仰起頭來瞪視他時卻毫不示弱。「李公子，我說的是東西啊，怎麼？你是東西啊？」

「我當然不……」李凌說得極快，等回過神來，話已經到了嘴邊，差點就中了蘇白芷的計，這是東西也不是，不是東西更不是。

來來去去，他都是錯的！

見身邊的同伴都忍俊不禁，李凌梗著脖子就想將蘇白芷的攤子踢個混亂，幸好蘇白芷動作快，一把抱住了帕子往後退了一步。她瞪大眼珠子，喘著粗氣看著李凌。

那一股怒氣像是積累了兩輩子，她一直想不明白，上輩子無端端被人休了，好不容易換了個人生從頭開始，為什麼總有人要搗亂。

她所有的怒火爆發出來，眼神像是瞬間要撲上去將李凌生生撕開。

一向欺軟怕硬的李凌沒想到原本有些唯唯諾諾的小姑娘，此刻會露出這樣的神情，反倒被嚇壞了。旁邊的男子見情勢不對，越來越多人圍上來指指點點，本來一群男人欺負兩婦孺就是上不得檯面的事情，連忙拉了拉李凌道：「李凌，咱們還是先走吧。」

就在雙方對峙的不遠處，有個人靜靜地站在人群外，若有所思。

身邊的隨從隨口道：「公子，這蘇家的小娘子頗有意思。」

韓壽微微點頭，嘴邊咧開一絲幾不可見的譏諷，心裡只道那無賴李凌才被蘇明燁狠狠打了一頓，此刻想來，是蘇明燁出手不夠重，李凌得的教訓不夠，這廂好了傷疤，那廂就忘了疼。

若是換作他來，不打得那無賴折條胳膊斷條腿，這事兒還真不算完！

「這李凌不過仗著老爹有幾分薄產，便橫行霸道，四處拈花惹草。他還逢人便說，只等他老爹花錢給他捐個官回來，他就是官老爺了。他身邊都是阿諛奉承之輩，大體都當他是隻肥羊，有幾個是真正看得起他的？」隨從韓平癟了癟嘴，不屑道。

「捐官？」韓壽的嘴角一沈。「咱大齊的官是這麼好捐的？」

韓平沈吟片刻，看韓壽漫不經心，似不甚在意的模樣，只當他隨口問的，也就收了聲。

誰知道韓壽卻是偏了頭，又問了一遍：「咱大齊的官是這麼好捐的？」那聲音依然如往日一般，帶著一絲玩世不恭的意味，可是此刻他的臉色卻是沈重的，聲音如清泉，卻冷冽如冰刀。

韓平從未見過這樣的韓壽，不由得癟嘴道：「少爺，您又嚇唬我……」

韓壽嘴角一抽，若有所思地看向韓平。「你覺得我在嚇唬你？」

韓平身上一抖，連忙諂媚道：「少爺怎麼會嚇唬我呢。」這才斂了神色，一五一十道：

「若是天下太平，國庫充盈，這捐官原也是不許的。可近幾年，長江水患不斷，南方乾旱，國庫財政不支，漸漸的，民間也多了個捐官的習俗，聖上睜一隻眼閉一隻眼。如今對買官的人也無任何限制，地主、商賈、流氓、盜賊，有錢的便是大爺。還可以現則捐官，或者捐封典、捐虛銜及穿官服的待遇等等，每樣的價格自然也是不一樣的。」

「真是有趣……」韓壽噙著笑。「那學堂裡的學生有些甚至熬到了白頭，卻不如錢來得有用。」

「寒門學子，只能自己考試才成。」韓平點了點頭，不知今日自家少爺怎麼突然對國家大事起了興趣，待他回頭時，卻是看到蘇白芷那頭，李凌已然惱羞成怒。

「少爺，咱們幫嗎？」韓平趕忙問道。

「幫什麼？」韓壽微微一笑。「小爺我今天心情不大好。」

閒事，他也是挑著管的，今兒個沒管閒事的心情。

他只默默唸了一句，扭頭去看蘇白芷，卻愣住了。

不遠處的蘇白芷，如一頭猛獸一般露出尖銳的神情，爆發出無限的殺傷力，她就像是一團燃燒的火球，眼睛裡也帶著憤怒的火苗。

韓壽從未見過這樣的女子。

此刻，她像是一隻張牙舞爪的小豹子，生人勿近。

從前，是刻畫在絹布上的黑白人物，初見時只覺清秀，過眼便忘記。

如今，她卻是鮮活的、靈動的，充滿了生命力的，讓人只一眼，便挪不開視線。

「有趣，真真是有趣……」韓壽心頭一動，一時卻是看呆了。

那一廂，李凌平白被人駁了面子，本就不甘心，可若是真對蘇白芷動了手，只怕他明天就成為建州城的笑話，若是再傳入自家老爹的耳朵裡，那後果更是不堪設想。

李凌見蘇白芷依然目不轉睛地瞪著他，心頭一陣怒火無法發洩，只得踩了兩腳蘇白芷面前用於擺攤的布，撂下一句狠話。「妳最好別讓我看到妳，否則……否則……」

否則了半天，他也找不到一句合適的成語，隨口朝那布上吐了口唾沫，帶著一幫人走了。

蘇白芷微微鬆了身上那股勁兒，這才發現自己硬挺在那兒，背後卻濕了，又不由得好笑。

想從前曾跟隨父親在草原上策馬，那日子過得好不舒爽，還曾跟部落裡的一個小子打過一架。那時候那小子被她打得滿頭包，回去跟他爹哭訴——「宋景秋就是匹小狼，悍婦！」

他爹說與父親聽時，父親嘲笑了她好長一段時間。

原來，她從前的日子也並非都窩囊啊。

她笑了一笑，這才發現姚氏臉色蒼白地望著她，她握著姚氏的手，姚氏的手心都濕了。

「阿九，妳方才的眼神嚇到娘了。」姚氏直道。

「娘，這種欺軟怕硬的人，若是我們顯一分軟弱，他便踩在我們頭上。」蘇白芷解釋。

話音正落，便聽到已經走出去老遠的李凌突然一聲驚呼，捂著自己的腿嗷嗷大叫。

「誰，誰打我！我的腿……我的腿折了……」

蘇白芷同姚氏面面相覷，這好端端的一個人走著路，怎麼突然就跪下了，還折了腿？總不是老天爺助她？

她四處望了望，恰巧看到不遠處，前幾日那潑皮無賴模樣的韓壽，如玉的臉上噙著一絲淺笑，微微朝她頷首。

隔著老遠的距離，蘇白芷看得也不甚真切，心下暗想，是他幫的忙？

姚氏順著蘇白芷的眼神望過去，恰好看到韓壽，喃喃自語道：「那不就是妳哥哥的同窗？叫……呃，韓壽？妳哥哥也應該是下學了吧。」

「嗯。」蘇白芷收回視線，再看看嚎叫中的李凌，不由得生了疑心：果真是韓壽下的手？隔這麼老遠，韓壽還能神不知鬼不覺打中李凌，那可真是人才！

會是他嗎？

她看著韓壽的背影，一時驚疑不定。

「少爺，您為什麼要出手幫那蘇家的小娘子啊，您莫非是看上人家了？你還別說，蘇家的小娘子長得是不錯，看樣子也不是嬌滴滴的小姐……」

韓平越說聲音越弱，直到最後卻收了聲，只因韓壽臉上那嫌棄的表情太過明顯了。

「韓平，你話是越來越多了。若是嫌舌頭長，不如我幫你割了，醃了當菜吃？」

他想幫就幫了，這個理由，夠是不夠？

再說，他看那個李凌不順眼，也不是一天、兩天的事情了。

「舉手之勞罷了。」韓壽反反覆覆這樣勸慰自己。

可當天夜裡，韓壽半夢半醒之間，只覺得眼前不停地出現某個人的背影，一轉身，那人的眼睛裡全是熾熱的火焰，撲滅不得。不同的是，白日裡，眼睛裡盛滿了恨，夢裡，那人的眼睛裡卻全是情意，炙熱的，毫不避諱的。

韓壽醒來時，一摸下身，一陣冰涼。他茫茫然地起身坐在床中，厭棄地看著床單上濕潤的一灘。

窗外是如水的月光，他的心卻久久不能平靜。

他萬萬沒想到，那一夜，只是一個開始。在之後的無數個夜晚，他竟總夢到同一個人。

話分兩頭，這一廂人群漸漸散去，蘇白芷安下心來做買賣，想著那李凌若是折了腿，總能消停幾日，那她在這兒賣帕子總是安生的。

又聽姚氏嘆了聲長氣。「阿九，明兒個妳還是不要跟娘來集市了。」

蘇白芷如今也快到適婚的年齡了，別人家的姑娘到了這個年紀，早就在家待嫁，哪還需要拋頭露面？可因著家裡的情況，蘇白芷的婚事便略顯困難。太差的，姚氏總覺得虧待了她，條件好的，人家又瞧不上她。

今日這情形，姚氏越發覺得自己拖累了阿九。

姚氏的心思，蘇白芷又如何不懂？

她心裡略略嘆了口氣，婚嫁一事，她早已不想，活好了才是關鍵。

「娘，咱們正正經經賣手藝，沒什麼丟人的。」蘇白芷道，將方才弄髒的布換下，重新擺上新布，將帕子放上，安安心心等著第一個顧客。

這一等就是一個時辰，西市上人潮如織，在她們攤子前停留的人卻少。雖說姚氏的手藝擺在那裡，許多人看到她的帕子眼前都一亮，可每回即將要成交時，便聽到隔壁攤子張大娘大聲吆喝。「客官，我家的帕子可是上等的蘇繡，做工及用料都是極好的，花式更是建州城內沒有的，每一件都是獨一份兒！」

蘇白芷同姚氏兩個人不擅吆喝，又不懂鼓吹，那客人三兩下便被張大娘吸引走，隔壁是門庭若市，她們那兒卻是門可羅雀。

至收市時，她們統共也就賣了四、五張帕子，不過百文。姚氏卻頗為歡喜，總算這一趟沒有白來。

所謂同行如仇敵，那張大娘人卻是極豪爽的，見姚氏連續幾日來生意都冷清，便上來搭腔。

看到蘇白芷手中的帕子，她搖了搖頭。「姑娘，妳這樣賣東西可不行。」

蘇白芷見張大娘開了口，便也和聲和氣地想要討這個生意經，低聲問道：「大娘若是不介意，能不能指點一、二？」

「什麼指點不指點的。」張大娘手一揮，見附近有個茶水攤子，邀著母女倆便去坐下。將自己手上的繡品交與了姚氏，自己喝了口水，與蘇白芷說道。

「買賣買賣，本就是一種買，千種賣。響堂叫座，生意才能紅火。這西市上，多得是買賣的好手，若是不占個好地，吆喝起來，那客人轉瞬就走了。這是其一。其二，得問問妳娘。」

張大娘看向姚氏。「我年紀應該比妳大，喊妳一聲妹子也不冤枉。妹子，妳可是看出什麼來？」

姚氏點了點頭。「嗯，大姊的帕子花色都是時興的，不像我的，都是前幾年的花色。」

「嗯，咱們建州城雖小，可婦人都愛趕個時興，若是拿個前幾年時興的帕子，必定是會被人取笑的。錢可以沒有，可面子總是要的。妳的繡工雖好，可花色不行，自然東西就不好賣。這些時興的花色，我本是託人從京裡帶來的，自然不同。」

「其三，」張大娘看了看四周，低聲說道：「妳們的生意可是有人盯了的，應該是有人特意要讓妳們賣不出東西。前幾日這西市上賣繡品的統共就三家，這幾日卻是增到了五家，還都是在妳們附近。若不是我嗓門大，生意都被妳們影響了去。」

「什麼？」蘇白芷懵了。「大娘您的意思是，有人特意與我們過不去？會不會是趕巧，正好多了這幾家？」

「放他娘的狗臭屁！」張大娘罵道：「那幾家哪裡是正經的買賣人，沒事就將眼睛往妳們那兒瞟，半途上看到有客人便去攔到自己家。那天那潑皮找妳們麻煩，我看著她們幾個眉來眼去，恨不得妳們倆被搶個乾淨。」

「竟有這種事！」蘇白芷蹙了眉。

按理說，姚氏平日從不與人結怨，賣個帕子也不至於擋了人家發財的道兒，這些人究竟是為了什麼？

「天色晚了，我也得回去了。」張大娘站起身，又對著姚氏說道：「蘇大夫從前幫我家那口子治過病，你們家的事兒，我多少也有耳聞。妹子妳孤兒寡母的，也不容易，回頭我讓我家丫頭將繪好的花樣送到妳家去。」

「這哪好意思……」姚氏連忙推託，卻被張大娘攔了下來。「別推，我這人就怕這套。蘇大夫為人極好，我們甚是敬重，給妳們花樣也只當感謝了。鄉里鄉親，總要互相幫忙的。更何況我就是不愛看那些欺負人的狗崽子，明兒個來，我告訴妳是哪幾家要害妳。」

張大娘拍了拍屁股，蘇白芷連忙送她走了一程，張大娘只盯著她看，方才說道：「姑娘，妳有血性，同大戶小姐不同，大娘挺喜歡妳的。」

「謝謝大娘。」這世道，難得遇上一個好心人，雪中送炭心中暖，蘇白芷一時不知道說什麼好，越發感嘆蘇清遠生前積福。

蘇白芷上輩子也算是半個生意人，可當街吆喝做買賣卻也是頭一遭。

這條街上的人做起生意的樣子都如此驃悍，她也是第一次見，初來乍到便遇上一個肯教妳的人，這運氣也不算太差。

一日下來，攢了四百文。蘇白芷拿著那些錢，又買了些麻油回家。家裡的那些花也曬乾了不少，她琢磨著應該開始做些花油。

回了家，姚氏卻提不起精神來，見蘇明燁也在，還帶回了一簍子的羅勒，她也未去怪他，只將今日在集市上的事情說與蘇明燁聽。

蘇明燁聽完，皺著眉，側頭問蘇白芷道：「阿九，妳覺得是何人處處刁難我們？」

「不好說……」蘇白芷其實心中是有疑心的人，可這時候若是提早下定論，似乎也太過輕率，只好言勸姚氏。「娘，不怕，就算是不賣帕子，我們賣些香草也能活下來。」

蘇明燁看昨日的那些羅勒賣了三百文，也極高興，拿著藥簍子道：「阿九妳看，今兒個下學我又去採了一些。」

見姚氏蹙眉，蘇明燁連忙解釋道：「娘，我只趁天好的時候上山，絕對不會有危險的，您放心。」

「你跟娘保證，絕對不在雨天上山。」姚氏叮囑道，她總不能忘那個雨天，蘇清遠一去不返。

「我保證。」蘇明燁舉手起誓，那樣子把姚氏和蘇白芷都逗樂了。

蘇白芷翻了翻藥簍子，這些若是製出來，應該比今日多，算了算，過幾日便能攢足一吊錢。可這些錢遠遠不夠。

蘇明燁指著那些炮製好的紫羅勒問道：「阿九，那些紫色的怎麼不拿去賣了？」

「那些不同。」蘇白芷道：「紫羅勒金貴，我總要摸清行市才好去賣。」

蘇明燁點了點頭，見姚氏還是有些怏怏，遂說道：「娘，今兒個先生在學堂上誇我了。」

「真的啊！」姚氏聽到這話，瞬間來了興致。「先生怎麼誇你了？」

「先生今日說我課業進步極大，還把我做的一篇文章在堂上唸了。」

那就是當作範文給大家聽了？於高手雲集的族塾來說，這算是值得驕傲的殊榮了。

「那真是好。」姚氏高興地站起來，又牽過蘇白芷的手。「今兒個阿九做生意掙了這許多錢，你又被先生誇獎，都是好事兒，娘親給你們做點好吃的，犒勞犒勞你們。」

一家人喜孜孜地，蘇明燁也開心。吃過晚飯後，張大娘的閨女婉娘將新的花樣送過門來，姚氏推託不過，婉娘回去時，讓她帶了些新蒸的白糖糕回去，小姑娘笑起來臉上兩個梨渦，十分可愛，拿著白糖糕，迫不及待地就撕了一塊塞到嘴裡，呼哧呼哧地差點被燙到。把蘇明燁也笑得夠嗆，小姑娘紅著臉捧著白糖糕跑走了。

第二日，蘇白芷強留了姚氏在家，只說讓她照著張大娘的花樣在家接著繡，一個人去了西市。她剛到西市，張大娘便熱情地招呼她，找了個比較好的位置。

趁著別人不注意，張大娘朝她打了個眼色，她果真看到周圍幾家同樣賣繡品的人正偷偷瞄她，她回望過去，那些人又若無其事地別開頭。

蘇白芷皺著眉只當沒看到。學著張大娘的模樣儘量把嗓子喊開，可她的聲音太細，不一會兒就被淹沒了。張大娘見狀，直接把兩個攤子併作了一個，拿過蘇白芷的繡品一併賣了。

一天下來，好賴也賣了四百文，比昨兒個還好些。蘇白芷感激之餘，拿出了一百文給張大娘，今兒個若不是張大娘，她的東西只怕還是賣不出去。

張大娘手一甩，臉沈了下來。「都是鄉里鄉親的，互相幫襯，指不定哪天大娘還要讓妳幫忙呢。」又硬是把錢給塞了回來。

這話說得質樸，蘇白芷只想著，過幾日那桂花油和花香油都將做好，到時候再給張大娘送一些去。

別了大娘，她卻沒有直接回家，而是在西市的一個轉彎處趴著偷偷瞧。

果不其然，她剛收市沒多久，就看到其他兩家一直盯著她的攤子收了，兩家的店主都是老婦人，聚在一起交頭接耳，竟是老相識。

她就蹲在角落，那兩個老婦人收了攤子並肩而行，絮絮叨叨的話就這麼飄到她的耳朵裡。

「妳說老爺怎麼想的，那小娘子每日掙不到一吊錢，還讓我們裝作生意人在這兒擺攤，真是無趣。」其中一個抱怨道。

「噓！妳渾說什麼！」另外一個扯了扯她的袖子，蹙眉道：「老爺怎麼說我們怎麼做便是了，反正短不了咱們工錢。平日裡還能來這兒賣些帕子貼補家用，比什麼差事都好啊。」

「那倒也是……可畢竟是一家人，老爺這麼做，還是不太厚道呀……」

「讓妳別說了！」另外一個掐了她一把。「讓旁人聽見了可怎麼了得！」

蘇白芷聽著零星的消息，心裡百轉千折，悄悄跟在兩人後面，兩人只顧聊天，渾然未覺後面跟著的蘇白芷。

等到兩人從一個朱門大戶的後門進去，蘇白芷站在門外嘴裡全是苦澀。她們嘴裡的老爺，就是蘇清松。

為了個鋪子，竟是想徹底斷了他們的生活來源，全然不顧血脈親情。說是親人，倒不如張大娘這樣的鄰里親。

蘇白芷一雙手攥得生疼，靠在牆上，卻冷不防後面冒出個聲音來。

「九姊姊？妳躲在這兒幹麼？」

她轉身便看到蘇白雨擰著眉疑惑地望著她，又看了看她望的方向。「妳來找我？怎麼不走大門？奇奇怪怪的……」

蘇白芷鬆了手，臉上帶上笑。「嗯，是來找妹妹的。前幾日妹妹找我做的桂花油好了，妹妹若是方便，明日來找我拿吧。」

「呀，這麼快就好了啊。」蘇白雨握著蘇白芷的手道：「謝謝九姊姊。那明早我就去拿？」

「明早我和我娘都不在家，若是妳得空，來一趟西市可成？」蘇白芷笑道。

「西市？那也成。」為了桂花油，蘇白雨什麼都沒多想，同蘇白芷約好了地點，徑直回家去了。

這蘇白雨雖是驕縱，可貴在沒什麼大心眼，喜怒都擺在臉上。蘇清松雖無恥，可這種事情，總不至於對兒女說，更不至於對蘇白雨這個口無遮攔的姑娘說。

蘇白芷就這麼站在蘇清松的家門外，突然想起在定國公府，粉壁朱門事甚繁，高牆大戶內如山，曾經她也在高牆之內，謹小慎微，只怕一子錯，落得滿盤皆落索。那高門裡的勾心鬥角，比什麼都骯髒，可她最後不是死於勾心鬥角，而是……

她重重嘆了口氣，上輩子她了無牽掛，死便死了。可這一世，她還有待她如寶的家人。

她的家人，豈容人這般拿捏？

第五章

蘇白芷回了家，便把那些個密封桂花油的罐子尋出來。

按理說，桂花的浸泡時間還不夠充足，可這幾日陽光不錯，蘇白芷又急著用這些。況且即使是這樣的貨色，也已經比市面上桂花油的成色好上許多。

她總共做了兩罐子的桂花油，這次只取了一罐，另外一罐子依然存著。一揭開封層，滿屋子飄著桂花香。拿過蘇白雨事先給她的白瓷瓶，她小心翼翼地分裝好。

淨了手後，又去炮製蘇明燁採回來的羅勒。

等做完一切，她去看姚氏做的那些繡品，原本姚氏繡的花樣都太過素雅，如今換了明豔一些的花樣，看著極為喜慶。她靈機一動，想起院子裡曬的那些乾花。「娘，西市上賣帕子的人挺多，可賣香囊的卻不多，咱們做些香囊吧？」

「做著呢。」姚氏笑道：「我見妳在院子裡曬的那些花兒，想起從前當姑娘時總愛做些香囊打上絡子送人，前幾日就做了幾個，妳瞧瞧看，可好看？」

姚氏的手極巧，不說那香囊上的刺繡，便是那絡子的樣式都極其繁複，這樣的一個乾花香囊，這樣的手藝，若是放在京師賣，怎麼著也得幾兩銀子。

她琢磨著，明兒個怎麼也要拿著這些乾花香囊賣個好價錢。

「哥哥呢？」蘇白芷問。

「在屋裡看書呢。」姚氏打了絡子。

看書？蘇白芷琢磨著，不知道今日的事要不要跟蘇明燁說。

她想得出神，往蘇明燁的房子裡去時，直愣愣地便走進去了，把蘇明燁嚇了一跳，連忙放下書站了起來。

見是蘇白芷，他緩緩地吐了口氣，蘇白芷一眼就看到蘇明燁桌面上的那本《黃帝內經素問》，連忙掩了門問：「哥哥從哪裡得來的這本書？」

她隨意翻了翻，書上還有許多細細密密的備註，看著是蘇清遠的字跡。

「這些書是爹爹的遺物，娘都保存得好好的。」蘇明燁指著那些書。「我可是費了好大的勁兒才偷出來的。」

「你偷書幹麼？」蘇白芷不解。

「上回妳落水，足足躺了三日，高燒不退，來看妳的大夫都說妳不行了，我看著妳難過卻束手無策。我那時候就想，若是我懂醫術，必定不讓妳如此難過。」蘇明燁說道：「更何況，那些大夫都是些黑心的東西。妳可知那大夫為了診治，要了娘多少診金？」

「嗯？」蘇白芷挑眉。

「八十兩紋銀！」蘇明燁狠狠說道：「那時候見妳不醒，我們都慌了神，哪裡還能顧那麼多。他說什麼藥，我們付錢便是，只想著讓妳醒來。直至後來，我再翻那些方子，才發現當時用了好些貴重藥品壓根兒是沒用的。這黑心貨，分明就是趁火打劫！」

「怪不得……」蘇白芷低聲呢喃道，八十兩紋銀，夠普通人家節省著過上兩年了。她又追問了幾句。「那大夫還在嗎？」

「哪裡還在?!今天我越想越不對，便去了大夫那兒，誰知道他們鄰居說，大夫幾天前闔家搬走了。」

「分明是訛詐！」蘇明燁道：「若是我那時懂一些方子，也不至於被他騙得這樣慘。幸好妳醒了，若是那騙子大夫的藥下亂了，妳就這麼去了，可如何了得！」

「可娘……」蘇白芷擔心道。

「我偷著學，只是想知道些醫理，又不當大夫。」蘇明燁道：「只要妳不說，娘不會知道的。」

「好。」蘇白芷點頭，見那本《黃帝內經素問》邊上還零零散散地放著幾本書，她略翻了幾頁，眼前不由一亮。「哥，這本《香藥百論》是……」

「這書是爹爹寫的。可惜，只寫到一半，爹爹就走了……」耳邊聽著蘇明燁說，她欣喜地看著書裡的內容，蘇清遠著作的這本書，詳細地分析了每一種香草入藥之後的功效，甚至還有幾味香藥的配方，那裡面，便提到了紫羅勒的功效。

那一晚上，她都抱著從蘇明燁那兒拿來的《香藥百論》捨不得放手。

清晨時，姚氏在門外喚她起床，她才發現，昨晚竟是看書看得睡著了，把書藏好，她帶著要賣的東西出了門。

先是賣了羅勒，得了幾百文，這才去找張大娘一同擺了攤子。等了不多時，蘇白雨便帶著丫鬟施施然尋來了。

「九姊姊，我的東西呢？」蘇白雨素來不愛到西市來，西市龍蛇混雜，三教九流什麼人都有，這會兒看蘇白芷竟然在這兒擺攤做買賣，心裡對她的嫌棄又多了一分，那分嫌棄赤裸裸地擺在臉上，她拿了手上的錦帕遮住半張臉，似是來這地方，降低了她的格調。

「在呢。」蘇白芷眼角瞟到昨日盯著她的那兩個老婦人紛紛別開臉去，生怕被蘇白雨看到。她心裡不由冷笑，面上卻是和緩地將那幾瓶桂花油交到蘇白雨手上，蘇白雨還沒拿穩，便看到不知道從哪裡來的幾個叫花子從巷子裡竄出來，也不說話，只是亮著一雙眼睛，舔著嘴巴看著蘇白雨身邊的丫鬟，看樣子是餓極了。

那幾個小孩最小的不過是個五、六歲的小女孩，瘦骨嶙峋，看樣子是被蘇白雨的丫鬟帶著的食盒吸引來。

「哪裡來的叫花子！」蘇白雨急於擺脫這幾個花子，快走了兩步，那群花子卻不疾不徐地跟在她身後，那個最小的女孩甚至要將她髒兮兮的手觸上蘇白雨的羅裙，囁嚅道：「姊姊，我肚子餓……」

眼見那雙手就要碰上她的裙子，蘇白雨慌得側身不及，連忙往旁邊躲閃，哪知手下一晃，包著桂花油的瓶子落在地上，她又正好踩到油瓶子上，就聽到蘇白雨一聲尖叫，「啪」

一聲跌倒在旁邊賣帕子的老婦人身上。

這一跤跌得著實不輕，蘇白雨半晌站不起來，卻聽到身子下，有個老婦人「哎喲」叫，她回過神來，就見到旁邊另外一個婦人衝上前來扶起她。

整條街上的人都看到蘇白雨跌了這麼大一個四腳朝天，她站起來時，還有人對著她指指點點，她面上一紅，再看旁邊的人，不由得怒火中燒，拿出了小姐的氣派。

「妳們兩個怎麼不在家裡做事，跑出來做買賣了？」她指著兩個扶起她的老婦人大聲罵道：「莫不是看著主家仁厚，便偷懶出來做些買賣貼補家用？妳們可真是打的好算盤哪！」

若不是蘇白雨在場，蘇白芷簡直要拍掌喝采老天助她了。原本也就是想引蘇白雨來，將這兩個惹人厭的老婦人領回家去，不承想卻上演了這一齣好戲。

看那兩個婦人臉上一陣青一陣白，她等了一會兒，見時機差不多，迎上去扶著蘇白雨道：「咦，妹妹認得兩位大嬸？這幾日兩位大嬸生意可真好，看得姊姊羨慕的。」

這一句話無疑是火上添油，坐實了兩個老婦人的罪名。那兩婦人此刻是啞巴吃黃連，有苦說不出，又不能當著蘇白芷的面，說這都是蘇清松的安排。

誰知道平日最不愛上西市的蘇白雨今日怎麼會來這兒。

蘇白雨此刻屁股摔得生疼，拿到手的桂花油全數潑了個乾淨，整條街上都飄散著一股頭油香。想及此，她越發生氣。這些桂花油沒了，她怎麼在那些千金面前顯擺？這次真是裡子面子都沒了。

蘇白芷看她臉色，笑著安慰道：「妹妹莫急。姊姊那兒還有一些材料備著，就是怕妳到時候不夠。過幾日好了，妳再上門來取便是。」

「那就好。」蘇白雨臉色稍微和緩，那幾個小叫花子早就不見了，看到身邊兩個誠惶誠恐的老婦人她越發生氣，惡狠狠道：「還不隨我回去?!在這兒丟人現眼啊？看我不告訴娘親，好好治治妳們！」

「是，小姐。」老婦人低了頭，有冤都說不清。這時卻又聽到蘇白芷說道：「妹妹方才跌了一跤，恐怕傷了腳，還是讓我送妳回去吧。」

兩個老婦人心裡咯噔一跳。事前蘇清松就說過，絕對不能讓蘇白芷知道她們倆的身分，如今事跡敗露，若是蘇白芷在場，她們的一頓板子無論如何是逃不掉了。

果不其然，蘇白雨回了府，直接將今日的事兒告訴了李氏，李氏當著蘇白芷的面，連盤問都沒，直接堵上兩位老婦人的嘴，各責打了四十大板。

從頭到尾，蘇清松都未曾露面。

聽著門外撕心裂肺的聲音，蘇白芷的心一寸寸變涼。她也知道這兩個婦人是無辜的，不是她心狠，實在是她們逼人太甚。

她正想著，就聽到李氏面似慈祥地問道：「聽聞阿九數日前落了水，不知道現在好利索了沒？」

「多謝伯母關心，阿九沒事了。」蘇白芷恭恭敬敬地回了話，見李氏神情閃爍，似是有什麼話要問，她低頭垂目，只等李氏開頭。

果不其然，李氏在繞著彎子問了幾句無關緊要的話之後，終於問到了正點上。「阿九，前幾日妳二伯父同妳娘說關於鋪子的事兒，不知道妳娘考慮得如何了？」

「啊？」蘇白芷只當不知道，搖了搖頭。

「就是妳爹的那個香料鋪子，妳娘沒跟妳說起嗎？」李氏問。

「不知道。」蘇白芷答道：「二伯母您也知道，阿九自小就是個沒主意的，況且上有哥哥和娘親，有事他們作主就是了。那個香料鋪子，爹爹費了不少心思，爹爹去後，勞累二伯父和二伯母照看，我們一家人都將這份恩情記在心上。等哪天阿九大了，就將香料鋪子接過來，萬萬不能再讓二伯父操心。」

蘇白芷說著，煞有介事地起身朝李氏福了福身。「阿九落水那幾日，也是靠二伯父接濟才活了過來。只恨那個大夫，竟是個騙子，騙去娘親不少銀子。若是哪日被我們找到，必定是要扭送他到官府的，青天白日騙我們一門孤兒寡母，這人忒無恥！」

這一番話，罵的是大夫，實則拐著彎連同蘇清松也罵進去了。李氏卻沒能聽進去，只聽著她說起大夫的事情，不由心驚肉跳，眼角不停地往屏風後面瞟，陪著笑道：「那大夫是騙子？怎麼沒聽妳娘提起？」

「那方子還在我們手上，哥哥琢磨了一番才知道的。」蘇白芷一五一十地道。

「那真是該死！」蘇白雨道：「若是抓到，就該千刀萬剮，大夫都這麼黑心，還能相信誰！」

蘇白芷笑了笑，起身告辭，臨行前又對李氏說道，若是看到城西的王大夫，一定要通知她。聽得李氏身上一抖，連忙像送佛一樣送走她。

回到屋子，就見蘇清松從屏風後面走出來，沈著臉就把桌面上的茶壺、茶盞掃到地上，對蘇白雨一陣劈頭蓋臉地教訓。「好端端的大家閨秀沒事上西市那三教九流的地方逛什麼逛！有時間多學學妳三妹妹，在家做做女紅、唸唸《女誡》，將來好給妳找個好婆家。」

蘇白雨平白受了一頓罵，又被蘇清松下了禁足令，足足關了十來天才被放出來，當下也只能忿忿不平道她爹喜怒無常。

等蘇白雨走後，李氏誠惶誠恐地上前道：「若是那王大夫被抓了，把我們害她性命的事兒說出來，那可怎麼了得？」

「妳放心就是了。」蘇清松陰沈著臉。「那王守恆收了我這麼多錢，早就跑得不知道多遠了。妳只需要管好那兩個家奴的嘴，不要讓她們亂說話就是了。」

「我聽她的意思，像是不願意把鋪子賣給我們，也不知道是不是她娘的意思？」

「不賣？那就還錢！若是等他們拖到族長回來，這鋪子只怕我們就拿不到手了。我就不信短短的兩個月內，那一門孤兒寡母能賺到這麼多錢！」蘇清松重重捶著桌子。

說者無心聽者有意，方才蘇白芷的那幾句話刺著他的心頭，讓他很不舒服。

他哪裡想到，那話都是蘇白芷刻意說給他聽的。

李氏也納悶。「從前看她總是瑟瑟縮縮的，一副見不得世面的樣子，今日卻說話條理都清楚。莫不是落了水，反倒把腦子落靈光了？」

「我管她靈不靈光！」蘇清松罵道：「過幾日妳去他們家探探口風，逼一逼那個債，記得穩些，可別像今日一樣慌慌張張露了馬腳！」

「那西市的生意？」李氏遲疑道。

「每日都掙不到一吊錢，我還怕了她們不成。不管了，隨她們去。」

李氏的態度實在太明顯，蘇白芷走在路上琢磨著，只怕這麼一鬧，蘇清松被逼急了，這幾日就會上門要債。為今之計，只能賣了家中的紫羅勒。

她趕回攤子時，張大娘那兒圍著一圈人，好幾個姑娘繞著她問這兒問那兒。蘇白芷仔細一看，張大娘手中拿的，不正是姚氏做的香囊嗎？看樣子，好像已經賣了幾個出去。

她連忙上前幫忙，幾天鍛鍊下來，她已經能很從容地應對姑娘們的七嘴八舌。等一撥人散去，大娘將掙得的銀兩交到她手上，她連疲累都忘記了。

「大娘，怎麼有這麼多？」十個乾花香囊賣了十兩？

「沒錯沒錯。」張大娘笑著答道：「妳娘的手藝那麼好，這個價格我還嫌低了呢。不過我不明白，妳的香囊明明是乾花做的，怎麼香味那麼濃郁，同別人賣的不同？」

「我在那裡面加了杜英的種子磨成的粉末。」蘇白芷解釋，杜英的種子若是壓油會更香，可時間緊，她只將它磨成了粉裝進香囊裡，那香味已經十分濃郁。

「蘇小娘子妳懂的可真多。」張大娘樂呵呵道。

蘇白芷抿嘴一笑，見又有客人來，忙收了笑招呼人。這一抬頭，卻是看到了熟人。前幾日急著救人，未及仔細打量顧夫人，今日一看，顧夫人雖是已經三十出頭，可保養得極好，肌如凝玉，柳眉輕翹，臉上掛著淺淺的笑，似是從畫中走出來的。

她多看了兩眼，又覺得自己唐突了，連忙收了視線。

林氏看到她時，臉上先是疑惑地愣了一下，便聽到丫鬟在她耳邊低聲說道：「夫人，這姑娘便是前幾日救了您的人。」

她點了點頭，臉上只裝未知，從蘇白芷手中接過一個香囊，柔聲問道：「這香囊是妳做的？」

「是我娘做的。」蘇白芷答道。

「這刺繡和絡子都出自妳娘的手嗎？做得可真精巧。」她看了一會兒，又嗅了嗅香，點頭道：「這膽八香用得也好，味兒不會過濃，襯得花香正清爽。巧兒。」林氏喚來丫鬟，從她手中接過錢袋子，隨手便給了蘇白芷一些碎銀子。「這香囊我要了。」

蘇白芷掂量著那些碎銀子足足有五兩，皺著眉追上林氏。「夫人，銀子您給多了。」

「千金難買心頭好，這香囊正合我意，我覺得它就是這個價。」林氏笑道，正要走，蘇白芷卻將四兩塞到了丫鬟的手裡。「今兒個我所有的香囊都是一兩銀子賣的，斷然沒有高價賣與您的道理。夫人若是真喜歡，改天再來光顧，或許明天這些香囊就要漲價了的。」

林氏聽她這樣說，點了頭讓巧兒把錢收回來，依是走回了攤子，又找蘇白芷買了些帕子。這一回卻是仔仔細細問了價格，按蘇白芷說的付了錢。

巧兒抱著帕子、兜裡裝著香囊跟在林氏後頭，便聽到林氏問。「巧兒，妳覺得方才那姑娘如何？」

「嗯……是個怪人。一向都是只有買錯的，沒有賣錯的。生意人都希望多賺一些，可她倒好，巴巴地把錢還咱們。」巧兒搖頭晃腦。「可是看那個姑娘，分明家境又不好。」

「妳知道什麼。」林氏笑道：「她分明是認得咱們的，可看她的態度，既不刻意逢迎，也不卑躬屈膝，明明救了我，不居功自傲，被人誤解了投入牢中，也不上門討要個說法，敲詐一番。見了咱們，還是平常心對待。做個小生意，雖是家境不好，還是能做到童叟無欺，言語間進退有禮，看樣子家教也是極好的。」

「就這麼一小會兒的工夫，夫人看出這麼多門道來呀。」巧兒咂吧嘴。

林氏搖頭，又問道：「舅老爺是不是這幾日來？」

「嗯，說是這幾日就到。到時候幾個舅小姐一來，咱們小姐可就不無聊了。」

「這樣……」林氏沈吟道：「妳去找方才那個姑娘，我要跟她訂些東西。」

今日生意這樣好，是蘇白芷萬萬沒想到的，轉眼間，手頭便多了許多錢。她正樂呵著，方才的丫鬟去而復返。

「姑娘，我家夫人想跟妳再訂五個香囊。三兩銀子一個，花色要各不相同，生動有趣一些的，還要有建州的特色。夫人說，近日蚊蟲多，希望姑娘能配一些驅蟲的香草。不知道姑娘接不接這個單子？」

五個香囊，三兩一個……這就是十五兩，加上原本的十三兩，總共就是二十八兩！即便是去掉一些成本，也能賺很多。

她二話不說便接了下來，只是想到姚氏今日勞累，便多問了一句。「可能需要五天左右才能做好，可否？」

「可以，但是必須要做好。這些香囊都是要送人的，若是做得不好，我們可是不付錢的。」巧兒叮囑了兩句，又約好了交貨的時間、地點方才離開。

「姑娘，妳可是撞大運了！」張大娘拍著蘇白芷的肩膀，看起來比她還高興。

柳暗花明，蘇白芷第一時間便想到了這幾個字。從手裡拿了二兩銀子交到張大娘的手上，這一回卻不許她推託了。若不是張大娘告訴她那兩個老婦人的實情，她或許一直都不知道是誰要害她，又如何害她，今日更不能將生意做得如此順利。

張大娘也不推託，將銀子小心翼翼收好，笑道：「這回大娘可不推。這呀，只當是給大娘的彩頭，妳的生意會越來越好的。趕緊拾掇拾掇，回去跟妳娘說說這事兒，可別耽擱了。」

「嗯。」蘇白芷重重點頭。

回到家，她轉身先進了廚房。方才路過菜市場時，她特意選了隻大肥雞。將雞洗淨，切成塊，氽燙去血水。她在鍋內加四碗清水煮至沸騰，又抓了把弄淨了的羅勒放進去一起燉，一刻鐘後，再加碗水及雞塊，用小火慢慢熬著。

雞湯的香味伴著羅勒的藥香，撲面而來。她嚐了嚐味道，最後在湯裡加了些鹽調味。

一鍋香噴噴的羅勒雞湯便起鍋了。

據蘇清遠的《香藥百論》記載，羅勒雞湯有芳香健胃、祛風止痛、行血活血及助長發育的功用。

按理說，蘇白芷和蘇明燁都在長身體的時候，可兩人看起來就極其瘦弱，而姚氏更是因多年疲累，血氣不足。這一道湯，三人吃著正合適。

賺到的第一筆錢，她唯一想做的，就是好好犒勞這一家人。

那香味誘人，竟將姚氏從房裡引到了廚房，她看著那雞湯，再看那桌面上擺著的銀子，驚訝地問道：「阿九，妳哪裡來的這麼多銀子？」

蘇白芷看著姚氏一副吃驚的表情，不疾不徐地舀起一勺雞湯，吹涼了送到姚氏嘴邊。

「娘，您試試這湯的味道如何。」

姚氏疑惑地喝了一口，點了點頭。「嗯，很香。娘很久沒喝過這麼香的雞湯了。可是，妳這銀子……」

「娘，您可是大功臣！」蘇白芷挽著姚氏的手坐下，將今日賣出香囊的事情仔仔細細說了一遍，恰好蘇明燁下了學堂回來，在旁聽了一會兒，也十分高興。

「娘，咱們賺的可不只這些。」蘇白芷笑道：「那夫人見娘親的香囊精緻，又跟我再訂了五個，每個三兩銀子收。」

「真的？」姚氏眼前一亮。「三兩銀子，那就是十五兩。天啊，這價格可以買市面上多少個香囊了。」

「娘的手藝，可比大齊許多說得出名的刺繡大師好，這個價格算公道了。」蘇白芷笑著。「我跟那夫人約好了五天後交貨，接下來可就要勞累娘親了。」

「傻瓜，累什麼。五天做五個，時間綽綽有餘了。」姚氏興奮地撫掌，拍了下腦門說。「妳看我，我得去房裡看看材料夠不夠，不夠還要上街去補備補備。只是這花樣……生動有趣，還要有建州的特色……」

「娘，不怕。」蘇明燁拍胸脯。「這個包在我身上。回頭我多繪幾幅花樣給娘，保證都是建州才有的物件，放心吧。」

「那就好！」一向穩重的姚氏樂呵呵地便離了廚房，蘇白芷這才對蘇明燁說道：「哥哥，今日找我買香囊的，是上回咱們救的那個顧刺史的夫人。」

「刺史夫人？」蘇明燁皺眉。「是顧夫人認出妳了？」

「或許吧……」蘇白芷道：「不管這顧夫人是為了報恩，還是真喜歡娘的香囊，這生意我們都做定了。」

蘇白芷躊躇了片刻，終還是將蘇清松找人算計她的事兒說了一遍。

「豈有此理！」蘇明燁聽完，不可置信地拍案。「那可是咱們的血親，為謀財竟下這般無恥手段！」

「這明著來的，咱們倒是不怕，就怕他暗地裡給咱們使絆子。哥，我看，過不得幾日，二伯母便會上門。幸好有顧夫人這單生意，咱們一定要做好。回頭我再找個機會把紫羅勒賣了，一定要盡快把他家的那筆錢還上。」

「嗯，就是要勞累妹妹了。」

「哥哥也不會閒著的。」蘇明燁的懊惱擺在臉上，她豈能不知道他的心思。「哥哥若是得空給我寫幾種驅蚊的配方，回頭我好去買些材料回來配製香囊。」

「這簡單。」蘇明燁笑道：「現在市面上用的驅蚊方法大體都是用藿香、薄荷、紫蘇、香茅等七、八味香草，曬乾磨成粉裝入香囊，或者用艾草薰燒均可。」

「這些都很普通……」蘇白芷低頭琢磨道，蘇明燁所說的配方她都是見過的，那些香草搭配起來是有效，可效果並不持久，若是要做到特別，還需要費一番心思琢磨。

驅蚊……看來是要好好翻一翻蘇清遠的那本《香藥百論》了。

在配製香囊這段時間，蘇白芷沒有出攤，偶爾給姚氏打打下手，大部分的時間裡，都是在看蘇清遠的那本書，偶爾還會抓著蘇明燁探討一番。

其他的時間，她便仔細對待餘下的那一罐桂花油。經過兩道過濾後，那桂花油的品質已十分好，她又在桂花油中加入了薔薇等乾花，再次過濾，香味已經完全不同。除此之外，還有她自製的那些純乾花浸泡的香油也已然成了。

她分裝了一小瓶給姚氏試用之後，姚氏喜歡得不得了，見她做了許多，便問道：「這些都是要賣的？若是要賣，可以賣個好價格。怎麼娘親從前就沒想到，桂花能泡油，其他花兒也能呢，這味兒真好。」

「不賣。」蘇白芷淺笑道：「這些都拿來送人。」

有蘇白雨這個免費的中間人，她自然要好好用上一番。

物以稀為貴，她原本就沒打算大量生產這些花油，更何況，這些花油費的功夫不多，極易被人仿製，她若是放到市面上，或許不出十天半個月，便被人仿了個乾淨。

她選的，便是上層路線。讓那些千金小姐用得舒服了，才能有念想，到時候市面上尋不得，她的財路就來了。

她打好了算盤，卻怎麼也沒想到，那幾日蘇白雨正被關禁閉，壓根兒到不了她跟前拿這些花香油。

這一等，便等到了同顧夫人交貨的時候。

她小心翼翼地將每個香囊檢查一遍，確認無誤後，滿意地對姚氏說：「娘，您這次繡的比上回還好。」

那香囊上的圖案都是童子遊玩圖，分開看，一個個意趣盎然，並排擺在一塊兒，更是一幅完整的童子戲水圖，極好地表現了建州的精緻風貌。加上姚氏的巧手，上面的人兒就像是真的要蹦出來一般。

「哥哥畫的圖樣也好。」蘇白芷捧著那幾個香囊，都捨不得賣出去了，嚷嚷道：「回頭娘也給我做兩個香囊吧，真好看。」

「好。」姚氏看她難得露出一副小女兒的模樣，也歡喜得緊。

「這個是？」巧兒疑惑地看著她，莫不是賣了香囊還想多賣幾樣東西？

「這個桂花油是給姊姊的。」蘇白芷又額外給了巧兒兩個白瓷瓶。香囊交到巧兒手上時，蘇白芷笑著將那瓶塞打開，在巧兒的鼻尖底下繞了一圈。

「這是我家獨製的桂花油，送與姊姊，勞累姊姊跑這一趟。」

蘇白芷牽起巧兒的手，將那香油交到巧兒手上。

「這個好，聞著可香。」巧兒二話不說便收下了，蘇白芷指著另外一瓶說道：「這個是託姊姊帶給夫人的。這個是……百香露，是用幾十種乾花配製出來的香，有怡氣凝神的功用。」

「妳這小丫頭，倒也懂事。」巧兒仔細將兩個瓶子收好，拿人的畢竟手軟，又叮囑道：「若妳沒什麼事兒，就還在這等著吧，沒準兒夫人喜歡，還要找妳買些什麼。那些香囊不說香氣清心，便是上面的圖，看起來也喜氣，不錯。」

「姊姊若是喜歡，改天我再送個給姊姊。」蘇白芷低眉垂目道，方才拿了巧兒十五兩，還在兜裡滾燙著呢。

「這我可用不起，一個三兩銀子。」巧兒咂舌道，看蘇白芷越發順眼，白白淨淨的，又懂事，怪不得夫人喜歡。

趁著巧兒走不久的期間，蘇白芷趕著時間又去了趟東市。那些紫羅勒已經曬乾了，她現在愁的是賣家。

西市的藥販子大體都是零散戶，沒多大的見識，即使是拿紫羅勒去賣，只怕也沒幾個識貨的。她得去東市看看，找一家相對好一些的香料鋪。

自重生以來，她埋首於賺錢，也沒來得及好好看看建州城，從西市走到東市，她邊走邊看著，倒也看出了不少趣味。

整體來說，建州同京師益州有很大的不同。由於販賣香料的人比較多，建州城上走的，很多是四面八方的外地人，本地人的性格也更加開朗，逢人都是笑容滿面。

尤其是到了東市，才發現建州城商業的繁榮。各地奔來的馬車聚集在這裡，人來人往，她站在人群中，竟然有些不知東西南北。

「蘇九妹，好巧啊，妳也在這兒……」冷不丁從身後冒了個人出來，把蘇白芷嚇了一跳。可聽到那聲音，她又放下心來。

幾天不見韓壽，他依然是一副老樣子，做著一副風流樣，可眉目間卻是清冷乾淨得很。

蘇明燁平日回家，也會揀一些學院裡的趣事兒給蘇白芷聽，因此她也聽了不少韓壽的故事。

比如，韓壽在課堂上同先生意見不同，卻引古據今，舌粲蓮花，說服了先生。

比如，韓壽又在課堂上睡著了，被先生罰抄，卻在抄書時候睡著，打翻了硯臺，整個臉弄成了花貓臉。

聽到最多的是，韓壽今日又做了首好詩，在學堂裡又得了第一。

常常是蘇明燁說著，蘇白芷側耳聽著，偶爾聽得發笑。

再加上那日韓壽似乎幫過她，她這會兒看韓壽，越發覺得親切。

她恭恭敬敬地福了福身，喊了句：「韓公子。」

「妳，妳今天怎麼這麼老實？」韓壽略略一怔，想伸手去扶她，手伸到一半卻又硬生生收回。

蘇白芷抬頭看韓壽，只覺得今日他有些怪異，不知是扭捏還是怎地，兩人間竟是變得生疏了。

沒等她覺察不對勁，韓壽也覺不對勁兒，臉可疑地一紅，趕忙恢復原狀，假裝淡然，揚了笑意望她。「妳在找什麼呢？」

方才人來人往的，她就這麼小小的個子，他還是一眼望見了。見她一個人在人群裡跟沒頭蒼蠅一般，也不知道在尋些什麼。

「嗯……」蘇白芷看他眼裡掛著淺笑，想著或許他知道一些。「韓公子可知道這建州城裡最大的香料鋪子是哪家？又是哪家的香料鋪子掌櫃最有見識？」

「這個，妳可真問對人了！我曉得是曉得，不過妳得告訴我妳要幹麼。」

「我想賣一味香草。」

「賣藥？」想起上回她採了一地紫色的草，許就是賣那個。

他指了指蘇白芷面前那家人來人往的香料行，上書大大的金色大字「百里香」。

「那家就是。不過妳要小心，這家的掌櫃是隻狡猾的狐狸，精打細算，妳可別被他算計了。」

蘇白芷抬頭看那香料行，不由得咧了嘴，這家的門面……可真是富麗堂皇。四處鑲金帶銀，連柱子都是用金漆刷上去的，她方才一晃眼，還以為這家店是間金鋪……誰能想到是個香料行啊。

不過看這氣勢，應該是家很有實力的鋪子吧。蘇白芷看了看時辰，連忙跟韓壽拜別，韓壽伸手想要去攔她多說幾句話都來不及，只看她匆匆忙忙離去的背影，忍不住自言自語。

「走這麼快做什麼？才沒說上幾句話呢，真是……」

說完，他又踮腳往蘇白芷離去的方向看了半晌，自覺沒趣地離開了。

蘇白芷匆匆忙忙趕回到西市，恰好看到巧兒在人群裡不停地張望。

見著她，巧兒忙不迭地迎上來，似是等了許久，等得焦急了。

「我不是讓妳在這兒等著嗎？妳跑哪裡去了？算了，不說這些。夫人有話要問問妳。妳隨我來。」

第六章

蘇白芷同巧兒一併坐馬車去刺史府，下了馬車，她隨巧兒從側門入內，一路走來，只低眉順目地跟著。巧兒見她頗為穩重，見了刺史府內的景致卻也沒擺出長了見識的模樣，心裡頗為驚訝。她哪裡知道，蘇白芷前世見過的建築物大體都比這還華麗，這些宅子在她眼裡，也只是普通罷了。

饒是如此，巧兒還是叮囑了幾句。「待會兒見著夫人，夫人問話妳再答，可別莽莽撞撞失了禮數。今日妳來得巧，家裡來了客人，到時妳見了，別慌了手腳就好。」

蘇白芷知道這是巧兒有心提點她，若換作一般丫鬟，只將她領到跟前就是了，斷然不會與她說上這麼多。連忙點頭，又謝了一番。

說話間，兩人就到了。她還沒進門，就見一個婦人風風火火地拉她到一旁仔細打量，點點頭讚許。「這姑娘生得標緻，手也巧。年紀看著不大，做出來的東西卻是極好的。」

劈頭蓋臉一陣誇，倒是讓蘇白芷愣住了，幸好巧兒提前有告訴她一些，這會兒，多說多錯，她只是微笑。

「嫂嫂不要嚇著人家姑娘了。」林氏笑道，柔聲對蘇白芷說：「妳那香囊做得極好，手工好，畫也好，這幾個小崽子們都歡喜得緊。只是那味香，卻與旁人的不同，我聞著清清涼涼的，可回神來，那香味又似在鼻尖徘徊。妳是加了什麼？」

「與市面上的驅蚊方子大體相同，只在裡頭多加了些薄荷、冰片。」

「只多了兩味藥草，沒少什麼嗎？」方才拉著她的婦人若有所思地問她。蘇白芷心裡咯噔一跳，仔細想了想，這驅蚊的配方大體都相同，可差別總是有的。

可二十幾味藥草裡面就少了一味，每一味草藥的用量又極少，這位夫人如何能聞出來的？

她正出神，巧兒在旁推了推她，低聲提醒道：「那是舅老爺家的大奶奶袁夫人，問妳話呢。」

「嗯，是少放了硃砂。」蘇白芷連忙答道。

「是忘了嗎？」袁氏又追問道。

雖是不明白她為何有此一問，她還是老老實實回答。「前幾日聽巧兒姊姊說，這香囊是要給遠來的貴客，且花樣要生動有趣，我便琢磨著，許是這香囊要送與小娃娃。原本這驅蚊的香囊，放上硃砂效果是好，可這硃砂有微毒，大人或許無大礙，可若是小兒誤食了，後果可不得了。是以我將硃砂去掉，換上了薄荷和冰片，這樣效果也是一樣的，香味也更加持久。」

「嗯，果然是觀察入微。」袁氏點了點頭。「怪不得方才老爺看了那香囊，讚這配香者定是個蕙質蘭心的姑娘。」

「夫人謬讚了。」蘇白芷朝袁氏福了福身。

「這百香露與桂花油也是妳配製的？」林氏又問，見蘇白芷點頭，臉上微微詫異，便多問了一句。「姑娘可曾去過益州？」

「益州？」蘇白芷臉上一僵，正想隨口答道「去過」，可轉念一想，益州宋景秋是去過，可蘇白芷卻是地地道道的建州人，從未出過建州。

「不曾去過。」蘇白芷照實答道。

「那可就奇了怪了……」袁氏自言自語道。「前幾日我才從京裡回來，定國公夫人送與我一瓶，說那是她亡故的義女做的最後一批桂花油，統共只有幾瓶，一瓶給了我，餘下的都給了她的新媳婦兒蘇氏……哦，那義女妳也知道的。」袁氏望向林氏。「就是原本撫遠將軍的孤女，叫宋……宋景秋。」

義女……蘇白芷垂下眸子，心一沈，竟不知說什麼好。

兒媳變義女，沈君柯早就為休妻再娶鋪好了路，坊間只知道她入了定國公府，可她嫁時，嫁得無聲無息，當時她年紀尚小，只想著有個依附有個名分，其他的不去計較也罷。

這會兒她反倒成了義女？她死了，那家人還有臉有皮地將她的東西送與新媳婦？

由來只聽新人笑，不聞舊人哭。此去京城甚遠，她自再世為人便想從頭開始，早已不怨恨沈君柯的薄情寡性，可如今聽到「義女」二字，卻只覺一陣陣心寒……

義女，好個義女！

揮去心裡沒來由的怨懟，她冷笑一聲，那些桂花油，要用便用好了。

只是這「十里香風」悠悠眾人，沈君柯不至於堵了所有人的口。若是哪一日蘇白禾知道這些香的由來，臉上不知會是怎樣的精彩紛乘。

「天下製香的方法大體都是相同的，我也是碰巧才發現這樣製出來的桂花油更好。」蘇白芷將話含糊了過去，倒是惹來林氏的興趣，細細問了她幾種香草的屬性及各種香料的使用，蘇白芷都一一答了。

正說著話，一個著一身紫綃翠紋裙的小姑娘從外走進來，身後跟著個小不點。進了門，小姑娘帶著小不點先是恭恭敬敬地同長輩見過禮，看到蘇白芷時，她眼前一亮。

林氏道：「雲兒不是想知道今晨的香囊是誰做的嗎？喏，就是這位蘇姑娘做的。」

顧雲身後圓滾滾的一個小不點亮著一雙眼睛，舉著香囊挪到蘇白芷面前。「這香囊是妳做的嗎？真是好看。」

見蘇白芷點頭，那小不點扠著腰又指著不遠處的博山爐。「我爹說，配這個香囊的人，製香的天賦極高，可是我覺得妳笨笨的。妳能不能說出這博山爐裡的香都是由什麼配製成的？」

「這……」蘇白芷哭笑不得，見這小不點圓滾滾的樣子極為可愛，可問這樣的問題卻是一派天真、理所當然的模樣。

「娘，我就說她不行嘛。」小不點嘟著嘴，又挪著胖乎乎的小腿，煞有介事地挪到袁氏的身邊，抱住了袁氏的小腿，仰著頭，皺著眉，明顯不滿。

「不可無禮。」袁氏點了點小不點的鼻子，對蘇白芷說道：「姑娘要試試？」

「嗯……」不遠處的博山爐裡裊裊青煙，蘇白芷閉上眼，細細感受空氣中飄著的香氣，緩緩說道：「有……沉香，檀香，丁香，龍腦少許，木香及黑篤耨……」

憑藉著腦子中對香的印象，她緩緩說道，每說一味，那小不點的眼睛就亮了一分，蹭蹭蹭攀上袁氏的腿，趴在袁氏耳邊說了幾句話，見袁氏含笑點頭，小不點更是驚訝。

「還有呢？」袁氏見她踟躕了半天，追問道。

「還有……」這香清婉雋永，偏偏雋永裡透著一股清奇，可是她怎麼也想不起來是什麼。

「還有兩味，可是我不知道……」蘇白芷老實答道。

「是金顏香和素馨花。」袁氏補充道。

素馨花是生在更加南方的地域，極少入香用，金顏香更是來自大食及真臘國，蘇白芷不認得倒是正常的。只是，短短時間內，蘇白芷能認出這麼多味的香，著實讓人驚嘆。

袁氏有意考她，又從身上掏出了另外一個方勝形的玉雕蓮花紋香囊，讓小不點送到蘇白芷的手裡。

小不點這回倒是動作迅速了。蹭蹭蹭從袁氏的膝頭落到地面，舉著那香囊。「喏，剛剛妳肯定是猜的，這次妳鐵定就猜不對了。」

這小不點盛氣凌人的樣子也討人喜歡得緊，蘇白芷忍不住咧嘴一笑，這一笑把小不點給呆住了，回神時卻說道：「哼，爹爹說，長得漂亮的女人都是老虎變的。」

蘇白芷的笑一窒，倒是林氏、袁氏與方才進門的那個小姑娘笑開了懷。

這一回蘇白芷倒是極快地就說出來。「這應是荼蘼香。」

「做法如何？」袁氏問道。

「這香的製法倒是有詩句為證的。」蘇白芷說：「我曾在書上看過，荼蘼香，三兩玄參二兩松，一枝濾子蜜和同，少加真麝並龍腦，一架荼蘼落晚風。」

「好一個『一架荼蘼落晚風』！」袁氏撫掌道：「看來蘇姑娘看了不少書，也深知製香之道。不知師從何人？」

「不曾師從誰，只是……」她想了想，總不能說上輩子看多了聞多了就會了，總要找個好點的藉口吧？

「先父是大夫，畢生都在研究以香入藥，自小耳濡目染，我便學了一些。」

「那便是天賦了。」袁氏驚嘆道。

製香是一門學問，入門容易，可若是要成為製香大師卻不是一般人能成的。就像是廚師，做飯誰都會，可要做得好，做得獨一無二，這就看每個人的手法和天生對食物的敏感度。

製香亦然。尤其，製香還要深知每一樣藥草的藥性和原理，多了少了都影響香的品質，這需要很靈敏的嗅覺和後天的努力。

製香師難尋的原因就在這裡。

高級的製香師她請不起，不如自己養一個製香師。

她暗自盤算著，越看蘇白芷就越歡喜，可這做生意，還是要知根知底的好。

「不知道蘇姑娘的父親是……蘇姑娘別介意，我曾在建州住過一段時日，許認識姑娘的父親。」

「先父名喚蘇清遠。」

蘇白芷的話音方落，就見林氏驚訝地站起身來追問。「妳父親何時去世的？妳母親可是姓姚？」

「家父是五年前去世的，家母確實姓姚……夫人，您……」林氏的手掐得她生疼，指甲幾乎掐住她的肉。

「妹妹方才還說我嚇到人家姑娘了，這會兒怎麼自己這麼一驚一乍的。」袁氏笑道。

便聽林氏說道：「嫂嫂有所不知。幾年前，刺史大人還是建州的一個縣令，那時我生雲兒難產，險些母女都去了，幸而蘇大夫妙手回春，才保下我們母女。前幾日我去城外拜祭，被毒蛇咬了，也正是蘇姑娘施救，否則性命堪憂。只是不承想，造化弄人，恩公就這麼去了。」

二人在旁唏噓感嘆，就連蘇白芷都感嘆造化弄人。

顧雲怯生生地上來同蘇白芷行了禮。「多謝蘇姊姊救了母親一命。」

蘇白芷虛扶了一把，林氏笑道：「這個禮是妳當受的。妳父親仁心仁德，刺史大人也引他為知己，我與妳娘親更是舊相識。只是前幾日去了你們家的香料行，見裡面的夥計都換了個新，問起蘇大夫，他們也只搖頭說不知，我只當你們舉家搬遷了，也沒多想。如今尋到你們可真好。」

「怪不得我見妳時便覺得極為眼熟。」林氏越是歡喜。「蘇恩公的女兒必定是不會差的。」

「既是舊相識，那可就好辦了。」袁氏接過嘴來。「如今我這兒需要幾種香料，希望蘇姑娘能幫著配製一下。只是這香市面上少有，蘇姑娘可能需要多花些心思。這名字，分別是：嬰香、韻香、壓香和神仙合香。時間沒有要求，姑娘什麼時候做好，便什麼時候拿來，不知道姑娘接是不接？」

嬰香、韻香、壓香……神仙合香？蘇白芷想了想，這幾味香的名字她都是聽過的，可是具體的配製方法她不知道，這如何能配得？

「姑娘別忙著推辭。」袁氏喚來巧兒，在她耳旁叮囑了幾句，巧兒便出門去了。袁氏又道：「這些香不過是些名字罷了，換個地方，許名字也不同。我這兒倒是有做好的香，配方我不能告訴姑娘，只讓妳拿些成品回去，妳自個兒聞香，寫個配方配個大概就是了。材料我全包，若是不成，我只能給妳二兩銀子辛苦費；若是成了，姑娘的香我全要了，還給姑娘一百兩。」

也就是說，不管好賴，這生意都穩賺不賠？

傻子才不答應呢！

直到巧兒拿著那香來，她才知道，這錢，只怕不好賺。那四種香，分別是香丸、香餅、香膏和炷香，每一個做法和工藝都是極為費時費力的。

蘇白芷踟躕著，那林氏卻朝她擠了擠眼睛，道：「蘇姑娘妳就應下吧，這可是樁好事。」

她再看袁氏，已是一副高深莫測的表情，竟不知不覺點頭應下了。

出顧府時，林氏特地讓巧兒送她，她一路走著，一直覺得有人在後頭跟著，一回頭，就看到圓滾滾的小不點拖著顧雲的手，顧雲臉脹得通紅，小不點還一直催著她。「雲表姊妳快點，快點。」

蘇白芷停了腳步等顧雲上來，那小不點繞著她走了一圈，煞有介事地點了點頭。「我爹說的不對。漂亮的女人可以是老虎，也可以是大大的香囊……我聞著妳的味道就同我的香囊一樣，香噴噴的。」

這形容……蘇白芷覺得自己冷汗都快滴下來了。

「元衡別瞎說。」顧雲掙脫了小不點的手，紅著臉對蘇白芷說：「蘇姊姊平日若得空便來陪雲兒玩好不好？我問過娘親，娘親說，只要蘇姊姊願意，可以隨時進府的。」

「我平日可能比較忙……」蘇白芷正要拒絕，卻見顧雲臉色一黯，竟似要哭了。這樣嬌滴滴的樣子便是蘇白芷也不忍心拒絕，只得說道：「嗯，若是我得空了，便進府來陪妳。」

她話音剛落，那小不點拉著她的袖子仰著頭道：「那咱們就拉勾，妳可不許說大話，否則妳會變成胖子！」

小不點這說的是食言而肥嗎？蘇白芷再次想扶額，這是怎麼養出來的寶貝喲！

被強拉著手拉勾，小不點這才滿意地放開她。「嗯，妳回去吧。」

蘇白芷兩世為人，第一次被一個小不點弄得無語。

好不容易顧雲拉拽著小不點離開，她正要抬腳，便聽到已經走了好遠的小不點大聲喊道：「喂，香囊，我娘喊我吃飯啦，妳要不要來吃？」

這次，她身旁的巧兒一個站不穩，險些跌了一跤……

兜裡揣著那四種香，外加今日賺得的十五兩銀子，蘇白芷出了顧府卻沒能高興起來。只因為她剛剛到家，便看到她那個極為不靠譜的二伯母李氏正頤指氣使地坐在堂上，一看她的樣子便是喋喋不休，而她的娘親卻是愁眉緊鎖，時不時點頭，幾次三番想要打斷李氏的話，都被李氏堵了回去。

她走近時，正好聽到李氏說到重點：「這麼多年來我們家對你們如何妳也是知道的，若不是我們勞心勞力地撐著那家香料鋪子，你們孤兒寡母的，只怕那鋪子早就倒了，每個月還哪裡來的紅利收？眼看著最近周圍的鋪子都開起來了，我們往裡也貼了不少錢，這生意難做，妳也是知道的。如今手頭上錢真是不夠用啊！不是嫂子為難妳，只是那錢，確實是不能再拖了……」

這一番話，說得好像蘇白芷一家是靠著他們活著似的，話裡話外逼著，從鋪子到債務說得滴水不漏，還做足了好人樣。若是旁人聽起來，倘若他們不把蘇清松一家當佛像供著，反倒是他們不厚道。

「阿九妳回來了。」見著蘇白芷回來，姚氏連忙收了神色，怕是被蘇白芷看到，又是要擔憂一番。哪知道方才她們的言語，蘇白芷早就聽個乾淨。

「娘親，伯母。」蘇白芷淡淡道，卻是上前將銀子一放。「娘，您今日讓我賣的香囊我都賣出去了。」

她放的時候刻意放重了手上的力氣，將李氏嚇了一跳。等她看了一眼，心裡一掂量，這起碼得有十兩銀子啊。

「阿九上哪兒弄的這麼多錢？我說嫂子，咱們人窮，可那不乾不淨的錢，咱們可不能掙呀……」李氏意味深長地看著姚氏。

「二伯母真愛說笑話。」蘇白芷笑道：「今日阿九能賣了這麼多錢，也多虧了二伯母呢。」

「多虧了我？」李氏挑眉，疑惑道。

「是啊。多虧了二伯母治理了府中的那兩個下人，沒了她們搶生意，阿九的香囊才能賣得這般大好。」

「妳……」李氏臉一白，也不同她多費唇舌，又轉頭問姚氏道：「這錢究竟什麼時候能還？」

「這個，能不能寬限兩天？」姚氏低聲問。

「一天拖一天，到底要拖到哪天，要不就按我說的，拿那個鋪子抵債算了。我們一大家子人，也是等著錢開飯的，不只你們家人身子金貴。」李氏一頓搶白，說得姚氏啞口無言。

「娘您忘了，咱們有錢。」蘇白芷摟著姚氏的肩膀，制住她有些晃動的身體，笑道：「二伯母別急。明兒個阿九親自把錢送到您府上。」

「咱們哪裡來的……」姚氏險些說漏嘴，蘇白芷連忙接過話頭。「好多人欠了爹爹的診金，咱們去收一些回來，許就夠了。」

「真的？」李氏將信將疑，蘇白芷連忙掐了下姚氏的胳膊，姚氏會意，忙點頭。

李氏心道一聲。「壞事了……」

「啪」一聲響，蘇清松拍著桌子站起來。「妳說什麼？姚氏說明天還錢？」

「真的，千真萬確。」李氏將今兒個蘇白芷賺了十幾兩銀子的事兒一說，又補上了蘇白芷的話，蘇清松忙不迭地搖頭。

「這不可能。清遠那個古板，明明窮得快死卻總愛裝作善人的樣子，生前贈衣施藥，也不見他收窮人的診金。至於富人那就更不可能欠這麼些診金了，阿九這個小妮子，是哄著妳走呢。」

「甭管她哄不哄了，若是她明兒個真拿出錢來，那咱們的鋪子可怎麼辦！」李氏焦急了。

「她生蛋我倒信。一夜之間生出白銀來？怎麼可能！」蘇清松不信。

李氏這下真急了。那個香料鋪子裡面可安插了許多她娘家的人，她多多少少都能撈些油水。若是真被收回去，她損失可就大了。

「若是她真能生白銀呢？」李氏提高了嗓門，尖銳聒噪得讓人頭疼。

「那就讓她生不出來！」蘇清松思索了片刻，終是喚來一小廝。這般那般提點了他一番。

而不遠處的蘇白芷家中，姚氏擔憂地望著蘇白芷，終是跺了跺腳要往外走。

「阿九，妳在家等著娘，娘這就去當鋪當了這串沉香珠子，怎麼著也不能再讓妳二伯母欺到咱們頭上！」

「娘，別急，我有辦法的。」蘇白芷連忙攔著姚氏。

第七章

在姚氏急得焦頭爛額的時候，有個傳言在建州慢慢傳開。

街頭巷尾的人在茶餘飯後都在說一件怪事：在建州西市，有一日，有個姑娘買了一瓶桂花頭油不慎摔著了，灑了一地的桂花油，香氣四溢的，聞著讓人心曠神怡。原本這也不是什麼大事，買個香灑個油，這事也總是有的，可偏偏那些桂花油的香氣三、四天都不曾散去，反倒越發濃郁。

這話傳開，許多人不信還有這樣好的桂花油，特地去了西市聞上一聞。豈料還未走到潑油的地方，便有淡淡的香氣入鼻，越是靠近越是濃郁。

這股香味七天都未散盡，直到昨日夜裡突如其來的一場大雨，將天地洗了個乾淨，這股香氣才淡去。

眾人紛紛猜測這製香的人是誰，而當日西市上不少人親眼目睹蘇白雨那一場華麗麗的跌跤，旁人尋到在這一帶常做買賣的張大娘，張大娘樂得幫蘇白芷宣傳。「這呀，是城西蘇家的蘇九姑娘做的香油。那味道喲，嘖嘖，真是香得不得了。」

無心插柳柳成蔭，蘇白芷幾瓶潑地的桂花油無意間幫她賺了些名聲，就連蘇白雨的名氣都在建州提升不少。

然後此刻被人關注著的兩人，一個正急著弄銀子，另外一個還被關著禁閉，蹙著眉頭百無聊賴地數著床前的花蕊。

蘇白芷手裡提著一籃子曬乾摺好的紫羅勒，掂了掂，也不過只有四兩左右。出門前她心裡也是沒底的，只是看著姚氏惶然的樣子，只得安慰道：「娘，別擔心。」

此時她站在「百里香」的門口，心裡不由得發怵。百里香四周車水馬龍，門口更是排起了長長的一條隊伍。顯然是各地來的香料商人，有買，有賣，可是像她這般，賣得這麼少的卻沒有。

更何況……她站在隊伍的尾端看著過去了一個時辰，隊伍貌似就挪了一小段。抬頭看毒辣的日頭，這樣下去，她只怕沒排到，百里香就要收工吃晚飯了。

大太陽下曬著，她出門時又未吃早飯，竟覺得有些乏力。正想蹲著歇會兒，就聽到頭頂上有個聲音響著。「姑娘是否要賣香料？」

她見是個夥計模樣打扮的男人，還以為是百里香中出來招待的夥計，便起身正色道：「是要賣香料。」

「百里香每日都要接待許多人，姑娘都排到這個位置了，估摸著今日是進不去的。反正是賣香料，不若到我家掌櫃的鋪子裡賣，銀子絕對不會短了姑娘的，還不用等這許久。」那夥計低聲說道，又指了指不遠處的商行。「我們李記香料行的口碑也是極好的，姑娘的香料若是好，還能圖個長久的合作關係。」

「這個……」蘇白芷看看那冗長的隊伍，其實這半途截人生意的事兒委實有些不地道，可是她急著用錢，若是明日沒能把銀兩還上，李氏的冷言冷語，她是無所謂，可是她不想讓娘親受委屈。

還了這筆錢，她才能理直氣壯地去爭奪香料鋪。

她心裡計較著，也好，便跟著夥計去了。

那「李記香料行」的規模比起百里香是小一些，可是見裡面的種類卻是極齊全的。夥計領著她到櫃檯，便有人專門來接待，看那夥計，許是又去百里香拉人去了。

接待她的是個蓄著山羊鬍子的中年人，一雙小眼睛銳利得很，夥計說，他是店裡的辨香師傅老劉頭。見蘇白芷年紀小，老劉頭本就存了幾分輕視的心，看她手中小小的一個籃子，顯然是沒多少貨，更是無所謂地問道：「姑娘賣什麼？」

「紫羅勒。」蘇白芷從籃子裡摸出一小根，遞到山羊鬍子面前。

「紫羅勒？」老劉頭接過藥，仔細看了看，須臾後，臉色漸漸凝重，高聲喚來一個夥計，對著他耳邊低聲呢喃了幾句，待夥計給蘇白芷端上茶水時，那山羊鬍子卻不見了。

老劉頭轉了個彎，走入後堂，堂中正坐著一個油光滿面、大腹便便、身上掛著一條金光閃閃粗鍊子的男人，他朝著那人深深鞠了個躬，才畢恭畢敬地將手上的紫羅勒遞上去。「老爺，有好貨上門了！」

那男人也不看老劉頭，將手上的茶碗重重一放，朝旁邊的小廝罵道：「又跟老子要錢！

讓他平日沒事別上街做些見不得頭面的事情，你看，好端端地被人打折了腿！這不孝子，當他老子是開銀號的，還是家裡有座金山？折了腿還不在家好好躺著，都這樣了還去逛窯子、賭骰子！我還給他捐官！捐個鳥！你去同他說，這次他就是另外一條腿被人打折了，我都不會給他半個銅板！讓他自生自滅吧！」

「可夫人那兒……」小廝想起自家夫人那哭天搶地的模樣，冷不防打哆嗦，再想起自家公子被扣在賭場一把鼻涕一把眼淚地哭求，若是他真拿不到錢回去，別說公子的另外一條腿保不住，打著石膏的斷腿還會再斷一次。

「我管他去死！」李福強站起身來，肥碩的身子踱來踱去，狠下心是真不想管李凌那個小混蛋了，可自家夫人鬧起來……他一想起就覺得頭皮發麻。

小廝只覺得眼前一道金光在移動，等李福強停下來，吹鬍子瞪眼道：「去帳房支錢去！告訴那逆子，這真是最後一次！讓他好好收收心，過陣子鄰縣或許有個知縣的空缺，就是做個樣子，也得給我做出來！」

「是是是……」小廝忙不迭點頭，轉身之際偷偷鬆了口氣，公子說得沒錯，但凡搬出夫人，則無往不利。

李福強冷了口氣，這才看到依然彎著腰的老劉頭，蹙眉接過他手上的東西，漫不經心道：「什麼了不得的貨啊？」

李福強家中三代在建州經營香料鋪，可實際上，香料這些東西他只懂個皮毛，香料行的大小事務都交與老劉頭。老劉頭是他李家家生的奴才，因為跟著李福強的爹打理香料行，自學成才，倒是懂得辨香的本事。李福強卻總覺得讓他坐堂辨香，已經是對他極大的恩典，平日裡也還當他是下人。

看了看手上的紫羅勒，他蹙眉道：「我還以為是什麼好東西，不過是些紫蘇罷了！我看你是老了，眼神也越來越不濟，看什麼都是貨色！」

「老爺，這可不是紫蘇，這是紫羅勒，市面上可少有的。前陣子有個大食國的商人來此地賣這東西，您猜一兩賣多少？」在私下裡，老劉頭只喊李福強老爺，表明自己在李家依然是下人。

「多少？」

老劉頭舉起了三根指頭。「三兩銀子！」

「這麼多！」李福強什麼都不會，可對錢卻敏感得很。此刻摸著自己的腦門，又繞了兩圈。

「老爺，現在這羅勒可是有價無市，可遇不可求的東西。」老劉頭又強調道。

「成，我去看看！」

從後堂進到前廳，有一道簾子隔著。李福強掀開簾子的一角，就看到一個眉清目秀的小姑娘，身上穿著粗布麻衣，一副窮酸樣兒。他琢磨著，也不知道是哪個破落戶祖上冒青煙，採到這樣的好東西。

再看她籃子裡的東西，隱約露出一角，他拿著平日一眼定銀兩重量的功夫粗略分析，那籃子裡的紫羅勒，橫豎不過四兩。算算，大約就是一百二十兩。

他眉眼一轉，計上心頭。

站在店中等得焦急的蘇白芷本欲離開，卻見一道金光閃過，一個長得極為……福相的中年人出現在她面前。

「小姑娘這一籃子的紫蘇長得極好，不知道姑娘打算怎麼賣？」

老劉頭蹙了眉，暗道這坑財的李福強又想欺負人家小姑娘不懂事，怎奈在主人家打工，身段自然低了一頭，便默不作聲站在一旁。

「紫蘇？」蘇白芷原本看老劉頭的表情，像是個懂行情的，如今換了個土財主，一轉眼，她的紫羅勒變成了市面上常見的紫蘇。都是紫色，可那價格卻是差了十萬八千里。

「掌櫃的你可看仔細了？我這可是上好的紫羅勒。」蘇白芷掀開籃子上遮著的布，裡面整整齊齊地擺著乾的紫羅勒。

「紫羅勒？那還是羅勒啊。」李福強笑咪咪地看了看。「變種的烏鴉它也還是烏鴉，變不了鳳凰。不過我看小姑娘倒是挺上心，這批羅勒看著成色挺好，不如這樣，這些我全要了，給妳四兩銀子如何？」

「四兩……」蘇白芷的嘴裡只剩下苦澀。這幾日賺的，扣去材料費，統共剩下二十五兩，她卻還欠著八十兩的債務，四兩哪裡能夠？她見過殺價的，也沒見過這樣殺價的。她就算再不知道行情，也知道絕對不止這個價格。

「掌櫃的……」老劉頭正要說話，卻被李福強一個凌厲的眼色瞪了回去。

「掌櫃的你再仔細看看，我這確實是紫羅勒，入香是最好不過的了。」她將眼神投向李福強身後的老劉頭。

「老劉頭，你說這羅勒什麼價格？」李福強問著，背在身後的手攤開了一個巴掌。老劉頭會意，冷著臉對蘇白芷說道：「五十兩。」

「什麼五十兩！五兩！」李福強連忙說道。

「不能再多了嗎？」蘇白芷問道。

「妳這小姑娘好不識趣，我是看妳一個小姑娘不容易，才特地給了妳最高的價格。妳若是不賣，那便算了。」

李福強轉身裝作拂袖。卻萬萬沒想到，這蘇白芷乾脆俐落地拎著袖子轉身對李福強說道：「那便叨擾了。這香草，我不賣了。」

「姑娘姑娘，妳別急。興許我們掌櫃還沒看清這羅勒。若是妳允許，便讓我們掌櫃再仔細看看這藥草可好？」眼見一筆買賣泡了湯，老劉頭連忙攔住蘇白芷，從她手中接過籃子，拉著李福強便到了後堂。

「老爺，這姑娘性子不像是好欺的。這個價格她定是不肯的。前幾日我便在店前看到過她，她許是探聽好了價格才上咱們這兒賣的，總不能把好端端的一門生意送了人！」

「什麼好欺難欺。一看她那樣子就是沒見過世面的，許她五兩銀子她都該偷笑了，莫非還真要給她五十兩不成？你說你多大歲數了，就這麼點眼力勁兒，這鋪子到你手上不得虧大本?!」李福強一陣搶白，直把老劉頭說得心裡生悶。

可是一想到難得見到的香料，老劉頭依然是忍了下來，捺著性子解釋道：「那老爺看這香料如何處置？將她轟回去？」

「轟什麼！你不是說這東西值大錢啊！」李福強咧了嘴，看著那一籃子乾乾淨淨的紫羅勒也生了疑心，若是說她一點都不懂，又如何懂得將這香草炮製得乾乾淨淨？可這姑娘看樣子年紀不大，又如何懂得這稀有的東西？難不成背後有師父？

他正猶豫著，便看到自己貼身小廝急吼吼地進來，貼著他的耳朵說：「老爺，外面有個男人要見老爺，說是蘇老爺家的。」

「蘇老爺，哪個蘇老爺？」這建州姓蘇的人可不少，他可沒幾個放在眼裡的。

「蘇清松蘇老爺！」小廝連忙解釋道。

「混蛋！蘇清松老爺家的人你還敢讓他等著。趕緊讓他進來！」李福強一個大耳刮子甩在小廝臉上，連忙端坐了樣子等著來人。

建州城裡蘇家家大業大，這誰都知道，可最重要的是，蘇家在官場上也極有門路。他李福強雖是有錢，可畢竟是商賈，不如蘇家，書香門第，官宦之家。

多年來，他所有的心思都放在李凌身上，捐官也是希望李凌從此走上仕途光耀門楣。士農工商，商賈畢竟地位不高，而捐官也不是說捐就能捐成的，還需要些門路。這門路——靠的就是蘇清松。

只要能讓兒子當上官，他也是官老爺他爹了，以後說出去，誰還能說他是個土財主？他算盤打得叮噹響，如今事情未成，只能傍著蘇清松，怎麼著都得伺候好這尊大神。

不多時，便見小廝領了人進來，他客套了一番，那人便在他耳邊叮嚀了幾句話，他越聽越是疑惑，聽到最後，已是只知道點頭。

「那這事，就拜託李老爺了。」那人一托拳，李福強只能笑咪咪地答應道：「小事一樁。回去跟蘇老爺說，這事包我身上了。」

送走了那人，李福強坐了一會兒，方才對老劉頭道：「這香料，咱們恐怕是不能收了。」

也不知道蘇清松為何費力氣來對付一個小姑娘，小姑娘那兒總共也不過百十兩的利潤，不賺也罷，蘇清松他卻是開罪不起。

起身踱了兩下步子，李福強又看了兩眼老劉頭，琢磨著這事是不能讓老劉頭做。這老頭雖是對他恭敬，可人卻是直愣愣得很，倔起來只怕要出事，便喚了他去喊前頭的夥計。

老劉頭只當要退了小姑娘的貨，去了店堂喊了夥計，不多時，只見那夥計拿著蘇白芷規整好的一筐子紫羅勒，罵罵咧咧地便出來了。

「我只道那些個骯髒潑皮會拿著『甜頭』來騙銀子花，沒想到妳這一個小姑娘也敢拿著假香料上門騙錢！真真是世道變了！」那夥計嘴裡不乾不淨，手上更是拿著棍子，直接將蘇白芷推到了門外，蘇白芷一個踉蹌，被門檻絆了一下，險些往後跌到地上去。

堪堪穩住身子，正要分辯，那夥計卻拿著那一籃子香草直接砸到了她身上，凶神惡煞地咒罵道：「妳也不看看我們李記是什麼地方，賣假香料賣到這兒來了！」

周圍的人越圍越多，蘇白芷身上、頭上都落了紫羅勒，好不狼狽，站在人群中更是成了眾矢之的。

香城，最恨的便是賣假香的。尤其是所謂的「甜頭」，一些想發財的人黑了心，便從最南邊販了柏皮和藤頭回來，修製成香賣給外地客商。這些東西品質都是極差的，不懂行的外地客商若是買了回去，只會罵罵咧咧說是建州客商不厚道。買賣人都重誠信，這「甜頭」大大地亂了市場，誰能容得？

聽到夥計口中的詞，周圍已經有人圍上來，不明真相地開始唾罵。蘇白芷被圍在中間，乍然如此，更是一時慌了神。

等到抬頭，看到李福強眼裡的一絲僥倖，她的心卻越發冷下來。

沒有一個人無緣無故對妳好，更沒有人無緣無故對妳壞。能救自己的，唯有自己。

她低著頭，將地上的紫羅勒一點一點地撿回到籃子裡，不慌不忙，不急不躁，爾後，站起身挺直了背，冷冷地笑道：「李掌櫃，你說我這是假香，可有憑證？」

「憑證？」李福強一張彌勒佛的臉偏生有一對賊眉鼠眼，閃過一道金光。「我李福強祖上三代做著香料生意，真香假香我分辨不出？倒是妳一個小姑娘，資歷尚淺，卻敢拿著紫蘇冒充紫羅勒，還想來騙錢，這真真是膽大包天！」

李福強一席話說得眾人直點頭。李記在東市上足足做了幾十年的生意，這幾年雖是不如百里香，可口碑和信譽上倒還是不錯的。

「劉大叔你說呢？」蘇白芷又將目光轉向老劉頭身上，卻見老劉頭稍稍別過臉。蘇白芷沒有錯過他眼中一閃而過的不忍。

這分明是誣陷……蘇白芷握緊拳頭，怒目看向李福強，只聽到人群中有個好心人許是要為她辯解，說了兩句。「可能是小姑娘不認得香料，犯了錯誤，也不是故意的嘛！」

她不懂香料？蘇白芷心裡一陣攪著慌。她不懂香料？呵呵呵，幾年在香料行浸淫，她怎麼可能不懂！

她不知道李福強為何要害她，可若是今日她坐實了這賣假香的罪名，這建州城，她蘇白芷以後都別混了！

「我認得……」蘇白芷低聲說道，聲音尖銳，卻是越發高亢。「我認得！這就是紫羅勒！你憑什麼說這些是假藥！」

「就憑我這麼多年的經驗！」李福強斬釘截鐵道。看蘇白芷一身粗布麻衣，一定沒有什麼背景，他怎麼得罪不起？

「倘若這些都是真的香呢？」蘇白芷問，李福強一愣，她又說道：「若是這些都是真香，你當如何？」

那眼裡只剩下熊熊怒火。

「妳如何讓人相信這些是真的？」李福強嘲諷地笑道，終是從懷裡掏出五十個銅板丟在蘇白芷身上。「看妳可憐，這些錢給妳就是了，以後莫要拿假香騙人，拿著錢妳就趕緊走吧，姑娘。」

那些錢，如同錐子刺在她身上，周圍的人已然開始搖頭，準備散去。有的人，甚至開始感嘆李福強的大仁大義。

她低著頭，身上越來越涼，嘴裡的話出口時，卻帶著一絲冷厲。「李掌櫃，你店裡賣的安息香才是假香……」

已經回身的李福強心咯噔一跳，又回轉過來，確認道：「妳說什麼？」

「你店裡的安息香才是假的！賣假香的分明是你！」方才她得空，為了能配上袁夫人的香，她看了看店裡的東西，看到安息香時，她心裡便存了疑慮。為了賣香草，她也不曾多想，此刻卻不得不搬出來。

事情鬧大，越大越好，否則她怎麼都洗不清自己。

「不可能。」李福強開始著慌。這批安息香他是通過一個老友的手拿到的，老劉頭原本就跟他說過這批貨或許有問題，可是他相信老友，不假思索便拿了這批貨。

散去的眾人眼見著事情有了急轉，紛紛再次圍上來。只看到蘇白芷臉上帶著一絲凜然和堅決，緩緩說道：「真安息香，將厚紙覆蓋在上面，香煙能透過紙散出的，否則，就是偽造的。若是李掌櫃不信，大可取一份試試。但是，關起門來辨香於你於我都不公平。」

蘇白芷歉然一笑，對著圍觀的眾人說道：「今日煩請各位做個見證，若是李掌櫃要證明他的是真香，那便讓建州城最有名望的香料行前輩來做個鑑定，看看我與他，哪個是真香，哪個是假香，可好？」

「妳……」李福強慌道：「我憑什麼要與妳一同胡鬧！」

「李掌櫃莫不是怕了？」蘇白芷冷笑。「方才李掌櫃可是說了，幾十年經驗斷然不會出錯。既是如此，真金不怕火煉，煉一煉又何妨？」

「是啊是啊。蘇州城的香料行，皆以百里香的掌櫃韓斂馬首是瞻，不若請他來辨一番，也好洗清李掌櫃啊。」人群中不知是誰起鬨，眾人紛紛點頭附和。

「韓掌櫃忙得很，哪裡有閒工夫管這小丫頭的事情！」李福強斷然拒絕，便看到人群裡冒出一個人來，蘇白芷只聞到一陣清越的女兒香，一抬眼，就是韓壽如玉的側臉。

不緊不慢地搖著一柄風流桃花扇，臉上噙著一絲笑，爾後「啪」一聲收了扇子，韓壽道：「韓掌櫃最愛的就是湊熱鬧，如今已然在來的路上。哦，對了，李記不是有個夥計總愛在百里香門口拉客嗎？許是這會兒已經同韓掌櫃一道過來了！」

李福強一愣，心下著實慌張，瞅著老劉頭時，只見他臉也白了一半，心裡道：若是今日真被砸了店招牌，他真是得不償失了。

不多時，便見到方才拉著蘇白芷到李記來的夥計慌慌張張地趕回來，見到李福強站在門口，連忙上前。「掌櫃的，可是店裡出了什麼事情？」

李福強看到他，氣不打一處來。「你回來做什麼！」

「方才在百里香門口邊聽聞有人說咱們店裡賣假香，讓我趕緊回來看看……」夥計唯唯諾諾。「百里香的……韓掌櫃過來了……」

他話音剛落，蘇白芷便看到一個頭髮微白的中年人從兩人小轎上下來，端的是四平八穩、威嚴十足。從人群裡走出時，旁人紛紛退了兩步，微微屈了身子。

看這架勢，蘇白芷已然猜到這就是眾人口中的韓斂。

只見他下了轎子，環視眾人，眼睛落到韓壽身上時卻蹙了眉，又裝作不經意地掃過。

兩人都姓韓，蘇白芷一時也弄不清兩人關係。可到底，心下不知為何竟覺得平靜許多。

她果真不是無所不能的蘇白芷，她也會怯懦。有熟人在場，卻如添了一道強心符，踏實多了。

李福強連忙下了臺階出門迎接。「韓公今日怎麼得空來我這小店？」

「哦，轎子行到半途，看到李掌櫃門口人來人往，又聽聞有非法之徒來砸李掌櫃的店鋪，順道便來瞧瞧。李掌櫃可是遇上了什麼難事？」韓斂心裡暗咒韓壽這小子。半途走得好好的，非得讓人截了他的轎子領他往這裡來，一看就是要讓他蹚什麼渾水。

「不打緊，就是有個姑娘來賣藥草，發生了些口角，怎好勞動韓公？」李福強連忙作揖，這尊大神趕緊送走得好。早就聽聞韓斂是隻老狐狸，這麼多年，百里香越做越大，百做不倒，若不是韓斂有些功夫，必定是後面有人撐腰，無論是哪種可能性，他可不想將他樹為敵人。

「哦，只是口角？那韓某便不參與了。香行裡還有些事要忙，韓某便先走了。」李福強話說到這分上，分明是不想鬧大呀。韓斂腳底抹油，直直往轎子走去。

眼看著就要離開，斜下裡突然衝出一個眉目清淡、清秀婉約的小姑娘，舉著一個籃子竄到他面前，含著笑問道：「韓公留步，蘇九不才，想讓韓公看看我這紫蘇成色如何。」

「紫蘇？」韓斂只一眼瞟過那籃子，已經判斷出籃中為何物，笑咪咪地對蘇白芷道：「小姑娘，妳運氣可真是好。這可不是紫蘇，這可是稀罕的紫羅勒，價高得很咧！」

「這是……紫羅勒？」蘇白芷不確定道。

「當然是紫羅勒！妳若是要賣，可來百里香，百里香收藥保證價格公道，童叟無欺。」韓斂眯著一雙眼打量蘇白芷，滿意地點了點頭，大跨步往轎子走去，全然不顧周圍一陣譁然之聲，乘轎離開。

「李掌櫃，方才韓公所說，你可曾聽清了？」蘇白芷揚了聲音大聲道。

「若這姑娘賣的不是假藥，那李掌櫃店裡的香……」路人甲低聲說道。

「嘖嘖，看不出來，真是奸商呢……」路人乙附和道。

「假香鬧不好會死人吧？」路人丙憂心。「前幾日我可來了這李記買了不少香料，別都是假的吧？」

「哎，店大欺客，好好的小姑娘都要害，黑心喲……」

周圍一陣議論聲，蘇白芷卻全然忘了安息香這回事，只要能證明自己的清白，那就夠了，至於李記裡的假香，與她無關。

她只抬起眼，一雙眼直勾勾地看進李福強的眼裡，李福強渾身打了個激靈。這個小姑娘，眼神裡的憤恨如一團烈火，灼著人焦躁難安。

不承想，一個小姑娘竟如此毫無畏懼。

周圍的議論聲落在他耳裡，聚集了越來越多的人。許多甚至是李記的老主顧，他連忙揚聲道：「各位稍安勿躁，李記的香是絕對不會錯的，李某與蘇姑娘間許是有些誤會。蘇姑娘進店來說、進店來說……」

這一會兒，李福強的臉已然換作一副討好的神情，如今只求人群早點散去，平息眾人的憤怒。殊不知，人群裡也多得是採買的商人，此起彼伏喊道：「小姑娘，把那紫羅勒賣給我唄……」

蘇白芷淺淺一笑，朝眾人微微鞠了一躬，又對李福強說道：「蘇九方才說過了，這藥草，我不賣了。」

掃到一旁的韓壽噙著笑一副看好戲的神情，她微不可見地朝他點了點頭，提起籃子便離開。

走出老遠，她身上一乏，差點軟坐在地上。真是有驚無險……若方才無人能、或者無人願意證明她的清白，她可如何是好？總算天不亡她！天不亡她宋景秋，更不亡她蘇白芷。

旁有人虛扶了她一把，她這才發現韓壽一直不緊不慢地跟在她身邊。

「怎麼這會兒知道怕了？我看妳方才梗著脖子，可真是無懼無畏呢。」韓壽調笑道，見她臉上有些慘白，忙接過她手中的籃子。

韓壽也就調笑了一句，轉過臉卻是正正經經地問她。「妳這麼累，如此委屈自己，是為什麼？」

「嗯？」蘇白芷不解。

「妳哥哥總說，妳是家中最累的人。每日都忙於研製香料，東奔西走。今天見妳更是清瘦了，我不明白，妳一個女孩家，如此辛苦是為了什麼？」

「哥哥同你說起我？」蘇白芷納悶，後又釋然。想是蘇明燁同韓壽平日走得近了，偶爾會聊起家中的事兒，否則以蘇明燁的悶葫蘆個性，一向是拒人於千里之外的。

此刻的韓壽似是有種神奇的魔力，能春風化雨，讓所有人都對他吐露心聲。

「不為什麼……就是希望家裡的人能活得更好。」蘇白芷回道。

「只是如此？只是如此妳何必這麼累？」韓壽搖搖頭，蘇白芷眼裡的東西太多，可這個理由卻著實敷衍。

「為了得到人的正視。為了死之前，能對自己的兒孫說，來人世走這一遭，沒白來。」

蘇白芷仰頭看他。「這個理由從我嘴裡說出來，你能信嗎？」

「我信。」

「嗯？」蘇白芷一怔。她方才所說的話，原是她父親宋良叮囑她的。大齊三綱五常極為嚴苛，可父親對她說，不論男女，都不該被世人忽視著過。她一直牢記心頭。

可到底，她還是辜負了父親的期望。宋景秋的死，不過是落了個白茫茫大地好乾淨。

「我說我信。」韓壽笑道，這會兒又將扇子別在腰間，大大地伸了個懶腰道：「為了讓人正視……這可是多少人都做不到的。難得妳一個女子能有這樣的志氣，倒是讓我刮目相看了。」

「那……多謝你的刮目相看？」蘇白芷難得俏皮道。

「客氣客氣。」韓壽嬉皮笑臉。「妳說李福強那個土財主會如何？」

「那麼大一個店，不會因為這點小事就出問題吧！」

「這可難說。李記店裡最重要的寶貝不是那些香，而是他們的辨香師傅，老劉頭。可偏生李福強沒有意識到這點，出了這檔子事，必定要有個人出來背黑鍋，若是我料得不錯，老劉頭此刻只怕已經扛下這樁罪名了。老劉頭若是一走，這李記只怕……撐不住多久。」

「哦。」蘇白芷點頭不語，卻不想韓壽拿著扇子輕輕地敲了一下她的頭。「妳不殺伯仁，伯仁卻因妳而死，妳不內疚嗎？」

「我為什麼要內疚？」蘇白芷摸著腦袋回道：「我又不是佛祖，不求普渡眾生。更何況，各人造業各人擔，我從未存過害人之心，能做到問心無愧就不錯了。」

蘇白芷還有一句話憋在嘴裡，那便是……她甚至不認為自己會是個好人。

這世間誰都有私心，若是為了家人，她不介意自己做一回壞人。

事情也正如韓壽所料，他們前腳剛離開，老劉頭便以經手採辦人的名義一力扛下李記安息香假香事件的罪責，李福強下手更是狠辣，直接將老劉頭打了一頓，險些打殘了老劉頭，在他養傷期間，更是在李記門口貼出了大大的告示，將此事罪責全數推到老劉頭身上。沒幾天，老劉頭便被趕出了李家。

此一遭，老劉頭險些丟了性命，更是過了一段顛沛流離的日子。可據老劉頭說，便是這一打，讓他對李家徹底死了心。從今以後，了無牽絆。

至於老劉頭爾後如何，此為後話。

此刻，蘇白芷跟著韓壽一路說說笑笑，不知不覺便走到了百里香的門口。依然是門庭若市，她同韓壽告了別，又規規矩矩地排隊等著賣香草。

韓壽搖搖頭，只嘆這姑娘性子太過倔強，搖搖頭便離開。可是就在拐角之處，他卻站定了。

那樣小小的一個人，身體裡有巨大的力量。

他從來都是玩世不恭的，出生在殷實之家，他向來習慣了衣來伸手、飯來張口的日子。他天資聰穎，連唸書都不大上心，卻能取得很好的成績。曾經一度，他把自己歸類為不勞而獲的蠢蟲。

可是今日看到蘇白芷，他為何會有這麼大的觸動？

她不過是個女兒家罷了……

若是她真要過好日子，她大可以嫁個好人家。不，不用嫁個好人家，即使是普通人家，又怎麼會讓一個女子拋頭露面？

韓壽不得不承認，他曾暗自笑話蘇白芷的愚鈍。分明事事都有捷徑，可是她總選最笨的那一條。

腳踏實地嗎？

韓壽的嘴角咧開一絲嘲諷的笑。

「為了得到他人的正視。為了死之前，能對自己的兒孫說，來人世走這一遭，沒白來。」

他反覆咀嚼著這句話。

這世間，有多少男子都未必能做到這點，端看那欲捐官的李凌，端看……他自個兒？

一向玩世不恭的韓大少爺，第一次被一個女子用一記悶棍打在頭上，一時昏了頭。

可最嚴重的是，為何方才她說這番話時，他的視線如何都挪不開，只能停留在她的身上？為何此刻，他只能站在街角，一動不動地看著她？

連日來，夢裡出現的那人的身影，那人的眼睛，分明屬於眼前人。

錯覺嗎？

韓壽目不轉睛地看著前方一抹倩影，腳下竟似生了根一般，挪動不得。

這一天，百里香難得延遲了一個時辰收藥。輪到蘇白芷時，已是月上柳梢頭。

從百里香裡出來，蘇白芷看著手裡的一百兩銀票，心裡暖暖的都是希望。

有錢能使鬼推磨，這便是她蘇白芷，賺得的第一桶金！

小心翼翼地將錢攥緊了揣在懷裡，她出了百里香的門心裡便犯怵。

從百里香走回家，要經過一條長長的巷子，巷子裡暗得很，她畢竟是個女子，個子又小，身上揣著錢，總有些惴惴不安。

路過巷子時，她幾乎是用跑的，小跑步到巷子的盡頭，即將走到亮處時，她突然感覺到有個聲音逐漸接近自己身後，氣喘吁吁的。這一嚇，她更是埋頭快跑。

卻不想，身後的人緊追不放，及到近處，身後一雙手突然抓住她的肩膀。

蘇白芷嚇了一大跳，忍不住尖叫出聲。

第八章

「別怕，是我。」

蘇白芷只聽頭上一陣熟悉的聲音，她趕忙抬頭，便見韓壽噙著笑望著她。她忍不住撫著胸口長長地吁了口氣，依舊是餘悸未消。方才那種被人跟著的感覺這樣強烈，她隱隱地覺得不安。莫非是她感覺出了差錯？

身邊站著韓壽，她的膽子也大了一些，回了身，仔仔細細地掃了兩眼巷子後頭能藏人的地方，左看右看都不見人影。

「別看了，人早就跑了。」韓壽沈著臉道：「原本是要來尋明燁兄，恰好跟在妳後頭，就見幾個人賊頭賊腦地跟著妳。若不是我在妳身邊，他們早就下了手，還輪得著妳後怕？」

韓壽沈著臉再看巷子口，方才那幾隻小老鼠早已沒了身影。

方才回府，他反覆告訴自己，那只是錯覺罷了。可腳卻不受自己的控制，待他回神時，他已經站在了蘇家門口。他又告訴自己，不過是來看看蘇明燁而已，可是，左等右等，等不到蘇九，他卻慌了神。

若不是及時回頭尋她，她只怕半途真要出事。

這種忐忑的感覺，真是不好受。

他視線牢牢鎖在蘇白芷的身上，蘇白芷只覺心裡突突一跳，不自然地轉了視線。不知為何，在這樣的視線下，她竟覺得有些熱。

想到韓壽所說，她只覺得後怕。若是今日沒他，若是她真被那些下作的人劫了財，或是……

這後果確實無法想像。

「謝謝韓公子，往後我再不敢了。」蘇白芷喃喃道。

「妳真是……」韓壽只覺一陣挫敗，軟了聲道：「算了，我送妳回去吧。」

「謝謝韓公子。」蘇白芷又低聲道謝，韓壽只顧嘆氣搖頭，自己走在跟前。

蘇白芷跟在他後頭，只見他白日明亮晃眼的一身裝束全數褪去，換作一襲廣袖青衫。頭上用一條墨玉色緞帶隨意綁著，手上依然是那柄桃花扇，輕搖著。

方才出現時，他就站在明暗交接的地方，臉上一半明亮，一半幽暗。

面如凝脂，眼如點漆，此神仙中人。當時，蘇白芷突然想到了這句話。

這樣的韓壽她未曾見過，那種感覺，讓她瞬間想起了蘇明燁的另外一個同窗——秦仲文。

若是此刻的韓壽換下這身青衫，換作墨色，許是更像一些。

只是秦仲文看上去謙潤如玉，實則帶著拒人於千里之外的疏離感，而韓壽，此刻即使這樣的裝扮，依然讓人想親近他。

兩人都比蘇明燁大上一、兩歲，可氣勢上卻能比拚在戰場上洗禮過的沈君柯。分明只是讀書郎，卻如斯大氣。

「當時年少春衫薄。騎馬倚斜橋，滿樓紅袖招……」待蘇白芷回神時，她竟不自覺說出了這幾句話。她嚇了一跳，趕忙收聲，怎知前頭的韓壽還是聽到了。

他回了頭，笑笑地搖了搖扇子，做足了姿態，似是要化作詞裡那一個騎馬倚斜橋的少年，意氣風發足風流。「說我？好看嗎？」

「好看是好看，就是這扇子有些大。」蘇白芷點評道，心裡默默腹誹：這大扇子，還襯不起你此時得意洋洋的模樣。

她這般想著，嘴角卻是高高揚起。

「喂，你們兄妹倆一般德行。慣愛欺負人的。」

韓壽收了扇子，不滿地道。可到底嘴角還是露出了一絲笑。

直到送到蘇白芷的家門口，韓壽方才離去。

「你不是來尋我哥哥嗎？」蘇白芷疑惑道。

「方才想著要尋他問點事兒，這會兒不用了。」韓壽答道，眼神卻落在蘇白芷身上。

「順便打打幾隻不識趣的小老鼠，省得老鼠爬出來咬了蘇九妹的銀票。」

蘇白芷垂眸一思量，想著方才那被人跟蹤的強烈感覺，也不知道這是什麼流年，四處有人惦記她。

好在有韓壽……

她心裡唸了一句感激，抬了眉眼看韓壽，正好看到他的眼神灼灼地看著自己，蘇白芷心一驚，回神時臉卻不知不覺紅了。

韓壽也是尷尬地別開了頭，嘴邊卻帶著若有似無的笑，扇子一打，笑道：「我也逛夠了，這就回去。小九妹往後若是再要晚歸，可得當心……下一回，可沒我在妳身邊了。」

兩句話說得蘇白芷臉上又是一紅，待要尋他，他已走得老遠。

「這人今日怎麼怪怪的？」蘇白芷心裡默默唸道，可直到他走遠，她才驚覺，自己已經收不回嘴邊的笑意。

進了門，蘇白芷收斂心思，沒說出方才的事兒。只將那銀票一亮，姚氏和蘇明燁都覺得難以置信，那一籃子的紫羅勒，竟然有這麼多錢。

「以後我還挖這些香草賣，這樣娘親就不會累了。」蘇明燁高興地跳起來。

「這可不成，這些變種的香草也是難得遇上，咱們下回或許就沒這樣的運氣了。」蘇白芷笑道，見姚氏暗暗抹淚，忍不住窩在她懷裡撒嬌。「娘，有我和哥哥在，咱們的日子會越來越好的，一定比現在好上千倍、百倍。」

「嗯！」姚氏重重點頭。「娘去給你們做些好吃的，犒勞你們兩個！」姚氏擦擦臉，笑著起身去了廚房。

蘇白芷這才問蘇明燁道：「哥哥，二伯父家今日可來催債？」

「不曾。」蘇明燁搖頭道。

「不曾？」這可真是阿婆留鬍子——反常了！

蘇白芷細細一思量，若是按照蘇清松慣常的手法，指不定這銀票揣在身上會出什麼事情，為免夜長夢多，還是趕緊還回去的好。

幸好蘇清松的宅子離她家不遠，讓蘇明燁陪同，總不致出太大的事兒。正好蘇白雨託她做的幾瓶桂花油一直都沒送過去，她也沒上門取，拿這個當個由頭送去也好。

同蘇明燁一商量，他也覺得可行。

「這錢從哪裡來的？」蘇清松抿一口茶，拿過銀票隨意放在一旁，做足了長輩的姿態，教訓蘇明燁。「咱們蘇家在建州好歹也是名門望族，你與阿九流著蘇家的血，那些見不得頭面的事情可萬萬不能做。你父親去得早，二伯父又太忙，甚少管教你們。可該做的、不該做的，你可得認清楚。」

這句話說的是蘇明燁與蘇白芷二人缺乏教養。幸好蘇白芷進了宅子便去找蘇白雨了，否則若是讓她聽到，又要難過一番了。

「父親雖去得早，可父親的教誨我一直記在心頭，莫不敢忘。這裡面掙來的每一分錢都是正正經經的，二伯父大可放心。」

「福伯，去取二十兩銀子給燁哥兒拿著。」蘇清松喊來下人給蘇明燁找錢，卻是將茶杯重重一放，震得茶水潑了一地。

「聽燦哥兒說，你在學堂平日裡都同一個花花公子哥兒廝混。不只你，還有阿九，平日在街上拋頭露面做生意。這都是你父親教你的？我看你是野了心，無心向學！你可別忘記了，這族塾的名額歷來有限，族裡多得是孩子打破了頭想進都未必能進。若不是族裡看你們一門孤兒寡母，特許了這個名額給你，你是怎麼都進不去的！你學識上不見長進，平日倒愛交些狐朋狗友！你如何對得起你母親，對得起族親！」

蘇清松收到那銀票時，心裡便一口氣悶著。原本以為讓李福強刁難一番蘇白芷不過是個小事，沒想到事情鬧大，他倒欠了李福強一個大大的人情。如今拿到這錢，於他是大大的不利，也只能逞逞口舌之利，借題發揮。

誰知道，蘇明燁長了歲數，倒是看著機靈了。

「二伯父此言差矣。聖人有云：『三人行，必有我師。』更何況，燦堂哥口中的花花公子便是學堂中學問數一數二的學生，小姪在他身上也學到了許多，先生近日也曾說過，我學業上大有進步。至於阿九，更是一直恪守本分，並未做出什麼出格的事情。」

「學業進步？」蘇清松冷哼一聲。「族裡決定了，不日給你們開科考試，成績末等的學生將會被逐出私塾，由族內其他適齡的孩子補上。既然你有這一說，那便同我打個賭，若是你能考取前三名，這族塾你便唸著；若是不能，你便自動退學。你敢是不敢？」

「二伯父您……」一句欺人太甚梗在嘴邊，他硬是拗了回來。他如今的成績，在學堂裡甚至連前十都未能進入，若是應下了，到時做不到，他必定會被逐出族塾，若是不應下，便應了蘇清松的斷語。

為了辛苦供養他的母親，還有努力賺錢的妹妹，他無論如何也要證明一回他行。關乎尊嚴，拚死也要一搏。

「好。我答應您。」蘇明燁接過福伯手中的銀子，同蘇清松作了個揖便離開。

走不遠，便聽到身後一陣杯盞落地碎裂，以及蘇清松暴怒的聲音。「燦哥兒在哪裡！叫他來見我！」

「大公子……大公子此刻正在溫書呢，老爺……」

溫書？蘇明燁腳一頓，真想回頭去告訴他那個二伯父，此刻他的蘇明燦堂哥，正陪著他那個斷了一條腿的豬朋狗友李凌埋首在攬芳院的溫柔鄉裡，出不來呢。

搖搖頭，想著這番動作委實幼稚，遂放棄。

蘇白芷尋到蘇白雨時，她正坐在房中，無聊地玩著她的九連環，許是心不靜，她怎麼都擺弄不好，便丟到一旁。

說起來，這蘇清松一家蘇白芷雖都不太喜歡，可蘇白雨她卻不是特別討厭。蘇白雨雖是嬌氣了些，可頂多也就是有些女兒家的小心眼，算不得心狠手辣。

這點小心眼，在蘇白芷的眼裡，真真是一笑了之。

見蘇白芷來，蘇白雨眼睛一亮。「九姊姊妳怎麼來了？我被爹關了好些天，悶得都快生草了。」

「給妳送桂花油。」蘇白芷將桂花油全數給了蘇白雨，又叮囑道：「這些桂花油可千萬別再打翻了，如今也只剩這些。」

「不會不會。」蘇白雨喜孜孜地收起來，又扳著手指算。「過幾日，我便能除了禁閉出門。這幾日張家小姐來看我，說是從京師裡來了個御用的調香大師，建州各大香行的掌櫃為了給他洗塵，特地辦了個賞花宴，廣邀了建州的名望。就連我們這些小姐，也被邀請去陪同調香師的夫人。若是妳有空，妳也去吧。」

「我？」蘇白芷看看自己這身裝束，若說她是蘇白雨的丫鬟只怕都沒人能信，更何況，那種場合她可不願意去。

「不打緊，妳就陪我去嘛，只當我謝謝妳給我做的這些香油。到時候我借妳一身衣裳，包准妳亮亮麗麗地去。」蘇白雨拉過蘇白芷，低聲說道：「妳可得感謝我。聽說那賞花宴也會有許多才俊公子去參加，到時候還有詩詞比賽什麼的，一定很熱鬧很好玩。」

蘇白芷無語。「妳是去看熱鬧的？」

「才不是！」蘇白雨壓低聲音，臉又紅了一紅。「我娘說，白禾姊姊嫁了個好郎君，她也要提早為我籌謀，早些物色人選，也好知根知底給我選戶好人家。」

蘇白芷扶額。這李氏……這李氏……

她說不出話來。這未雨綢繆也太早了吧？蘇白雨離及笄還有段時日呀。雖是聽聞李氏出嫁前是大戶人家的庶出小姐，為了嫁給蘇清松，沒少費思量。可如今她好歹也是當家主母，蘇白雨更是嫡女，無論如何嫁得都不會差，她這是著哪般子的急喲！

「哎呀，妳就陪我去吧！到時候妳替我參謀參謀！」蘇白雨推了她一把。「而且到時候妳也可以多認識一些官家小姐，總比妳一個人老是悶頭在家做呆頭鵝得好！小裡小氣地，拿不出手！」

「我不去。」蘇白芷又不是傻子。若是當日真被蘇白雨拉了去，不出事還好，若是出了事，她第一個就是靶子，被安一個行為不端、帶壞幼妹的罪名。

方才還覺得蘇白雨心思單純，這會兒卻是……

她也知道自己或許想多了，可不論如何，多想一步總是好的。

自蘇白芷還了錢之後，滿打滿算手頭還有不少餘錢，既然答應了袁氏要配製那四樣香品，那便要做好。她理了理家裡的器具，這才發現，家裡的工具實在短缺得很。

調香製香本就是十分複雜的過程，不僅僅是香料的配方十分考究，配方裡每一樣香料的炮製對於香的品質也有關鍵性的影響。不及則功效難求，太過則性味反失。

單單香料的炮製，所使用的方法便有修製、蒸、煮、炒、炙、炮、焙、飛等，需要不同的器具配合，而辨香所需要的香器則更多，香爐、香盛、香盤、香範……這些還都是基礎配備。

倘若所有的東西都要買，確實是筆極大的開支。

原本還想著幾十兩銀子挺多，可這樣算起來……蘇白芷嘆口氣，流水的銀子喲，不花出去，如何能賺大錢？

她能做到的，不過是選實用一些的，摒棄那些華而不實的器具。

這些事兒，蘇白芷原本就同姚氏商量好了，原本她還怕到時候做得不好，這些錢都成了流水，沒想到姚氏卻極為支持她，隔天便拉著她到了原來的雜物間門口，她仔細一看，雜物間全部騰空了，收拾得乾乾淨淨。

「總不能老讓妳在自個兒房裡製香。這雜物間雖小，可不管怎麼折騰都好，娘給妳收拾！」姚氏笑咪咪地說。

蘇白芷握著姚氏的手久久不能成言。姚氏從未問過，她是如何一夜之間學會了製香辨香，便無條件地支持她，哪怕她可能成為一個敗家女。

有一回，她在房裡看著蘇清遠的《香藥百論》，姚氏不經意間闖進來，臉上也只是一怔，低聲囁嚅了兩句。「你們父女倆呀……罷了罷了，總歸都是愛香的。妳父親還有幾本關於香料的書，我給妳找去。」

蘇白芷猜測著，許是姚氏認為，她便是透過這些書，習得了這些調香之術。

她在西市上逛了一圈，正好遇上賣帕子的張大娘，張大娘一見她，眼睛睜得大亮。

「九姑娘妳總算是來了。這幾日總有人來找我探聽妳呢！」張大娘挽著她的手，高興得不得了。

「找我？」

「可不是！妳那日潑在地上的桂花油香了好幾日，飄了幾條街，真真是好物！好多人想買來著，這可是筆好買賣。」

聽張大娘興高采烈地描述那幾日西市上的情景，多多少少有些誇大的成分，飄幾條街……飄一條街她倒是信的，可她還是垂著眸認真地聽著，聽得高興了，便也咧了嘴笑。

「託姑娘的福，我這幾日的帕子生意做得可更加好了！」張大娘總結道，看蘇白芷今日手上空空，不像是要賣帕子的模樣，忙問道：「姑娘今日來西市是要……」

一聽蘇白芷是要買製香的香器，張大娘重重一撫掌。「大娘帶妳去買，妳年紀小，可別被騙了。我家那口子正好在香器行裡做過短工，還認識些人，大娘給妳砍價去！」

西市的某片，幾乎全是賣香器的販子，成色有好有劣，有些看著精緻，實則用起來有一股燥火之氣，而有些雖樸實，卻不影響香品。

蘇白芷沿著西市的那一片，細細地選著，一趟下來，倒是選中了不少物美價廉的物件，再加上砍價能手張大娘，她著實省了不少銀子。

「九姑娘妳懂的可真多。這些壺啊爐的，在我眼裡都是一個樣兒，哪裡有什麼差別。」

張大娘呵呵笑道，蘇白芷淺然一笑，眼睛卻被一個綠釉紅陶博山爐所吸引住。

那博山爐蓋印紋群山環繞，底座為三足，器身上鑄起連綿起伏的青山，青山上神獸出沒，隱約可見些許花草。整個博山爐紋飾清晰，蘇白芷最為驚奇的是，竟覺得那博山爐上的紋飾十分眼熟……

她不自覺地上前拿起那博山爐，果真在底座上看到繪製的一幅民俗圖，因時代久遠，許多圖案已經模糊，可是她還是能認出，這博山爐繪製的景致，便是兒時宋良帶她出塞時去的地方。

她怔愣了許久，直到聽到賣爐的小哥喚她。「姑娘，這爐妳買是不買？二兩銀子！」

「什麼？二兩銀子！就這麼個糟泥爐？」張大娘愣直了眼，左右打量這爐子。「就是長得好看些，做工也不見得咋的，還能要二兩銀子！小子，你當大娘不認識博山爐啊？」

「大娘您不知道。這爐子可是從西域回來，不是咱們這兒產的。妳看這景致，哪裡能是咱們中原的景呀……」小哥連忙解釋道，方才見著這姑娘看著博山爐，眼眶都開始泛紅了，這買賣，或許能成。

「若是姑娘想要，就少點給妳。」

少點……再少也得一兩吧。如今她正是缺錢的時候，如何能買這個？

蘇白芷依依不捨地放下博山爐，卻被人順手接了過去，隨手掏出了二兩銀子扔在了小哥面前。

「我家少爺要了。」

蘇白芷見著是秦仲文的小廝秦安，一回身便見秦仲文站在不遠處。她朝秦仲文福了福身，便見秦仲文風姿翩翩地走來，秦安遞上博山爐，他仔細看了兩眼，低聲問道：「喜歡這個爐子？」

「嗯，這上面的景致我瞧著喜歡……或許是睹物思人吧。」

「睹物思人？」秦仲文眉眼含笑，蘇白芷一下便明白他眼裡的深意，臉紅了一紅，連忙解釋道：「兒時，我爹爹曾經帶我去過一座山，同這爐子上的景致極為相像。」

「哦。」秦仲文把玩著博山爐，又瞧著爐底看了片刻。「可惜我喜歡這爐子，也是為了睹物思人。」

「哦……那還真是……」巧得很啊。蘇白芷乾笑兩聲。

「若是蘇姑娘不介意，便給這爐子取個名字吧。」秦仲文又道：「既是姑娘喜好之物，姑娘必能取個合適它的名字。」

「這樣……那便叫『雲潤』吧。」

雲潤……秦仲文的眼倏然收緊，蘇白芷已經跟著張大娘走遠，而秦安，則捧著那博山爐搖頭晃腦。

「少爺，蘇姑娘取的名字可真是夠文雅。不大氣，太不大氣了……」

「你懂什麼。」秦仲文嘴角彎起一道意味深長的笑。「博山雲潤，風細婦晴煙……」他細細地唸著，聲音低到秦安都聽不清，只能隱隱約約聽到「晴煙」二字。

少爺想家了……秦安點點頭，暗自思忖，不知是何人，竟能將晴煙山的景致，刻畫得如此逼真，讓他看到此博山爐，便一眼認出。

第九章

回了家，蘇白芷方才將新買的香器收拾妥當，姚氏捧著一碗雞湯站在門口，點頭笑道：「喏，收拾出個樣子來，倒像極了那製香的小作坊。」

蘇白芷撲上去接過雞湯，猛啜了一口，差點燙到了舌頭，只得哈氣緩解，見姚氏忍俊不禁地看著她，蘇白芷臉紅道：「娘，我都快餓趴下了，您還笑話人！」

「這麼大了還像個孩子……」姚氏捋著她的頭髮，邊說：「眼見著妳的生辰就快到了，到了該嫁人的年紀了……」

孩子……蘇白芷額冒一滴冷汗，好歹上輩子她也是嫁過人的。

只不過，現在在家中，兩個人疼著她，她難得輕鬆。若是宋良看到她，也必定會說，她的性子越發像是七歲之前那調皮搗蛋的性子。

長長地吁了口氣，蘇白芷趴在姚氏懷裡撒嬌。「娘，我不要嫁人。這輩子我都守著您。」

男人，男人……負心薄倖的男人要來何用？還不如一個人自由自在，反正她如今有手有腳有一技傍身，餓不死。

「傻孩子，又說傻話了，哪有女子不嫁人的。」姚氏有一下沒一下地拍著蘇白芷的背。

蘇白芷想到沈君柯，只覺得難受，如果嫁人是女子的宿命，那這一世，她就算要嫁，也要選一個自己滿意的人。

不求貌似潘安達官顯貴，只求平穩度日再不離棄。看似簡易，何等之難。

「娘，哥哥都還沒娶嫂子，您就忙著把我嫁出去呀。」蘇白芷索性開始耍賴，趴在姚氏身上不肯動彈。

姚氏笑道：「也是，娘捨不得就這麼把妳嫁了，等咱日子好了，再給妳挑一門好親事，不求多富貴，只要能待妳好就成。」

「娘！」蘇白芷臉一紅，姚氏只顧笑，撫著她的頭不說話。

一句話便揭過這話茬，蘇白芷鬆了口氣，正巧聽見院子裡有人推門進來，忙出去看看是誰。

就見韓壽又是一身紫色滾金邊的大袍子，富貴氣十足地進來，撫著扇子說道：「蘇九妹，妳哥哥讓我來告訴妳，他今兒個留在學堂練字，許會晚些回來。」

「留在學堂練字？」蘇白芷舉頭看天，這太陽都快下山了，蘇明燁在學堂裡練的哪門子字呀。

「嗯……」韓壽見左右就蘇白芷一人，拉著她在邊上問道：「妳哥哥近日又去摘草藥了？怎麼每日都睡不飽似的。課堂上先生講著課呢，他就耷拉著腦袋睡覺。先生喊了他許久，就連我都差點拿錐子刺他了，他才渾渾噩噩地站起來，把先生氣得夠嗆。這會兒，是被先生留下來罰抄呢！」

「沒有呀……」最近蘇白芷都忙著置備香器香具，蘇明燁很久都沒去採香草了。倒是每一日看書都看到極晚，精神是看著不大好。姚氏叮囑他好幾回，要注意勞逸結合，可他不聽，每日反倒卯足了勁兒看得更晚。

她這個哥哥，心底可真是能藏事，什麼都放在心裡不肯說，也不怕憋壞了。

她獨自發怔，韓壽琢磨了片刻，見她視線絲毫不放在自己身上，他才略略著急，咳嗽了兩聲。

「你嗓子不舒服？」蘇白芷抬了頭蹙眉問道。

「我哪裡不舒服了！」韓壽手邊扇子一停，恨不得直接敲上蘇白芷的腦袋。

他們倆這麼多日沒見了，若不是今日要來通風報信，他都覓不著藉口來尋她。莫非只有他一個人撓心撓肺地想看看她？

韓壽直直地盯著蘇白芷。

是不是該說點什麼？可是說點什麼呢？

「我喜歡妳？」不不不，這個太直接，一定會嚇著人的。

「妳吃過飯了嗎？」這話能說嗎？能不這麼二嗎？

「妳想我嗎？」太示弱了，恬不知恥！

韓壽想了大半晌，蘇白芷就看了他大半晌，只見他臉上一會兒紅一會兒白，跟開了染坊似的，煞是熱鬧。

蘇白芷只覺莫名其妙。幾天不見，這人又是怎麼了？

她探了手就要去摸韓壽的額頭，想想還是收了回來，弱弱問道：「韓公子，你是不是病了？怎麼臉色不大對？」

「對，我是病了！」韓壽臉一黑，扇子一揚，大步流星地衝出了門外。

一時間，他竟只剩下懊惱。

是了，他一定是病了。可是為何就他一個人病著？

「玲瓏骰子安紅豆，入骨相思知不知？」

可為何只有他一人懂？莫非蘇白芷是木頭人，竟全然不知他的心思？

不過是個普通女子罷了，他為何這般上心？

韓壽扶著額頭，心裡的幾個心思反覆折磨著他，至最後，他只能喃喃著。

是，他果真患了「相思」。

何解？

「誰來了？」

屋子裡的姚氏探出了腦袋，蘇白芷心思複雜地看了一眼遠去的韓壽，回道：「是韓公子。他說哥哥要晚些回來，在學堂裡練著字呢。」

姚氏頓了一頓，趕忙出屋子來，見韓壽早不在，埋怨蘇白芷。「怎麼不留下韓少爺？過府都是客，好歹要留下喝杯茶啊！」

「他說有事要先走呢。」蘇白芷低聲回道。再看氣呼呼快步而走的韓壽的背影，突然福至心靈：這傢伙，莫非，莫非是……

他，喜歡她？

不不不，錯了錯了！

蘇白芷趕忙搖頭，急急地回了房間，便聽到後頭姚氏頗委婉地感嘆道：「韓少爺人是極好的，若是……」

「娘！」

隔著門，蘇白芷趕忙阻止。姚氏呵呵一笑，再不出聲，她卻傻傻地坐在床邊。

眼前，是初次見面時一副風流浪蕩模樣的韓壽；是廣袖青衫，如謫仙一般出現在她身邊，護著她回家的韓壽；是著紫色滾金邊的大袍子，富貴氣十足模樣的韓壽……細細想來，她重生以後，似乎在哪裡都有他的蹤影。

前一世早早便入定國公府，即使有些兒女情懷，也被寄人籬下的哀愁沖散。她不知何為喜歡，只知以夫為天，沈君柯便是她的驕傲。

而今身邊多了個韓壽，總是不顯山不露水地護著她……他於她，是歡喜的嗎？嗷嗚。

心亂如麻的蘇白芷將臉埋在枕頭裡，心如擂鼓。

晚上蘇明燁果真回來得極晚，蘇白芷一直等在門口，見他回來，他卻搖搖手疲累得不想說話，在飯桌上扒了幾口飯，轉身又進屋裡看書去了。

到了深夜時，姚氏催他去睡覺，蘇明燁便熄了燈。蘇白芷留了心等了片刻，果然見不久後，他的房裡又亮起了燈。

蘇明燁的剪影在窗戶上影影綽綽，偶爾還能聽到蘇明燁的咳嗽聲。蘇白芷在院子中站了一會兒，嘆了口氣。

第二日，蘇明燁又是起了個大早去了族塾。蘇白芷幫著他收拾房間時發現他落了書在家裡，索性放下手邊的事情，幫他將書送去。

從家裡到族塾要經過一條長長的竹林小道，蘇白芷走到半路，見沿途有一條河，她愣怔了片刻，這才在記憶中搜尋出，自己便是在這裡投了水，只是或許落水的記憶實在苦痛，她絲毫記不起原本的蘇白芷如何跳水。如今看到這水，她只是犯怵罷了，往裡探了一眼，她倒是愣住了。

她一直未曾仔細打量蘇白芷的眉眼，如今看來，眉眼之間竟有些似宋景秋。或許蘇白芷先前未長開，如今又受了她這個住在身體裡的人影響，漸漸形隨心動。

她正對著水發呆，便聽到噗哧的一聲。

前頭，竟是韓壽身邊的隨從，此刻正掩著嘴巴偷笑，就連韓壽的嘴角都噙著淡淡的笑，眼裡亮亮的，全是揶揄的味道。

她臉上一紅，心想大概這兩人都當自己在河邊看自己臭美呢。

本想解釋，可一思量，這與他們又有何干？多解釋，反倒落了這罪名，索性拎了書往私塾走。

誰知道，那兩人卻像是故意的，慢慢悠悠地走著。

她只能跟在身後亦步亦趨，又不敢抄到他們前面去。

今日韓壽一反常態，穿著一身墨色的長袍，此刻纖塵不染，越發襯得他的背影玉樹挺拔，他閒庭信步地走著，她著急地跟著，便聽到韓平催促。「公子，先生可就放了一刻鐘的假，您得趕緊回去，省得先生責怪下來。」

「哦。」韓壽應道，依舊不緊不慢優雅地走著，蘇白芷跟在後頭，只一個抱怨：你說這人長得挺高，怎麼走起路來這麼慢？

她想催促，可是因著昨日姚氏的話，她輾轉反側一夜未眠，今日，她更是避韓壽不及。

她一路只管低頭走著，不期然卻撞上韓壽的背。

待她痛得直揉額頭，前頭的肇事者早就滿眼笑意地望著她。

蘇白芷這時候才發現，方才那隨從早就不知道去了何處。

整個林子裡樹影交錯，帶著一股不真實的美。眼前的人卻是滿懷柔情地看著她，伸了手去替她揉搓著，兩人的距離這樣近，近得她一下子便能聞到他身上的龍涎香。

「看著倒是精明，怎麼有時候卻笨得這樣不開化，讓人著惱得緊。」韓壽低聲呢喃著，伸了手又去揉了揉蘇白芷的額頭。「疼嗎？」

一切都突如其來，蘇白芷只覺得自己的心突然猛烈地跳動起來。天地都安靜了，她似乎還能聽到自己的心跳聲。

這是那個玩世不恭的無賴嗎？他的笑為何這般和煦？他的聲音此刻為何會帶著股低沈的醇厚，讓人沈溺？

是她在作夢嗎？

蘇白芷突然驚醒，一下便要往後退上兩步。

這個林子距離學堂不遠，時常會有人來來往往，若是讓人看到這一幕，不知會怎麼想。她趕忙道：「咱們走吧，哥哥、哥哥在等著我……」

韓壽的手乍然停在半空，心裡一股惱怒湧上心頭：方才分明都是對的，到底是哪裡出了差錯？

那一廂，蘇白芷早已越過他準備逃走，韓壽下意識便去握住她的手，此刻他的腦子裡全是零碎的想法，問還是不問，兩個小人在他的心裡打架，打得他心煩意亂。

眼前的蘇白芷神色間全是慌張，兩個小人在打得最是激烈時，他神思迷亂地，扣住她的頭，俯身便吻了下去。

兩片唇交接時，有一股從未有過的顫慄閃過韓壽心間，所有的忐忑和猜測都化在這股顫慄裡。他發出長足的喟嘆：蘇白芷，妳這個不開化的小人。

可是眼前的人卻是驚訝的，待蘇白芷從那股顫慄中醒來，她一抬手。

啪！

林子裡越發安靜，許久後，韓壽咧著嘴，摸了一把自己挨揍的臉。

那一廂，蘇白芷早已遠去。

「這就嚇到了呀……」韓壽自言自語道，唇齒間，卻仍有餘香。風輕拂在他的臉上，他竟覺得無比地暢快，恨不得在林中奔跑起來，順便發出幾聲尖叫。

可是不能，他依舊撫著自己的唇，一時間，竟是癡了。

蘇白芷一路疾行，心煩意亂。

「怎麼能這樣？」蘇白芷憤憤地撫著自己的唇。

不論是宋景秋，抑或是蘇白芷，從未有男人吻過她。

可是韓壽竟……他竟然……

她分明是生氣的，可是在他吻上她的那一剎那，她的心為何突然頓了一拍？為何整個世界都是安靜的，她的眼裡只有韓壽，只有他？

「這個登徒子！」蘇白芷恨恨罵道，越發加快腳步往前走。

等到蘇白芷到了學堂，遠遠地便看到蘇明燁埋頭案上奮筆疾書，身邊卻是圍了一圈的人。

其中一人嗓門極大，在學堂裡喊道：「蘇明燁，聽說你跟我爹定了賭約的？下回考試若是你沒進前三，你就要被我爹趕出學堂？啊哈哈，真是笑死人了，就憑你的腦子，別是倒數就不錯了，還前三？」

蘇白芷認出這人便是蘇清松的嫡長子蘇明燦，分明是個酒囊飯袋的公子哥兒，一看便是流連風月場所的壞胚子，可偏偏蘇清松當他是寶，逢人便誇他。

蘇白芷曾經最怕的就是這個堂哥，眉眼間都透著一股下流味兒，讓人忍不住退避三舍。如今蘇白芷看他，唯一得出的結論便是：真真是個繡花枕頭一草包。

當著這麼多人的面兒說這賭約，不明擺著告訴別人，蘇清松連自己的姪子都欺負嗎？果真是沒腦。

她正要往前一步，後頭匆匆趕來的韓壽卻是擋在她的面前道：「妳還是先回去吧。」

「嗯？」她疑惑，卻在下一刻懂得韓壽的意思。

那幫圍著蘇明燁的人，除了蘇明燦之外，皆以或嘲諷、或輕蔑的眼神看著蘇明燁，偶爾冒出兩句話也只為刺中人的心窩子，明顯便是針對蘇明燁來的。而蘇明燁，由始至終不曾有過回應，只安靜地書寫著。

韓壽是不想讓她眼睜睜地看著自己的兄長受欺，所以他方才故意放慢腳步，不過是想拖延時間，等到上課了，那些人便不會圍著蘇明燁，她也看不到這一幕。

只是方才他……

蘇白芷臉一紅，又罵了一句，此刻卻無心深想那個吻。

「我從未看輕我的兄長，我敬重他。」蘇白芷仰起頭，望著韓壽，堅定地說：「尊嚴，從來都不是別人給的。與其和人逞這口舌之快，不如拿這時間讓自己做得更好。」

樹林中，清脆的鐘聲迴盪著，學子們漸漸回到自己的位子上，韓壽回味著蘇白芷的話，卻見蘇白芷將書托在手上說道：「有勞……嗯，韓公子將這書交與我的兄長。」

「妳就沒什麼要跟我說的嗎？」韓壽接過書，卻是撫著自己的臉。

蘇白芷臉一紅，心裡再罵一句登徒子，轉身便走。

待韓壽走回學堂。蘇明燁拿到書，錯愕了片刻，再往外看時，蘇白芷卻不見了。

等蘇明燁下了課，又被先生叫去交代了幾句，他高興得不得了，幾乎是跑著出了學堂，便見蘇白芷站在學堂門口，笑咪咪地望著他。

「哥，我跟你一起回家。」

「妳一直在等我嗎？」蘇明燁揉了揉蘇白芷的頭道：「天漸漸涼了，妳身子不好，站在林子裡吹了風、落了風寒可如何是好？」

蘇白芷也不應他，抱著他的胳膊。「哥，那些人欺負你，你就不想上去咬他們兩個，打他們兩拳，或者偷偷在他們的包裡放蜚蠊？」

蘇明燁一張嘴張得老大，隨即壓低聲音。「阿九，知兄長者莫若妳也。哥哥我是真的想這麼做啊，可他們都人高馬大的，我怕武力上打不過他們呀！」

蘇白芷沈默，悶葫蘆一般的蘇明燁，什麼時候也會說這麼冷的笑話了？

「那你就決定跟他們文鬥？」蘇白芷追問道。

「當然不！」蘇明燁一臉嚴肅。「我在心裡詛咒他們在考試的時候全部都拉肚子！」

蘇白芷再次沈默，這一次，卻是兄妹倆不約而同地噗哧出聲。

「妳方才都聽到燦堂哥說的吧？」蘇明燁停下腳步。「若是我真不能考取前三，這族塾的名額就要讓與族內的其他人。」

「哥，我記得，曾經有個叫寒山的人，跟拾得有句對話，我記得不太清楚了，他們說了什麼？」

「昔日寒山問拾得曰：『世間謗我、欺我、辱我、笑我、輕我、賤我、惡我、騙我，如何處治乎？』拾得云：『只是忍他、讓他、由他、避他、耐他、敬他、不要理他，再待幾年你且看他。』」蘇明燁很快回道。

「說得真好……」蘇白芷仰起頭。「阿九曾經聽聞，咱們大齊國曾經有個撫遠將軍叫宋良的。他出身卑微，是個無名小卒，沒有一個人看好他，因為他無權無勢，毫無根基。可就是這樣的一個人，一步步在軍中走出了自己的名堂，縱使最終身亡沙場，可他曾說過的話，阿九卻覺得甚是有理。」

「立品如岩上松，必歷千百載風霜，方可柱明堂而成大廈。儉身若璞中玉，經磨數十番沙石，及堪琢玉璽而寶廟廊。」

「歷千百載風霜，經磨數十番沙石……」蘇明燁暗自重複道，拍了拍蘇白芷的腦袋道：「哥哥何時需要妳這小丫頭來開導了。我只想說，若我最終盡了力卻未能入前三名，我也問心無愧。這建州城不是就這一個學堂，縱然我敗了，再尋一個學堂便是，更何況……」

蘇明燁賣了個關子，眼珠子一轉，見蘇白芷微微有些惱了，才道：「方才李先生說了，每三日，他便會上秦府單獨給仲文兒講課，仲文兒那兒正好缺個伴讀，先生推薦我去。若是我去了，有什麼不懂也正好可以問他。如此，我便可以多學些東西。」

「李先生人可真好……」蘇白芷感嘆道，心裡卻是明白，這事兒同秦仲文也脫不了干係。

蘇白芷頭上平白挨了個五指栗。

蘇明燁咧著嘴笑道：「小丫頭，一天到晚學著大人樣，還說教起兄長來了……」

蘇白芷委屈道：「哪裡有，我只是將說書那兒聽來的故事講與你聽罷了。」

「還狡辯！」她頭上又挨了一下。蘇明燁道：「別擔心我。有仲文兒、韓壽兒幫我，我定能進前三的。」

「那你不能每天看書不睡覺！」蘇白芷抗議。

「好！」蘇明燁爽快地答應。

第十章

到了家，蘇白芷左右思量要送點東西感謝這位李先生。所謂禮多人不怪，送點禮，總是沒錯的。

可這禮送貴重了她沒錢，送輕了又拿不出手。

她想了半天，最終還是決定，送文房四寶中的筆墨紙。然而，這卻不是普通的，須是她蘇白芷親自製作的香筆、香墨、香紙。

這香筆之香，在筆管。蘇白芷選用的是特製長峰狼毫的筆管，外觀精美，且筆管中空，外有細微小孔，為了節省時間，蘇白芷直接買來原料，經過簡單的炮製後，放入筆管之中。筆身便會散發出淡淡的香氣，經久不退。

若是厭倦了這香筆的氣息，筆管中的香還可替換。這香，蘇白芷也一早準備好，將原先用來做香囊的乾花碾碎了，分成小包裝好，一併同香筆裝在一塊兒。

至於香紙，原本是在要造紙的原料中加入棧香樹皮、陳皮或者沉香等原料，製作出來的香紙才能帶有濃郁的香氣。可這不僅費力，若是量少，根本就不能生產。

她狠了狠心，拿了兩瓶前幾日製作的百香露，將買來的紙攤開，百香露以蒸薰之法點燃。香油受熱揮發，香味吸附在紙上，製成的香紙竟比古法更加好用。不破壞紙張本身的韌性，且香味比起古法也更加清新淡雅。

做香墨時，她卻頗費了些心思。

原以為找到製墨的師傅，再在墨裡加些香料不是難事，後來才發現，建州的製墨坊統共就一家，這製墨時間本就長，且建州製作的香墨不知為何，品質總不太如意。

她去墨坊求見製墨的師傅，又被告知製墨的大師傅如今並不在墨坊。此事便被耽擱了下來。

若是買現成的，總歸不大好。蘇白芷想了想，不若做些吃食教蘇明燁帶著。恰好桂花大開，蘇白芷便拉上姚氏，做了桂花山藥、糯米桂花藕、桂花紅豆糕等四、五樣精緻的小吃，讓蘇明燁隨著香筆、香紙一同給先生送去了。

沒想到蘇明燁去秦府開小灶（注）的第一天，回來時先說的不是課業，反倒是抓著蘇白芷的手興奮地說：「阿九，今日先生誇獎了妳做的糕點，就連韓壽兄都覺得妳做的桂花山藥十分可口，連吃了幾塊。」

「這些東西不是昨日便送去先生家了……怎麼韓公子也能吃上？」蘇白芷挑眉問道。

「呃……昨日在先生門外恰好遇上韓壽兄，便一同進去了。先生當場便開了吃食，同我們一塊兒分了。」蘇明燁見蘇白芷微微驚訝，又說道：「韓……韓壽兄看了妳給先生的香筆，直誇十分精美，還讚妹妹選的筆是好筆。」

蘇白芷直想嘆氣扶額，哥哥喲，這送禮要送得低調些，好歹也是個賄賂，怎能如此坦蕩蕩？再想起那日她對著水面發呆的愣樣子被韓壽瞧見時，他嘴角微微扯起的那淺笑，蘇白芷臉上越發躁熱，拍開蘇明燁的手道：「哥哥，你還是去看書吧，別妨礙我做事！」

那四樣香品，她品了好幾天，沈心靜氣想了好幾天，總覺得每樣香品都少了些什麼。這配方提筆寫了幾回，塗塗抹抹丟了一地，還是覺得不對。

幾日前，巧兒曾特地登門，問了蘇白芷配香的進度如何。蘇白芷連道正在揣摩中，巧兒只道她每日來一次多有不便，便留了個店鋪的名字，說是若蘇白芷缺了什麼材料，大可上那兒去領，只要報上「蘇白芷」三個字便可。

蘇白芷一看那紙上，赫然是「百里香」三個大字。也不知道袁氏同百里香有何關係，竟然能隨意驅使取用。

這其間額外的收入便是，那日送給林氏的百香露她極為喜歡，想從蘇白芷處再購兩瓶。原本蘇白芷打算送，可巧兒硬是塞了二十兩銀子到她手中，說是林氏無論如何要她收下，且這香露的價值遠遠高於這個價格。

蘇白芷無法推拒，巧兒回去時，又讓她帶了張姚氏新製的帕子，並塞給了巧兒一些碎銀子。

巧兒臨走時，眉目含笑地對蘇白芷說道：「姑娘妳可不知道，夫人每日出門總愛使一些百香露。那露也怪，初時聞著沒什麼味兒，慢慢地卻淡雅得緊。就連刺史大人都喜歡聞那味

注：在此意指提供超出一般的待遇或條件。

兒，近來總上夫人那兒，把幾個姨太太氣得……」

蘇白芷打哈哈，這大戶人家爭風吃醋的事兒，她是真不想聽了。只是想到人淡如菊般的林氏也要陷入這樣爭寵的境地，忍不住打個寒顫。

高門大院呀，若是沒些手段，如何坐穩這當家主母的位置？再想到顧雲軟軟弱弱的性子，一來感嘆顧雲有個好母親，能護著她，二來卻是擔憂顧雲將來嫁了當如何。

目前最需憂心的，更是這四個香品的配方。她靠在椅子上，仰著頭長嘆，一種香品少則五、六種配料，多則達幾十種，她又不是狗鼻子，全能辨出來呀……

為了這一百兩，她可是把自己逼太緊了，一日下來，全在調香室裡待著，就差揪著頭發狂怒吼。好不容易才寫出一個最簡單的配方，她決定還是速戰速決。

路總要一步步走，若是配出一味香，許是接下來她便來了手感也說不定。

在紙上認真寫下嬰香的配方，她走出房門時，身上不由得有些發冷。

不知不覺，已經在這家裡過了一個多月，天也漸漸轉寒了。

蘇白芷仰起頭，仔細打量自家的屋子庭院。蘇清遠去世多年，這房子也已經破舊不堪，每逢雨天還會漏水。

近來她注意調養身子，個子也長得快了，那些打了補丁的衣服穿在身上，著實小了不少。不只她，姚氏身上的衣服也是早些年的樣式，灰灰暗暗的顏色，白白辜負了姚氏的好相貌。還有蘇明燁……

不說京師，建州這地方，也是先敬衣冠再敬人。她打量著自己一身衣服，自己都笑了。衣服破舊不說，若是入了冬，只怕要受寒。

蘇白芷尋思著，若是得空，便跑跑幾家脂粉鋪子，看看那香油和百花露可有鋪子願意代賣，賺得些銀子修修這屋子。

出了門，拐幾個彎，便有幾家成衣鋪子。蘇白芷揣上銀子，便去了鋪子給姚氏和蘇明燁一人買了兩套簇新的襖子，又去買了兩疋布，讓人送回家中，自己則穿著一身素白雲紋滾邊對襟褙子配上素色的長裙，簡單大方，又不會束手束腳。

換過一身衣服，就連成衣鋪子裡的店小二都說，人靠衣裝佛靠金裝，蘇白芷換了這身衣服，像換了個人似的。

蘇白芷莞爾一笑，徑直去了百里香。

原本去時還有些忐忑，若是她在百里香報上自己的名字，別人恍然不知，她都不知道如何解釋才好。不承想她初到門口，方才報上自己的名字，門口的夥計便領著她入了內堂。

不多時，便見一個頭髮微白的中年人上來。她連忙起身，恭敬地福了身。「韓公。」

「嗯。」韓斂點點頭，仔細打量蘇白芷，見她換了身衣衫，比起上回顯得更加精神。幾日不見，人也抽條了一些，不由得點點頭，喚她坐下。

可這香料的事兒還沒提及，韓斂反倒將話題換到那桂花油上。

「聽聞前幾日西市上那桂花油是妳做的？還有刺史夫人那瓶百香露，也是出自妳手？」

「是。」前幾日匆匆見過韓斂一面，只記得他當時十分威嚴，這會兒近距離看著他，又聯想起韓壽曾經說過的，百里香的掌櫃是個精打細算的老狐狸，蘇白芷不由打起精神，小心應話。

見蘇白芷小心翼翼地應對，韓斂眉一豎，不悅道：「是不是韓壽那小子又說了我什麼壞話？別聽那渾小子的。我可是個難得平易近人的長輩，莫怕莫怕。」

說到最後一句，韓斂果然臉上帶上平易近人的笑……

蘇白芷身上一抖，連忙應道：「晚輩不敢，晚輩就是覺得韓公不怒自威，不知不覺就恭敬了。」

「這話我喜歡聽。」韓斂撫掌笑道：「這做生意啊，一開場講究的就是氣勢，不能看上去太軟弱，更不能一看上去就是個土匪樣子，如我這般，正好。」

「是是……」蘇白芷點頭道，心裡暗自腹誹，她似乎找到了韓壽逢人就能侃上兩句的由頭。都姓韓，看韓斂這年紀，莫非韓斂是韓壽的爹？

這問題還沒找到答案，韓斂便靠近了蘇白芷一些，笑咪咪道：「姑娘，跟妳談筆買賣吧？」

「嗯？啊？」什麼買賣……這百里香這麼大，還能同她談買賣？

「就是妳那桂花油和百香露。我願意出二百兩，買下姑娘的配方。姑娘可願意出賣？」

「您這……不是賣香料的嗎？怎麼開始賣香油了？」

「嘿嘿，街邊那頭的脂粉鋪子，也是我的產業。」韓歛得意道。其實，不只街頭那兒的脂粉鋪子，這建州城裡，他的產業多了去，只是旁人未必知道罷了。他呀，可是建州城最低調的富翁呢！韓歛瞇著笑——不說出來，就是怕嚇死妳喲，丫頭。

「二百兩？」一次賺得二百兩，的確讓人心動。正如蘇白芷從前所說，桂花油配製手藝上並未有多大差別，不過是多過濾了幾道，加了幾味平日不常用的香而已。可是那百香露……

她想著自己隨意賣了兩瓶便到手的二十兩銀子，不由得開始動搖。若是讓她自己找家店鋪寄賣，或許她賺的便是長久的錢。

蘇白芷搖搖頭。「我不願意。」

像是提前預知蘇白芷會拒絕，韓歛又道：「還有個辦法，那方子妳留著，妳做，我來賣，每賣出一瓶，我們三七分帳。妳三，我七！」

什麼都不出，就得七分利，這不是空手套白狼嗎？看韓歛還能說得一本正經，恍如蘇白芷占了天大的便宜。

奸商啊，奸商。

她正要拒絕，韓歛連忙阻止道：「姑娘妳可想好了，我這百里香，大齊上下可有好多家分號，妳做，我賣。妳我之間，我就是給妳鋪貨的管道，妳可是白得來百里香的大名氣！賣多了，妳賺得也不少了！」

這樣一算，她倒是賺了？

蘇白芷心裡的小算盤算得嘩嘩響，見韓斂已然閉了目，搖頭晃腦地哼著小調，怡然自得的樣子。她哪裡知道，韓斂也是豎著耳朵在聽她的動靜呢。

三七分帳，若是量大了，她倒是能賺到不少。可量大了，她哪做得過來啊，否則累死怎麼辦？

拿錢換命這種事兒，她可不想幹。

「韓公，這演算法是好，可我不想下輩子就埋在香油裡了……這麼著，我也提兩個法子，您若是看著成，咱們就合作，若是不成……我也沒法子了。」

「哦，妳還有兩個法子？」韓斂對於蘇白芷能在這麼短的時間內想通內裡的關節，並能提出有效的解決方法十分感興趣。最讓他驚奇的是，這個小姑娘竟然敢與他討價還價，面上毫無畏懼之色。

這小姑娘，果然如韓壽所說，有點意思。不枉上回他幫著她。

就連袁氏都說過，此女若是經一番磨練，必定不凡。

如今，他倒有些興趣。

「妳說說看。」韓斂睜開眼，正了身形。

「方才韓公說，想要買晚輩的方子，我倒覺得可行。不過，我並不要韓公一下子給我二百兩。晚輩想，這香油和百香露的方子若是賣給韓公，我也可以教會韓家的工人製作，教會為止。而且晚輩還能長期當您家工人的教導老師。只是韓公今後每賣出一瓶百香露，不論賣價如何，阿九便從賣價裡得一釐的利潤。」蘇白芷清了清嗓子繼續道：「您看，若是您以十兩銀子賣一瓶百香露，我也不過得百文，這帳算得不算過分吧。」

韓斂撇了撇嘴，不置可否，又問：「那第二種呢？」

「第二種法子，便是韓公您出材料，我來做，這方子我是不能給您的。您出材，我出力，至於做多少，怎麼做，由我定，我做完價錢您定，每賣出一瓶，我收一兩銀子的利潤，每月以五十兩封頂。不管您賣的好賴，這錢是不變的。」

蘇白芷看著韓斂的臉，見他漸漸陷入沈思，又說道：「若是第二種法子，我可以告訴韓公，我手頭的方子不只桂花油和百香露，還有許多家傳的法子，從未示人。」

這千真萬確的家傳……不過是她原先在定國公府百無聊賴時研製的，還沒傳下去罷了，這樣說，不算騙人吧？

她偷偷瞄著韓斂，韓斂眯著眼，冷而輕地哼了一聲。「蘇姑娘家傳的，怕是金算盤吧。」

不論是第一種法子，還是第二種法子，不變的是流水的利。第一種看起來雖是划算，十兩銀子方才收百文，聽起來他賺了不少，可事實上是，若是按照韓斂的估計，大齊全國上下百里香的分號若是十兩銀子一瓶賣這百香露，能賣出的每月少說五百瓶，那到了蘇白芷的手上，最少也是五十兩。她四個月便能收回方子的成本，餘下的便是賺的。

那第二種法子，更加坑人。方法還沒到手呢，先每個月給她五十兩，做不做生意，還得看她心情，比起第一種，他的利益更加沒有保障。唯一的優點便是，產量少了，物以稀為貴，他能抬高價格。

都說他韓斂是隻老狐狸，他怎覺得眼前這個純良無害的小姑娘較之他有過之而無不及？可是若是這樣的一個寶貝姑娘帶著她的腦袋去了別家香行……

韓斂晃晃腦子，不，這絕對不能。蘇白芷有這麼兩把刷子，他倒是不怕，可若是她真如袁氏所說，天賦驚人，那將來，她必定是自己可怕的對手。

「這樣，一人讓一步。」韓斂說道：「就照妳的第一種法子。方子給我，妳要教會我家的工人，但是我只給妳半釐的利潤。」

「這……」蘇白芷正要辯解，韓斂抬了抬手道：「妳別急，我還沒說完。妳自己在我百里香也是有工錢的，每月照三兩銀子算。這工錢可不低了。」

半釐……她的收入整整少了一半，這三兩她拿來可真沒什麼用。她搖了搖頭，正要起身。

韓斂一咬牙，使出了殺手鐧。「我話沒說完呢，妳急什麼，這丫頭！若是妳能在百里香長幹，每年提供一個新的方子給我，我每年額外給妳增加一百兩！

「丫頭，許多人可夢寐以求要在我百里香幹活的，妳可別不知趣。」韓斂臉一沈，幾乎帶著威脅了。

「好，但是我有個要求……」蘇白芷梗著脖子道。

「妳……妳這小丫頭要求怎麼這麼多！」韓斂怒道：「有什麼要求一氣兒說了。」

「我知道韓公在辨香上造詣高深，若是能得韓公指點一、二，必定得益匪淺。所以我希望，能在韓公手下學些辨香的功夫……」蘇白芷軟了聲，和聲細氣地說道。

韓斂吹鬍子瞪眼。「就妳那方子還想白得一個師父？瞧妳這細胳膊細腿的，肩不能扛、手不能挑，我還能讓妳進來幹苦力啊！妳平日就跟在我身邊伺候著，能學到多少，就看妳自個兒了！」

「那，阿九謝過師……」蘇白芷正要趁著韓斂恍神喊他一聲師父，卻被韓斂攔了下來。

「我這兒不收女弟子，妳還是安安心心當妳的伺候丫頭吧！」

這一廂，韓斂自有自己的盤算。

近日聽韓平說，韓壽沒事就往蘇家跑。平常看他出門時，全是一臉笑意的模樣，可幾次回來時，卻跟霜打了茄子一般，垂頭喪氣的。

韓斂挑了眉看眼前的小姑娘，那小子一撅屁股他就知道他要幹麼。

如果今日他真收了她當徒弟，那往後這兩人師叔師姪稱呼著……

韓斂想到自己的生平，得，輩分亂了可不得了！

關係啊，還是越簡單越好！

「這……那阿九謝過韓公。」蘇白芷嘴上說著，依然規規矩矩地給韓斂磕了個頭。

韓斂裝作不耐。「妳不是來我這兒拿香料的呀？自己去前廳找夥計去！」

「是，韓公。」蘇白芷應聲，連忙說道：「韓公，我答應了夫人要製四味香，近日可能不一定有空……」

「去去去，做好了再來，若是那四味香妳都做不好，這百里香妳也不用來了。那桂花油、百花露什麼的，妳也趁早把方子賣給我，找個人嫁了得了！」韓斂揮了揮手讓蘇白芷出去，想了想又不對，喚她回來。「把妳寫的方子給我看看。」

蘇白芷規規矩矩地遞上去，韓斂皺著眉看了一會兒，面無表情地又遞回來。「這嬰香配得不錯，端看妳後期炒香製香的手法對是不對了。」

這算是認可了她的方子了？蘇白芷心放下了一半，舒了心，朝韓斂福了福身，高高興興地出去領了香草。

出百里香時，不期然又遇上了韓壽。韓壽見她，微微詫異，見她手上拎著香草，了然地打趣道：「怎麼？去見了老狐狸？」

「呃？啊。」蘇白芷琢磨著他說的應該是韓斂，點了點頭。

「真難得，妳去見了老狐狸，竟然沒被扒一層皮下來，還好胳膊好腿地出來了，真是難得的情景。」

「那正常的情景該是如何？」蘇白芷好奇地問道。

「上回有個人同他見面，被他誆得全身上下一個銅板都不剩。」韓壽笑道。

「那還好。我今兒個出門沒帶銅板。」蘇白芷回道：「其實我覺得韓公人不錯……」

「人不錯？妳真是沒有眼力啊，蘇九妹！」韓壽痛心疾首。「我真是擔心有一天妳被那老狐狸賣了，還真心實意地幫他數著錢。果然是不經世事的小姑娘，痛心啊痛心啊……」

蘇白芷默然。

其實她想說，他們倆看著真像，一看就是一家人。若是韓壽要誆騙一個女子，只怕朝那女子笑笑，那女子便不自覺地跟他走了。

「我這外祖父，是隻極其凶殘的老狐狸，妳沒被他騙了什麼吧？」

這回換蘇白芷驚訝了，韓斂看著挺年輕，竟然是韓壽的外祖父？都姓韓？韓壽竟是隨母親的姓氏喲！如果韓壽是老狐狸，那韓壽不正是貨真價實的小狐狸？

「我就賣了兩張方子，順便應下了要在韓公身邊當使喚丫鬟。」蘇白芷老老實實回答。

「做事？那老狐狸讓妳跟著他？喲，看不出來呀！蘇九妹，老頭子竟然對妳另眼相看。」韓壽戲謔地看著她。「那咱們以後在這兒見面的機會可就多了，請多多關照，未來的蘇大師。」

「呃……」聽著像是和尚廟的師父。蘇白芷乾笑兩聲，恭恭敬敬地朝韓壽作了個揖，笑道：「蘇九見過小老闆！」

「得得得，妳這禮我還真承受不起。」韓壽趕忙擺手，一摸自己的臉，又多看了蘇白芷兩眼。

其實他很想問，那日她為何打他？

老狐狸說，若是人家姑娘心裡沒你，死纏爛打，終究無用。

昨夜又發了一場夢，夢裡全是蘇九的倩影，這一回他不只是看著她，而是真真切切地攬著她的肩，他的唇就附在她的唇上，那樣真切的柔軟。可夢的最後，依舊是蘇白芷一記響亮的耳光。他咒罵地起了身，心下卻是一片茫然：她當真不喜歡他嗎？所以將那動作視作輕薄，所以惱羞成怒？

「蘇九妹……」韓壽輕聲喚道。

「嗯？」蘇白芷抬頭看他。

「對不起，那日是我一時衝動。妳別放在心上……」韓壽諾諾道。

蘇白芷只覺自己臉一紅，趕忙道：「什麼事兒，我都忘記了。你也別記在心上了，都過去了……」

都過去了……

韓壽心上浮起一陣淒苦，果真是他有心，她無意。

蘇白芷只覺他面色一下晦暗了下來，下意識便回道：「韓壽，我，我其實……」

「小兔崽子，你還不給我死進來！」身後一陣怒罵，韓斂的聲音應時而起，韓壽剛要聽到蘇白芷最後的幾個字，卻全淹沒在韓斂的聲音中。

這般緊要關頭，這個死老頭！

韓壽一陣怒氣，蘇白芷卻是略略行了禮，趕忙走了。

韓壽回首怒視韓斂，半晌卻是驚訝地回頭。

韓壽？蘇白芷從不叫他名字。她一向喊他韓公子、韓少爺……偶爾不開心時，喊他「欸」，可方才，她喊他「韓壽」！

「死老頭！你就不能晚一些再出來啊！」沒能聽到後半句話的韓壽，心裡簡直要瘋了。

第十一章

路過李記香行時，蘇白芷忍不住往裡打量了一把。門口的店小二已然換過了，就連店中原本的老劉頭此刻也換作了另一個中年人，只是李記門口門可羅雀，看樣子，是上回的事兒還沒緩過來。

有轎子從她身邊經過，在李記門口停了下來。蘇白芷微微低了頭，轎子裡的人還沒落地，聲音倒是先到了，朝著店小二喊道：「眼睛瞎了啊，不過來扶爺一把，當心我讓我爹炒了你！二愣二愣的，沒有一個能做事。都是些蠢驢！」

她聽著聲音耳熟，一看，是那日斷了腿的李凌。

不知為何，知道李凌是李福強的兒子，她反倒鬆了口氣，甚至有些幸災樂禍。這一家子，活該倒楣。

趁李凌還沒看到她，她快走了兩步脫離了他的視線範圍。

到家時，那些買來的衣服布料已經送到了家裡。蘇白芷拉著姚氏換上了新買的襖子襦裙，又仔仔細細地給她上了個淡妝，再換上她回來時買的髮釵，姚氏再出來時，年紀像是少了十歲。

蘇白芷讚道：「娘，您可真是漂亮。」

平日的布衣荊釵完全掩住了姚氏的風華，她就說嘛，在蘇白芷的記憶中，姚氏本該是個風華絕代的俏佳人，縱然三十多歲，歷經風霜，可那模樣應當還在。

兩人對著鏡子，姚氏的笑像是蕩漾到了心裡，眉眼一彎，若一彎泓泉。

蘇白芷對姚氏心生了敬佩，從妙齡女子變為寡婦，拉拔子女長大，過程中卻從未聽她叫過苦喊過屈，如今子女有了些微的出息，她便懷抱感恩。

這是個容易知足的女子，也正因為如此，她更容易獲得幸福。

沒了眉間往日的愁苦，姚氏自有了一股清麗的美，蘇白芷站在她的身後，忍不住抱住姚氏。幸而有這樣的女子，才能教出隱忍婉約的一雙兒女。

等蘇明燁回來，蘇白芷又將他換了個嶄新的一身，三人穿著新衣服，狠狠地大快朵頤了一番。

氣氛正酣時，蘇白芷舉起手中的酒杯，笑咪咪道：「今兒個是雙喜臨門。一是，哥哥在今日的小考，進了前十名，學業小成！哥哥，這是好事，你可別藏掖著了。」這事兒可是韓壽當作獻寶一樣告訴她的，她替蘇明燁樂了半天。總算皇天不負有心人。

「二是，阿九今日做了個買賣，還進了百里香做事兒。跟著百里香的掌櫃學手藝，阿九若是學得好，幾年後一定能成為大師傅！」

她話音剛落，姚氏臉上的笑漸漸凝固、冷卻，舉起的杯子放下來，細語道：「阿九，這事只怕不成……」

「娘，您先聽阿九說。」

在作這個決定之前，蘇白芷便考慮到將來可能遇到的情況。姚氏擔憂的無非兩個方面。這平白無故地多出了八十兩銀子還了蘇清松的債，蘇清松反倒沒有去追究這錢的由來，這明擺著便是作賊心虛。可正是這樣，那日在東市事件鬧得也不小，若是有心人將這事著墨宣傳一下，換個說法，便不是她蘇白芷走投無路只能去賣香草，而是——吃裡扒外。

如今蘇清遠的那家香料行還在蘇清松的手上，蘇白芷有了珍稀的香草，不但沒有便宜自家人，反倒賣給了別人。不僅如此，她連人都進了別家的香行，與自家的香行打起了擂臺。具體的情形如何唯有她自己知道，可是在外人看來，蘇白芷的做法，不妥當。

這是其一。

其二便是，天下父母心，姚氏必定要以一個母親的身分考慮女兒的將來。蘇白芷如今年近及笄，普通人家的女孩，十五嫁人是正常，如宋景秋一般十二歲嫁人的也不是沒有。就像是李氏，蘇白雨比蘇白芷還小，她就忙著給蘇白雨物色人選。

姚氏是傳統的婦人，她自然想著女兒能走正常人的路，在家待到出閣的年紀，選個合適的人，歡歡喜喜地嫁人。

上別人家裡幫工做丫鬟，絕對不是姚氏能允許的，她或許覺得，這實在委屈了蘇白芷。從家族上來說，一個有名望的家族的正經小姐，不論如何沒落，也不能自暴自棄地降格做丫鬟，拋頭露面。

這些擔憂，從姚氏的角度來說，是合情合理的。

蘇白芷飲盡了杯中酒，這才坐下來慢慢說道：「娘，如果那時我將紫羅勒賣給自家的香行，二伯父會給我多少錢？」

「這……」姚氏語一窒。她雖是性子軟弱，可卻不是蠢笨，該看清的人事，她還是看得清清楚楚的。倘若那日蘇白芷真將紫羅勒送到蘇清松面前，那結果只有一個。

「都是自家人。這東西放在店裡賣著，該給的分紅每月會送到妳家的。」姚氏都能想到蘇清松會說的話。那紫羅勒送去了，賣多賣少她是絕對不會知道的，到時候到手，能有十兩銀子，她就該偷笑了。

「娘您也知道，二伯父是個什麼樣的人。」蘇白芷恨恨道。

「阿九，不可妄議長輩！」姚氏斂了神色教訓她。

誰知這回蘇明燁也忍不住說了兩句。「娘，妹妹說的沒錯，二伯父為人不可靠，對咱們哪裡有半分血緣親情。」

「不論如何，二伯父也是長輩！」姚氏堅持，又悠悠道：「不論他再不好，這麼多年或多或少也有幫襯著咱們。」她不是不清楚蘇清松的為人，可在兒女面前，尊重長輩是必須的，她不想過早便在兒女心中埋下仇恨的種子。看到兒女臉上憤憤的神情，她不由嘆氣，兒女大了，知道如何辨人，可要知恩圖報，也是她希望他們明白的。

「好，就算是二伯父這麼幫襯著咱們，眼見著族長爺爺就要回來了，我猜二伯父到時候還是要跟族長爺爺提起咱們香料行的事兒。娘，那香料行是爹的心血，不論如何我們是要拿回來的，可到時候二伯父能給嗎？」

「怎麼可能會給。」蘇明燁介面道：「不趁火打劫就不錯了。」想起那八十兩，蘇明燁依然耿耿於懷。

「對，他不會給，可他也不敢明著搶。如果我們想要名正言順地將鋪子拿回來，只能在族長爺爺面前證明，咱們有這個能力去經營香料行。娘，百里香不只在建州，在咱們大齊各地，都是有名的，若是我能在韓公身邊學到一、二，將來這路，咱們就好走了。」

「能在韓公身邊學習，自然是最好不過，可娘就是擔心妳一個女孩……娘就是不想妳過得這樣苦。」姚氏說道。

握住蘇白芷的手，姚氏百感交集。

「眼見著你們大了，娘卻幫不了你們什麼。原本娘聽妳說要去幫工，便揪心，可如今妳說得條條有序、清清楚楚，娘便知道，這利弊妳都想好了。從前娘在娘家時，規規矩矩地做小姐，嫁了妳父親，也沒能幫上妳父親什麼，這是娘一輩子的遺憾。娘雖沒本事，卻也不是迂腐的人。如今娘也想明白了，這女人，路不一定都是一樣的。」

蘇白芷準備好滿腔勸服姚氏的話胎死腹中，又聽姚氏說道：「阿九，放心按照妳的想法去做，族裡若是有人反對，娘替妳頂著。我這做娘的，總要為妳做些什麼！」

姚氏那風蕭蕭兮易水寒的凝重表情把蘇白芷和蘇明燁都逗樂了。

蘇明燁擁著姚氏的肩說道：「娘，阿九一不偷、二不搶，靠著自己的手規規矩矩、踏踏實實地學工做事，又不是當土匪去了，您別這麼緊張。」

「就是就是。」蘇白芷附和道：「再說，族裡的人哪裡就盯著我一個小丫頭了。我每日低調地去，跟在韓公身邊學藝，不用拋頭露面，族裡也說不了我什麼。我是去偷師的……」

原以為姚氏會極力反對到底，沒想到她這麼快就想通了關節。蘇白芷悄悄鬆了口氣，朝蘇明燁握了握拳。

兄妹倆相視而笑。卻聽到姚氏筷子一丟，緊張道：「呀，阿九要去韓公身邊幫忙，娘得給妳做幾套合身的衣服去。那緞子娘看了，做出來的衣服肯定能舒服，娘這就去……」

蘇白芷連忙拉住姚氏，笑道：「娘，不著急，咱們好好吃完這頓飯，明兒個會有瓦匠到咱們家來，咱們翻修下屋子。我今兒個還買了許多花和香草的種子，都準備種在咱們家的院子裡，一來花香宜人，二來若是要製香，也省得上別人家去買。明兒個娘可有得忙了。」

「好！」姚氏打起幹勁兒來。「明兒個我把後院整整，闢出點地兒來。養花我可在行！」

「那我呢？」蘇明燁見人人都有事，也想軋上一腳。

蘇白芷一點蘇明燁的額頭道：「哥哥你呀，就好好地唸書。我可想嘗嘗當狀元妹妹的滋味兒呢。」

一家人同心協力的感覺給了蘇白芷極大的動力。

第二日一早，她起床時，便見姚氏在屋前屋後忙活，難得蘇明燁無課，也隨著姚氏幫一把手，她用過早飯，便徑直去了調香室。

這嬰香方子雖是簡單，卻是在四種香品裡製作所需時間最長的。需得以旃檀香為主題，沉水香、丁香、甲香三樣，研成細末，還需要龍腦少許，去除了皮毛的麝香適量，研成粉末。

蘇白芷只粗略判斷出香裡有這六樣主要的原料，具體的用料，她只憑感覺去配製。將原料調勻之後，加入煉白蜜，去除白沫後，加入馬牙硝末，用棉布濾過後放涼，再與其他原料調和，等原料稍硬，便是搓丸子的階段了。

一整個製作過程下來，蘇白芷全憑自己的感覺，一邊做一邊動腦，累心又勞力。等到將丸子全部搓完，還需放入瓷罐中密封，送入陰涼處窖藏足足半月，方才能取出使用。

蘇白芷將那瓷罐密封好，蹲在地上不由得好笑。姚氏和蘇明燁在外面種著花草，她這樣子，倒像是種著香。

只希望半個月後，這香若是出世，能生出一堆又一堆的銀子才好。

也不知道何時起，她也變作了守財奴，一想起白花花的銀子便幹勁兒十足，蘇白芷對著那罐子無奈地笑。

回望桌上餘下的三味香，她索性一氣兒都給辦了，寫了方子去百里香領香料。

原本也是想著將方子給韓斂過目，湊巧當日他不在，蘇白芷也就作罷了。

等半個月後，蘇白芷的四樣香品全數製作完成，出屋子時，她恍惚地以為自己再世為人。

這屋子翻修一新，屋前屋後，在姚氏和蘇明燁的拾掇下，整齊的劃片為幾個區域，並用籬笆隔開。有些長得快的香草已經隱約冒了芽，小小的綠色匍匐在地上，有生機得很。幾個區域甚至種上了一些已經冒了花苞的植物，影影綽綽冒著頭的小花兒，討人喜得很。

一出門便心曠神怡，若不是地方小，她還以為自己又置身在昔日陪著蕭氏去遊走的莊園裡。

在不大的園子裡，蘇白芷一眼就看上了中間的秋千，顯然是新紮了不久，蘇明燁還在秋千旁，緊實著秋千的繩索。

若是來年春天，百花盛開，蘇白芷便在這美景之中打著秋千，這事兒想起來便讓人開心。

「哥。」蘇白芷喚道。

「來，妹妹試試這秋千。」蘇明燁抹了把臉上的汗，喚她過去。「妳平日不是埋頭看書，便是在調香室裡待著，仔細沒幾年便成了老人家。有了這秋千，妳若是在屋裡待悶了，便來坐會兒，白日看看花，晚上賞賞星，這才是正常女子該過的生活。」

「欸……」蘇白芷哭笑不得，正要反駁，蘇明燁擺了擺手道：「我可沒說咱們阿九不是正常女子，哥哥就是怕妳累著了都沒地兒消遣。」

蘇白芷方才坐上新秋千，便聽到門口傳來軟柔柔的一個聲音。「雲姊姊，我也要坐那秋千！」

一雙胖乎乎的小短腿從門口迅速奔到了蘇白芷的跟前，人都還未站定，先是撲面而來的奶香氣，小不點元衡指著蘇白芷說：「香囊，妳說話不算話，妳說要回來找雲姊姊玩兒的，妳騙人！」

「元衡，不得無禮！」林氏喝止住元衡。

門口站著林氏，身邊跟著弱柳般微微低著頭的顧雲，身邊也就帶了個丫鬟與一個家丁。

顧雲怯生生地看了一眼林氏，見元衡朝她招手，看蘇白芷的眼睛亮了一亮，饒是如此，仍是緩緩地走向蘇白芷，端的是大家閨秀，教養極好。見了蘇白芷，顧雲挽了她的手道：「幾日不見姊姊，姊姊倒是清瘦了不少。可是配香累的？」

「哪裡，不累。」蘇白芷向林氏福了福身只當問好，顧雲又道：「雲兒整日在家中，左等右等也等不來姊姊。正好娘親今日要來探望蘇夫人，我便纏著娘親一同來。可算見著姊姊了。」

顧雲也不知為何，見著蘇白芷便覺著親切。或許是因為家中一向管教甚嚴，平日裡年齡相仿的女子甚少，見著能幹的蘇白芷，心裡總是有些欽佩的。也或許，這正是人們口中的緣分。

蘇白芷心裡也喜歡這個乖巧的姑娘，再加上和善的林氏和調皮搗蛋的小不點，她沒來由的心裡也歡喜，忙迎了客人進屋裡。

才喊了句「娘，家裡來客人了」，正在屋中繡花兒的姚氏已然起身，險些打翻了那繡架子。

「姚姊姊……」林氏見著雙鬢微白的姚氏，竟是未語淚先流……

「姑母方才像是哭了呢……」

元衡撓著頭，困惑不解，小小的一張臉硬是皺在了一起，嘟著嘴問蘇白芷道：「香囊姊姊，妳娘是不是在欺負我姑母！」

「元衡莫瞎說。」顧雲摸了摸元衡的頭，歉然地朝蘇白芷笑笑，又同蘇白芷一同望向了姚氏的屋中。

方才林氏同姚氏險些失控，兩人臉上的激動和眼淚，她們是看得清清楚楚。她們還未站定，林氏和姚氏便紛紛屏退了他們這些小輩。

三個人在院子裡大眼瞪小眼，元衡癟了癟嘴，果斷去尋找同是男人的同盟——蘇明燁。

林氏就站在窗子口，聽姚氏低聲道：「那就是燁哥兒，當年妳還親手抱過的。」

「果然如清遠一般挺拔，樣貌非凡，瞧著行為舉止也是極好的。」林氏抹了淚，低聲道：「也是，妳和清遠的孩子能差到哪兒去。」

想到那個人幾年前便去了世，她卻如今才得知，林氏心裡黯然，更是一種無以名狀的遺憾。她竟連他最後一面都未曾見著。

細細摸索著握在手中的姚氏的手，曾經十指不沾陽春水，唯懂得繡花蒔草的閨中小姐，如今掌中竟是長著厚厚的繭。原本姚氏只長她一歲，如今看起來，卻比她足足大上十歲。這些年，也不知道姚氏吃了多少苦頭。

「姚姊姊，這些年，辛苦妳了……」林氏心中百感交集，竟不知如何安慰。

「是辛苦。」姚氏嫣然一笑，在林氏面前也不說那客套話。「每當辛苦得我想放棄，甚至想著，或許帶著兩個孩子，去我兄長那兒跪一跪、求一求，或許就能更好地活著，可幸好我不曾那麼做。如今兩個孩子都這般大了，我便什麼都不怕了。」

「他……他去得……」林氏哽咽道，這一句話，無論如何都問不出口。

「他去得很平靜，沒什麼痛苦。」姚氏順口接道，見林氏淒然的模樣，也不由得心疼。兩人說了一會兒話，說到動情處，都抹了淚。好一會兒，林氏才絮絮道：「我同清遠的事兒，姚姊姊妳也是知道的。當初我同清遠哥哥原本定了親，是我爹爹攀富貴，硬是將這門親事給退了，惹得清遠哥哥被人詬病了許久。幸而天不負他，讓他有了姊姊這麼個好媳婦兒，容兒不瞞姊姊，容兒私心裡，也是為姊姊高興的。誰知……」林氏長長地吸了口氣，臉上的笑凝固，險些又落淚。

「那年我夫君離開建州去外地赴任，走之前，我同姊姊說的話，姊姊可還記得？」

林氏邊說，邊從身上掏出個香囊，香囊裡裝著半塊上好的羊脂白玉雙魚墜。「這半塊玉珮我一直放在身上，一直等著姊姊或許有一日能與我重逢。天不負我，總算我能隨著刺史大人回到建州，見著姊姊。」

「姊姊哪能不記得。」姚氏嘆道。當年她同林氏情同姊妹，這白玉雙魚墜，便是由她親手破成了兩半兒。兩人還在閨閣中時，便商定好了，將來若是有子女，必定結成兒女親家。

「姊姊記得便好。如今我的尋哥兒也過娶妻年紀，若是姊姊不嫌棄妹妹，便讓阿九嫁給我們家尋哥兒可好？」

「當年閨閣中的戲言，妹妹何必掛在心上。」姚氏看著窗外的一雙兒女，蘇明燁低著頭，嘴邊掛著淺笑不知同那小不點說些什麼，蘇白芷則是一臉無可奈何地笑著，偶爾被小不點兒拉著跑。

「如今妹妹貴為刺史夫人，兒女的親事，定然是要刺史大人定過的。況且尋哥兒早早就到了能成婚的年紀，阿九只怕沒有這個福氣，能當妹妹的媳婦兒。」若是從前的蘇白芷，姚氏大約會把這當作天上掉下來的餡餅兒。可如今她這女兒，不一樣了。

具體哪裡不一樣，她也說不上來。

可她知道，如今的蘇白芷，有自己的想法，敢做敢當，敢愛敢恨。她的女兒不同於她，人生任著家人擺布。

更何況，如今的顧家，真不是他們能攀上的了。

一個是官，一個是商，還是最貧賤的商。她相信顧家會善待阿九，可是阿九會開心嗎？

「貴……」林氏苦笑。「姊姊莫不是取笑容兒？妳我都是從高門大院裡出來的，哪裡能不知道，這大家也有大家的苦。當初爹爹將我嫁與夫君，一來看中了夫君的家世，二來是看中夫君不是個拈花惹草的人。可誰知，我才嫁入顧家，不過一年未生，婆婆便往夫君房中安置了兩名侍妾。初時，夫君也待我好，心疼我，為了我，有時還頂撞婆婆，總算我也懷了尋哥兒。便是這一胎，伴隨著抬了兩個姨娘。那兩個狐媚子，把我夫君的人和心都勾走了……

「那兩年，夫君連連升遷。若不是夫君怕人詬病，這寵妾滅妻的事兒，沒準兒就發生在容兒身上。每日裡，容兒都過著這樣的日子，膽戰心驚的，生怕哪一日成了他人的笑柄，給娘家人抹黑……說句不中聽的話，雖是衣食足，可心卻累……

「幸而我兄長調得一手妙香，成了聖上的御用調香師。這兩年，更是成了皇上和太后身邊的紅人。夫君能升遷，也得益於我兄長，這才常常往我房裡去了。如今，我什麼都不想。就想著給自己挑個稱心的媳婦兒，能及早含飴弄孫便是了。」

林氏吐著苦水，說到最後方才解了些氣，聽窗外傳來元衡的笑聲，一向怯人的顧雲也蹲在元衡身邊，兩人對著一盆綠色的東西聚精會神地不知道在說些什麼。

「姊姊別著急答應我。我今兒個來，一來是看看姊姊。二來，著著實實是看中了阿九，卻不是為了這門親事來的。我雖是喜歡阿九，可畢竟年紀還小，我也想讓她在妳身邊多待幾年。我家尋哥兒隨軍去了塞外，若是預料沒錯，也是要兩年後再回來，若是到時姊姊仍是不肯將阿九嫁與尋哥兒，容兒也絕不勉強。今天來，是想跟姊姊商量同阿九有關的事兒。」

「阿九怎麼了？」

「好事兒。」林氏笑咪咪道：「我兄長看中了阿九身上的一樣東西。」

「什麼東西？」姚氏看向秋千架旁的蘇白芷，素白的裙衫，因為連日在調香室裡待著，過度疲勞，臉上有些憔悴。眉間，卻是淡淡的涼薄。

雖是瘦了，人卻長高了不少。站在蘇明燁旁邊，蘇明燁同元衡玩得正樂，蘇白芷臉上也帶著笑，卻透著股疏離的寡淡味兒。

「元衡、雲兒，咱們該回家了。」林氏從屋裡出來，眼眶依然是紅紅的，可能是因為朝姚氏傾吐了多年的委屈，眉間也開闊了不少。

「姑母，這裡可比咱們家好玩。家裡人人都板著張臉，同冰窖似的，我不想回去……」元衡仰著頭，眨巴著可憐的大眼睛望著林氏。

「又胡說了。」林氏揉了揉元衡的頭，又笑著問蘇白芷道：「前陣子袁夫人讓妳做的那幾樣香品，妳可是調好了？」

見蘇白芷點頭，林氏又道：「那正好，昨日袁夫人才說，她急著品鑑妳的香呢，不如妳正好帶上香品同我走一趟？」

「好！」蘇白芷點了點頭，正要進屋中取香品，卻不由停下了腳步，略微尷尬地問道：「夫人可否等我片刻，容我換身衣服？」

那條白色的裙子上，黑乎乎的泥巴土，赫然一雙小掌模樣的髒污。

元衡躲在顧雲身後，一雙烏溜溜的眼睛一轉，捂著嘴，正在那兒偷笑。

林氏轉頭，饒有意味地對姚氏說道：「妳瞧，阿九就是同我家有緣，大的小的都喜歡她。」

第十二章

「舅老爺呢？」一回了府，林氏已收起了悽然的神情，又變回了端莊十足、略顯威嚴的當家主母的模樣。蘇白芷跟在她身後，只感嘆當初在定國公府，沒有這般氣勢。

「舅老爺同夫人此刻都在香室。」下人規規矩矩答了話後便低了頭。林氏點點頭，帶著蘇白芷等人直接往香室去了。

不一會兒，便來到一個十分雅致的小花園裡，輕輕移開四扇雕花的門板，便是香室。丫鬟正要出聲，卻被林氏抬了抬手噤了聲。

蘇白芷看到香室中，顯見著透氣，卻不通風。牆上掛著大大的「靜」字，蘇白芷瞧著，只覺得書寫此字的人，必定也是個俊逸揮灑的男子。「靜」字往下，擺著一張白木束腰四仙桌，桌上羅列著各式香具，林林總總，看著都是品質極好的。

屋內坐著兩人，袁氏撫著古琴，琴音悠遠，聞之恍若身在河畔，潺潺的流水聲，時而伴隨著幾聲鳥兒的清啼，閉目，彷彿微風輕拂臉頰。

蘇白芷進門時，袁氏恰好抬了眼同對面的男子對望，兩人相視而笑，竟未覺察有外人入內。

室內飄著淡淡的香氣，蘇白芷閉目輕聞，只覺得這香味端莊寧靜，偏生又餘韻十足，應該是品質上好的水沉香。

兩人這畫面，端的是琴瑟和鳴，再配上這香，竟像是畫中出來的神仙眷侶。

「娘親……」偏偏元衡這小子不知趣，還未站定片刻，便出了聲，急急地撲到袁氏的懷裡，袁氏這才發現門口站著三個人，不由臉上一紅，隨即輕斥道：「妹妹怎麼這般沒規沒矩的，進了門，也不讓人通傳一聲。」

「嫂嫂說的是哪裡話。這香室的門可一直都沒關著，這站著的，可都是自家人。若是方才驚擾了嫂子和哥哥，我又如何能見這一幅琴瑟和諧圖？」

「妳這張嘴……我非撕爛了不可。」袁氏調笑道，斂了臉上的羞，挽著蘇白芷對那男子說道：「夫君，這便是製作香囊的蘇姑娘。」

「見過林老爺。」蘇白芷規規矩矩地行了禮。

林信生見小姑娘進退有禮，確如袁氏所說那般透著股靈氣，笑著點了點頭。

「不用太拘束。」袁氏笑道：「那幾味香妳可是製好了。恰好今日老爺在，便給品鑑品鑑？」

「好的。」蘇白芷遞上隨身帶的四味香。

原以為這品鑑，必定是要焚香品定，誰知道，林信生拿到那四樣香，只略略掃了一眼，便放下那四味香，反倒考起了蘇白芷。

「蘇姑娘覺得，我這屋中的香如何？」

「是上好的水沉香，香味純淨端莊，聞之十分舒適。若是估略不錯，這香，一小片便能價值千金。」蘇白芷老老實實答道。

林信生笑笑，點頭道：「確然，上好的水沉香，若是登流眉國出產的，更是價值更高。可我想說的是，姑娘卻是錯的。」

「錯的？如何錯了？」蘇白芷問道。

「品香，有時候也需要對比。尤其是不同的沉香之間，又有很大的香味變化。不僅如此，每一種沉香都有自己的香味變化。」

「這個阿九略有得知。書上曾說，沉香之香，星洲香偏沈靜，奇楠香瓜韻甜蜜，安汶香偏清新淡雅，每一種香皆有其特性。幾年前，阿九有幸隨父親品過水沉香，那味兒卻正如屋中的香味……阿九不知道，錯在何處？」

「錯在，品一味香便下了斷言。」林信生笑道，蘇白芷猶然不解，便聽到小不點揪著袁氏的衣襬道：「娘，香囊姊姊真笨。這分明是爹爹自個兒調配的合香，便宜得緊。她卻教爹騙了。」

「什麼？這是……合香？」蘇白芷驚訝地圓睜眼，不可能，這分明是水沉香的味兒。

「姑娘認不出這味兒是正常的，夫君調出這香時，就連常年種植沉香的老香骨都險些被夫君朦騙了。」袁氏笑道：「這香確為夫君所配，但價格，卻遠遠不及真正的水沉香。」

「怎麼可能……」蘇白芷嘆道，老香骨都能被騙，這林老爺的本事，可大了去了……

「沒有什麼不可能的。若是妳能瞭解各種香料最根本的屬性和香味，熟悉到，一聞到那香味，腦中便有成千上萬種配製的方子，還能想像出配製出的香燃放後，究竟能有什麼樣香味，那這香，妳就能配出來。」林信生笑道。

蘇白芷只在感嘆林信生的高深莫測，隨即想到林信生繞了這麼大的圈兒告訴她這麼一個道理，莫非是自己的香，出了什麼問題？

「林老爺，是不是我的香有問題？」

「不，沒有問題。」林信生說道，再次掃一眼四味香品，道：「姑娘蕙質蘭心，能在這麼短的時間內，便把這四道香配出來，本就是了不得的事情。夫人，姑娘製的香，我們都收了。價錢上，可不能虧了姑娘的。」

「那是自然。」袁氏笑道，喚了小廝去取銀兩。

恰好前堂小廝來，說是李記香行的東家前來拜見林老爺，林信生欠了欠身，便要離開香室。

辛辛苦苦做出來的東西，竟連被人品定的資格都沒有，蘇白芷心中只有挫敗感，眼見著林信生要走，她也不好攔著，心裡便如擱著一塊石頭，總是不舒服得緊。

林氏見蘇白芷有話要說，忙喚住林信生道：「哥哥總愛把話說到一半，阿九既是人在這兒，哥哥不如提點兩句，也好過她如沒頭蒼蠅一般，不知道問題出在何處？」

林信生頓了頓腳步，對蘇白芷說道：「我只能說，蘇姑娘的方子沒有問題。至於其他方面，蘇姑娘不若去問問百里香的韓掌櫃，他定會告訴妳。」

晚上，袁氏同林信生閒聊，說起蘇白芷，袁氏疑惑道：「夫君，蘇姑娘的香果然不成嗎？」

林信生只抿了唇，無可奈何地道：「成。如何不成！妹妹今日不是去過蘇家，我便問了妹妹。妹妹說，蘇九姑娘從未拜過什麼師父，單單是因為博覽群書，隨著她父親認過幾道香草，配過幾味香，便能在這麼短的時間內配出那四味香。這等天賦，比起當日的我和今日的元衡，都是有過之而無不及。」

「既然夫君對蘇姑娘讚譽有加，為何不肯多說？今日若不是我執意命人將銀兩送到蘇家，只怕蘇姑娘不肯再說。她只說自己的香配製失敗，這錢斷不能收。如今，這般忠厚老實的姑娘，哪裡去找？夫君還作弄她。」袁氏替林信生換了外衣，讓丫頭拿去薰香，隨即斥怪道。「蘇姑娘今日走時，看著可是極為挫敗的。」

「妳哪裡知道。」林信生無奈道：「若是能收她為徒，自然是再好不過的。貴妃娘娘近日有了身孕，總是疑心身邊有人要害她，就連香都不敢妄用。只恨我是男兒身，不能隨意進出後宮，若是有了女徒弟，調教好了放在貴妃身邊伺候著，我們可省了大心了。」

「夫君糊塗。你明知太后娘娘不喜淑貴妃，若是一味保她，待日後出了事兒，你我如何擔待？」

「宮裡的人，哪一個是好伺候的？今日東風壓倒西風，明日西風壓過東風。咱們雖是表面風光，卻是提著腦袋做事的，兩頭都來找你，你能據得了哪頭？」

袁氏長長嘆了口氣。「也對，近來太后娘娘身子不大好，指不定哪一日……到時，若是有淑貴妃護著，也好。這日子，何時能到頭……若是能收個徒弟，在宮裡伺候著，或許咱們能輕鬆些。」

「難得遇上個有天賦的，可偏偏，卻被師叔看上了。」林信生嘆道，想起韓斂那似笑非笑的臉，不由得打寒顫。他這師叔的事蹟，他可是從他師父那兒聽了個九成九，打小聽了成千上萬遍，以至於他一見韓斂身上就發顫，都是被他師傅嚇的。

「不知道師叔從哪兒聽來前幾日那香囊還有桂花油、百香露的事兒，蘇姑娘去取藥材時，師叔便看上了蘇姑娘。我見師叔那樣，像是要收蘇姑娘為徒，怕也是看上蘇姑娘的天賦，想讓蘇姑娘好好替他賺上一筆……」

「師叔真是……鐵公雞……」雁過拔毛呀，蘇白芷到他手上，不知道還能不能留得下骨頭。

袁氏想想蘇白芷小胳膊小腿，從今往後，在師叔手下，只怕要吃苦了。

「師叔說，蘇姑娘有靈氣，靈氣裡卻有股戾氣，調香時難免帶了戾氣入香，要磨磨蘇姑娘的性子。我想著也好，跟著師叔，辨香的本事總能學到一些。若是成了我的師妹，我再指點指點她調香，或許到時再引薦她入宮，也是可以的。」

兩夫妻感嘆了一番，卻不知，此時的蘇白芷，在床上輾轉難眠。

那四味香品，雖是蘇白芷製出來便帶到了林信生面前，她自己都未曾點燃過，可是畢竟出自自己的手，她思索良久，都不明白，為何竟連點燃品定的資格都沒有。

輾轉反側，她如何也睡不著。許是重生之後的路，走得太順風順水。她覺得，憑藉自己上輩子對香料的經驗，加之天生嗅覺上的靈敏，前幾次賣出香品又是如此順利，她在這樣的狀態下，竟然有些得意忘形。

林信生走前臉上微微的失望之色，她是看在眼裡的。

連夜爬起來，她將袁氏給予她的幾道香品同她自個兒製作的香品進行了比對，沈下心去感受，卻依然辨不出個所以然來。

第二日，頭昏眼花地起了身，她決定帶著她的幾道失敗香品，去百里香問個究竟。這製香一事，索性暫時停上一停。如果找不出緣由，便始終覺得如鯁在喉，讓人打心裡不舒服。

蘇白芷方才踏出門，蘇明燁見她出來，獻寶似地端上了幾盆奇怪的植物。看起來像是一個綠色的球，可上面像是刺蝟一般，長滿了堅硬的刺，若不是因為這植物是綠色的，蘇白芷乍一看，還以為是隻刺蝟。

「這個……」蘇白芷試著將手往上一碰，尖尖的針劃過指尖，她又連忙收回來。

蘇明燁連忙道：「妹妹別碰，這刺能傷人呢。」

「這哪裡來的？」

「就這幾日我跟韓壽提及種花之事，韓壽便送了這花與我。妳可別小看了這刺蝟般的綠球，這可是韓壽從西地荒漠帶來的。說是荒漠上沒有任何植被，獨獨這綠球能存活。」

「那……韓公子送你這個是何意？」總不是說他長得像刺蝟吧……

蘇明燁撓了撓頭。「我也不懂。不過韓壽說了，若是他送我蘭花什麼的，大體上，那花才到家，便會被妳摘了個乾淨，洗洗做了香。還是這綠球妥當，長了刺，才能保證它的安全。」

這韓壽……蘇白芷哭笑不得。也虧他想得出，不過，他說的倒是實情，若是送些普通的花兒，不管再名貴，她都可能下了黑手拿去換銀子……

「這綠球名喚什麼？」

「呃，這名兒有些奇怪。分明長成這樣，可韓壽說，這綠球若是入藥，名喚『玉芙蓉』。」蘇明燁左看右看，搖頭道：「真是名不副實。這綠球哪裡有芙蓉好看。」

「那哥哥你就好好收著這……『玉芙蓉』吧。」

蘇白芷腹誹，韓壽啊韓壽，若是蘇明燁同他處久了，會不會被韓壽帶上了奇怪的不歸路喲。

「不怕，韓壽送了兩盆，特別說了，這大盆的得給妳，放門口只當防賊了！」蘇明燁手一指，蘇白芷果真見一大盆的綠球放在她的閨房門口。

「防……防賊……」蘇白芷快瘋了，要防賊，她還不如養條大狼狗呢！

這禮收的，委實窩囊了些，她怎麼看都覺得韓壽這是暗諷她是個渾身帶刺的刺兒頭。

蘇白芷乾笑兩聲，十分勉強地問蘇明燁。「哥，這刺兒頭我能不收嗎？」

「那可不能。」蘇明燁眼一橫。「人家特地送了來，要退禮妳自個兒退去。」

蘇明燁一臉堅決，蘇白芷卻是咬牙切齒。韓壽這隻小狐狸，不知道給蘇明燁灌了什麼迷魂湯，讓他如此挺他到底。

蘇白芷搖了搖頭，便起身去百里香。

香行裡的夥計忙得腳不沾地，見是她，忙喊了人來帶著蘇白芷去了韓府。

原來這韓斂，大多數時間是不在香行裡的，且一年裡有大半年都在京師或者其他分號跑。

進了韓府，蘇白芷反倒先是見著了韓壽。

今日見他著一身月白色的長袍，墨髮未束，隨意披散在肩上。

韓壽畢竟比蘇明燁年長幾歲，眉目間都是青年的模樣，這樣一看，越發恣意瀟灑。偏生他一個人在亭子裡，也不避諱眾人，拎著酒壺，邊往嘴裡灌著，邊是嘴裡唸唸有詞，在紙上揮灑筆墨。

帶路的小丫頭紅了臉偷偷看他，竟連路都忘了走。蘇白芷低了頭抿唇笑，正要提醒小丫頭該走了，卻見亭子裡的韓壽酒壺往旁一丟，人倚斜欄，竟似醉了。

眼見著韓壽搖搖欲墜，頭正對著石桌的稜角，蘇白芷也不好見著他受傷，連忙帶著丫頭走到他身邊。迎面而來，便是一股濃重的酒氣。韓壽微閉著眼睛，嘴裡絮絮叨叨的，近前看，他眉間滿是愁緒，讓人頓生了心疼之意。

丫頭扶著韓壽時，蘇白芷無意掃過石桌上的字畫兒，畫上正正經經是早上見著的那綠球，近旁還有一首詩。

「缺葉狀似掌，四季綠蒼蒼。精華化利劍，酷暑傲驕陽。
不爭百日豔，一現曇花香。凜凜鐵骨壯，操素貫群芳。」

「凜凜鐵骨壯，操素貫群芳。」蘇白芷唸了一遍，不由心生了疑慮。幾回見韓壽，他總是有不一樣的一面。也不知道為何，年紀輕輕，看起來卻像是有許多的故事。就連題詩也選如此剛烈的，「精華化利劍，酷暑傲驕陽」莫非說的是他自己不成？

蘇白芷正想著，韓壽卻是突兀地睜了眼睛看她，初時還有些疑惑，而後卻是凝著眉，晃晃悠悠地走到她跟前站定，就這麼目不轉睛地看入她的眼睛裡。

蘇白芷只覺得他的眼裡全是徬徨和不捨，一時竟是愣住了，待回神時，他已直接伸出手來，將她攬入自己的懷裡。

蘇白芷猝不及防，撲面而來的是男子身上獨有的氣息，混著烈酒的醇香。他就這麼牢牢地制著她，啞著聲音道：「蘇白芷，若是我走了，妳可會想念我？」

他的唇就貼在她的耳畔，他的手就放在她的腰間，緊緊地攬著，生怕她轉瞬便逃跑。

一旁的丫鬟見此情形早就愣住了，而此刻的蘇白芷更是全身僵硬地不敢動彈半絲。

「你……你醉了。」蘇白芷嘗試著去推他，語氣不無懊惱。

「是不是只有我醉了，妳才能這樣安分地讓我抱著？」頭頂上的人低聲問著，似是疑問一般，鬆開她，又低聲問了句。「是嗎？」

「韓壽，你……」

蘇白芷正要問他究竟是發生了什麼事，韓壽卻鬆開放在她腰間的手。

正待蘇白芷以為解脫之時，韓壽嘴邊突然咧開一絲壞笑，雙手移至蘇白芷的肩上，定住之時，低頭，索吻。

「蘇白芷，這一回，我是故意的！」

迷迷糊糊中，蘇白芷只聽到他呢喃了這麼一句話。

園子裡似乎有風吹落葉，沙沙作響的聲音；枝頭，是不知名的鳥兒歡叫；有流水潺潺作響……

直到韓壽鬆開她，她還隱約覺得，似乎在那一瞬，有花兒在悄然開放……

他鬆開她，而後，仍舊掛著那一絲若有似無的壞笑，撓了撓頭。「今兒個這夢，作得可真是值了。」

再然後，他轉身，斜身靠在亭子裡，沈沈睡去……

蘇白芷的眉眼跳了一跳，又跳了一跳，扭頭去看愣在一旁的丫鬟，終是僵著臉笑道：「韓少爺醉了，煩請姊姊扶他回房。」

亭子外突然一聲怒喝。「一大早便喝個酩酊大醉，成什麼體統！將少爺送回屋裡去。」

韓斂蹙著眉頭，喚了身旁的小廝去扶過韓壽，聞著他一身酒氣，心裡的氣便不打一處來。

可這外孫，如今卻是打不得、罵不得，索性罵身邊的人。「誰負責照顧少爺的？這般毛毛躁躁！給他披個外衣，外頭風大，仔細別讓少爺著涼，回頭又要喊頭疼！」

見蘇白芷站在身邊不知所措，韓斂朝她招了招手。「妳隨我來。」

蘇白芷亦步亦趨地跟著他到了書房，站定之後，將昨日在林信生處的事兒原原本本說了一遍。

韓斂隨意拿起了擺在桌上的香品瞧了瞧，面無表情地又給扔了回來，問蘇白芷。「這韻香妳是如何做的？」

說起來，這幾味香裡，用料最少的便是韻香。只需沉香末同麝香末，調成稀糊狀配成香餅，陰乾即可。蘇白芷原原本本說了，韓斂冷笑一聲。

「人人都以為，能炒菜的就是廚子，能調個香，便稱自己是師傅了。可若是讓妳去炒個菜與我，我大概直接就扔在地上餵狗。」這話說得糙，可蘇白芷還是明白了。

韓斂又道：「那日妳給我看方子時，我便與妳說過，這配香，從原料到後期的製作，一樣都不能出錯。可到頭來，妳還是錯了。

「這嬰香，妳從頭到尾製作的過程，每一樣香料的多少，都拿捏錯了。正如妳炒菜，料對了，可妳不是擱多了鹽，就是少了酒，這菜還能好吃？這是其一。最錯的是，配製過程中，妳還在香上落了汗。無端端一段高雅香，生生變成了污穢之物。」韓斂拿起桌上的嬰香，隨意扔在地上。

「這韻香，硬邦邦的，顯見是水分不對。」又是一樣香品直接扔在了地上。

之後兩味香再次遭到茶毒。壓香因為所使用的棗子水不夠純淨被摒棄，而神仙合香則因為配製的原料研磨得不夠細緻，從頭到尾一無是處。

四樣香品，全軍覆沒。

蘇白芷肉疼地看著地上的香，韓斂的話語卻是句句刺在心頭。

「妳這些雕蟲小技，騙騙行外人或許還成，可若是在正經大家面前獻醜，那真真是貽笑大方。林信生那小子一向有話憋心裡頭，可我還是告訴妳，若是妳當真想吃調香這碗飯，路還遠著。第一件緊要做的事情，便是將每一樣香料的屬性給摸透了、摸熟了！」

這話林信生也說過，不過他說得更加委婉。蘇白芷悶著頭不吭聲，韓斂又道：「這條路本就不好走，於姑娘而言，更是艱難無比。妳若是想放棄，我也不會說什麼。如今妳每月都有了收入，生活總是不成問題的。將來若是嫁個好人家，也省得自己累。」

「不……」蘇白芷低聲說道。「不！」這一回，卻是堅定無比。

越接近調香師，她越是對這個行業充滿了興趣。尤其是在受到了林信生及韓斂這兩個高手的衝擊，她越發見到自己的淺薄。

在百里香的每一日，她看著那招牌，就能想到京師的「十里香風」。

這兩個名字何其相似，可是她就是念著那「十里香風」，窮其一生，她都想開個香行，壓過「十里香風」。

就算不是以宋景秋的名字，那麼，蘇白芷也成，只要是她。

她日思夜想，都是能得到「十里香風」，她注入了大量心血的「十里香風」，那是她的念想所在。

這一個念頭反覆折磨著她，或許真是入了魔怔，可她就是想要，這便是她的執念。

或許有一日，她能同沈君柯站在一處，她不再低他一等，不再委曲求全，甚至能讓這「十里香風」易一易主，換一換天地……

那自然是極好的，極好……心裡有個念頭在叫囂著，無法安靜。

如今，她不想放過這個機會！

「求韓公教我辨香……」她低聲說道。

眼前的姑娘，突然爆發了無窮的戰鬥力，眼神堅定，透著一股與年齡不符合的戾氣。

韓斂想起之前韓壽同他說過的，蘇家的情況。他私下又讓人查了查蘇白芷的底細。

原本規規矩矩的小姐，偏偏被人害得投了水，自家伯父又找了個江湖郎中去誆騙，險些丟了性命，這廂才拾回性命，那廂又被逼著還錢，就連賴以為生的鋪子也岌岌可危。

都說窮人家的孩子早當家，他能理解蘇白芷，甚至……他欣賞蘇白芷身上偶爾冒出的狼性。

倘若他的女兒當初能如此……又怎會香魂早逝。

韓斂嘆了口氣。這狼性，有好處，卻也有壞處。調香，有時候考驗的便是人的心境。若是心有執念，沈不下心去體驗香，那配製出來的香品，自然也會出問題。

天賦難得，可若是有了天賦卻被心境所擾，那自然也是不成事的。

隨手丟給蘇白芷一本書，韓斂說道：「一月之內把這本書背熟了。每日來我這兒，我來考妳。我可事先說了，要學，便認認真真學，若是態度不端，仔細我趕妳出去。」

蘇白芷點點頭，看著那書，兩眼一亮。「《韓氏名香譜》？」

她在「十里香風」時，曾聽店裡的老師傅說過，這《韓氏名香譜》乃是集前朝調香大師韓樸一生調香經驗所著成。書裡從各種天然香料的種類品質說起，分別闡述了列代名香的特性、提取方法、收藏與焚薰之法。

她略翻了翻，書後更是有許多名貴合香的配方。

得此一書，她便可以少繞許多冤枉路。

她抱著書，久久說不出話來，只認認真真地給韓斂行了個跪拜大禮，韓斂閉著目受了。

離府之前，她想起韓壽說的那句「若是離開」，本想找韓斂問個仔細，可到底臉皮薄，又怕問出口來太突兀，到最後還是沒問出口。
離開時路過亭子，那處早已沒了韓壽的身影，只是那幅「玉芙蓉」字畫依舊在亭子裡。
蘇白芷不由得駐足自問：若是哪一日，韓壽真就這樣離開，她會遺憾嗎？
遺憾？蘇白芷自嘲地搖了搖頭：此時此刻，她本不該去想這些不著邊際的東西。韓壽稍一撩撥，她便亂了陣腳。
若是韓壽注定不屬於建州，注定哪一日展翅高飛，那也是他的宿命。那她呢？甘於平凡？
怎能！
足足半個月，蘇白芷一旦得空，便抱著這本書看。原本韓斂許她一個月背誦，她十天便背下來，十五天，便能大體理解書中文字的涵義。
除了每日教導工人製百香露外，大部分時間，她都跟在韓斂身邊，預防韓斂的突然襲擊——比如他會無意間拿起一樣普通的香草，詳細詢問香草的藥性以及香料的配方等等。
初時，蘇白芷還有些措手不及，來多了幾次，她習慣了，十回倒是有九回能答上來。那唯一回答不上來的，她也不著急，回頭再去查閱典籍，非弄明白不可。
一個月折騰下來，蘇白芷的辨香功夫提升了不少，閉上眼睛，只消拿著那香聞上一聞，便知炮製的時辰、藥理，甚至有時還能說出香草的生長地域及環境。

姚氏只是心疼女兒，白日在香行裡幫忙，夜晚看書到深夜。天見著變涼了，蘇白芷素來畏寒，一到冬天便縮成一團，若是從前，蘇白芷冬天都不太愛出門，可如今卻時常在百里香和家裡之間奔波。

令蘇白芷想不到的是，韓斂名下的脂粉店銷貨能力竟是如此之強。桂花油和百香露不過上市半個月，便給她帶來了二百兩的收入。

她曾悄悄站在街口觀察那家脂粉鋪子，但凡入店的，出店時手上都能多上一瓶桂花油，用精緻的白瓷瓶裝著，她一眼便能認出來。

見著自己的東西有如此的市場，她也高興得很。

蘇白芷將錢全部放在姚氏那兒。她都盤算好了，等族長回來，便同族長說，要將鋪子拿回來自己經營。蘇清松在香行裡投了不少錢，到時候總要將本錢還給他的。

蘇白芷想了想，又將她曾用過的香粉方子寫了出來。或許調製高雅的香方，男人是高手，可女兒家的脂粉，終究還是只有女兒家才懂。

對於這個香粉方子，她是有信心的。

她所製的香粉，可覆全身，令身體百處皆香。不僅如此，她手上還有獨家秘製的衣香方、口脂方、面脂方等。

如今想來，也幸好當時只知道拿著這些去討好別人，沒能讓這些方子流了出去。

蘇白芷將這方子全數給了韓公，一來感謝他的照顧，二來也正好多賺些錢。

這一日，她難得賦閒在家，卻見她那個不靠譜的二伯母李氏再次登門拜訪。替李氏奉了茶，蘇白芷便如腳下生了釘子，無論如何都不願意走了。可李氏上回吃了蘇白芷的虧，如今哪裡能讓蘇白芷在跟前妨礙自己。

「阿九，我同妳母親有要事商量，妳先退下吧。」李氏端起杯子，打量著姚氏。一身簇新的袍子，原本愁眉苦臉的樣子似乎也淡去了許多。從前她便羨慕姚氏的容貌，溫婉可人，後來姚氏遭了罪，生生老了好幾歲，她還幸災樂禍了許久，如今，反倒是她累心得很。

成日算計這個、算計那個，每晚若是蘇清松不來她房裡，她便擔心蘇清松又被哪個狐媚子勾走了。

見姚氏如此窮困潦倒卻依然無憂無愁的模樣，她幾乎恨碎了銀牙。

「還不退下！」見蘇白芷不動，李氏厲聲道：「年紀大了，反倒越發沒規矩了！」

這一句話，一下掃倒了兩個。罵的是蘇白芷，卻連姚氏也一併帶了進去。

蘇白芷被姚氏叫出了門外，卻時而還能聽到李氏尖厲的聲音。

「我這也是為了妳好……」

「妳這人，怎麼腦子就這麼拗呢！」

「妳就是不為自己想，也要為燁哥兒想想……」

零零碎碎幾句話，蘇白芷勉強湊成了一個意思——我要鋪子，不給鋪子便斷了妳兒子的前程，斷了妳家的接濟！

果不其然，不過一會兒，李氏便怒氣沖沖地從屋裡出來，斜眼瞪她一眼，甩了手便往門外去了。

緊隨在李氏身後的姚氏只是一臉無奈地出來，見蘇白芷在身後跟著，臉上有些尷尬。

「娘，我看，族長爺爺快回來了吧？」狗急了跳牆，若是族長回來了，這鋪子只怕就不好明著搶了吧？

「我想……是吧。」姚氏低聲道。方才李氏一句連一句地逼著她，她知道自己嘴笨，索性一直搖頭，看樣子，把李氏氣得夠嗆……

傍晚，蘇明燁從學堂回來，見姚氏鬱鬱不樂的樣子，便問了蘇白芷。

蘇白芷做了個噤聲的動作，忙說道：「娘今天累了。二伯母今天來過。」

二伯母來過？蘇明燁無奈地搖搖頭，只怕又是來說鋪子的事兒，而且結果不盡如人意。

這一家人……蘇明燁實在無話可說。白日在學堂，蘇明燦總是變著法子找他麻煩，有時候，甚至點著他的鼻子說他一家人是養不熟的白眼狼。

大多數時候，他都選擇無視，可一旦涉及母親和妹妹，他勢必是要和蘇明燦幹上一架的。好在，近來打架總有韓壽幫忙，蘇明燦畏懼韓壽的權勢，也不太敢口出惡言。

一定要出人頭地啊！蘇明燁握著拳頭告誡自己。

第十三章

春寒料峭的時節，到了早晨，尤其有一股沁骨的冷。蘇白芷緊了緊身上的襖子，卻是緊跟著姚氏不放。

手裡拖過姚氏的手，竟比她還冷上幾分。蘇白芷道：「娘，您別怕，今兒個阿九陪著您。」

姚氏的嘴裡一片苦澀，她不是怕，她只是擔憂。

月前，李氏說的話，不是沒有道理。

若是要燁哥兒出人頭地，必是要家族的支持，她橫豎不能同蘇清松鬧翻。可這鋪子，她卻是真真不想賣出去。

「忍一時，海闊天空……」姚氏低聲呢喃道。

「娘，我懂。」她怎麼會不懂。上輩子，她練的就是「忍字訣」。可是上輩子委曲求全只為庇護自己一生安康。如今，「忍」，是為了蓄勢待發。

如今她還小，蘇明燁也還要靠著族塾，即使將來入了仕途，還得靠蘇氏一門提拔，她不至於笨到讓蘇明燁的前程成為自己發洩一時情緒的代價。

不能讓鋪子被人徹底搶走，若是硬要得到鋪子，只怕那可能性也幾乎為零。如今她能做的，不過是裝乖賣巧，等待時機。

跟著管家走到族長家的大廳，一眼望過去，滿滿當當的人。

大廳裡飄著寧神的檀香，因為在室內，一下從室外的陰冷進來，身上頓時一暖。

大廳之上，族長蘇康寧坐在正中，沿著大廳兩邊，齊唰唰兩排，蘇白芷勉強認出這便是家族中掌管各種事務的爺爺輩人物。除了蘇康寧以外，也有三、四個看著精神矍鑠，其他的，則是淡然地坐著。

餘下的，便是零零散散坐著的。蘇清松正側著頭，同其中一個管事兒的不知道在談些什麼，李氏也紅光滿面，同其他的婦人聊著天。

雖是早就預見會有如此情況，可這麼被忽視，蘇白芷還是難以接受。

手心一暖，是姚氏握住了她的手，稍稍捏了捏，像是在安慰蘇白芷。

蘇康寧遲遲不說話，蘇白芷眼角的餘光甚至還能看到李氏同人竊竊私語時，那幸災樂禍的輕蔑神情。

這一屋子的人，竟沒一個正視他們。蘇白芷知道，曾經蘇清遠的忤逆，讓族裡的人諸多鄙視。如今，蘇清遠去了，他們一家更是成了窮酸悽苦的典範。

要讓別人正視自己，首先得自己端正位置。對了，韓壽還對她說過：一個人，若是想得到別人的注意，唯一的秘訣和途徑便是——不要臉。

「拜見族長爺爺。」蘇白芷眼一閉，聲音大得能蓋過眾人的聲音，撲通一聲，便給蘇康寧行了個叩拜大禮。

這一回，再怎麼裝無視也不成了。

蘇康寧「呵呵」地笑了兩聲，長鬚遮面，也不知道面色如何。

這才對著姚氏道：「清遠家的來了啊。」

屋內的人，依然未曾停下，嘰嘰喳喳、嗡嗡聲響成一堆。

「咳咳。」蘇康寧加重了力氣，又假裝咳嗽了兩聲，才勉強讓眾人收回視線。

「既然清遠家的來了，我們便把這事兒說說。近年來，清遠家的香料鋪子一直是由清松在經營，每月都由清松給清遠家的分紅，這許多年下來，也是累著清松了……」蘇康寧停了一停，故意頓了一下，若是按照禮數，這會兒蘇白芷該是出來說些感激的話了。

蘇白芷低頭苦澀一笑，果然是切入主題，廢話都不肯多少一句。

挑戰，來了。

在得知族長即將回來的消息時，蘇白芷花了幾天時間，觀察自家的香料行每日的客流量。大體進去的，都能買些東西。

那帳簿她是沒見著，可她問過姚氏，姚氏分明告訴她，當初族裡將香料行交與蘇清松打理時，約定的是姚氏收其中的兩分利。

兩分提成，他們家每月卻只能收到一兩到三兩不等的銀子。姚氏幾次問起蘇清松店鋪裡的生意，都被蘇清松以各種理由搪塞過去了，最多的藉口便是：生意難做。

既然人這麼多，不如她也將蘇清松的生意經，曬上一曬。

蘇白芷朝蘇康寧磕了個頭。「這麼多年，承蒙族長爺爺照顧，二伯父對我們也是極好的。上回阿九落了水，也是二伯父一氣兒將半年的紅利給了我娘，若不是那十兩銀子，阿九只怕再也見不到族長爺爺。」

半年紅利……十兩……蘇康寧蹙著眉瞟了一眼蘇清松。

一直以來他都知道蘇清松做的那些小動作，可如今滿堂都是族中的長輩，蘇白芷卻明明白白將這數字說出來。蘇清松那一副心虛的模樣，坐實了蘇白芷的話。

每個月，蘇清松也是要往族裡交紅利的，那數目自有蘇康寧過目，他蘇清松敢誆騙蘇清遠家的，卻不敢矇騙族裡。

若是按照正常的數字，半年給予蘇清遠家的紅利，至少三百兩……

蘇康寧收回視線，抬了抬手，讓蘇白芷站起來。

若不是蘇白芷一副天真無邪的模樣，他甚至要懷疑，眼前的小姑娘是故意的。

周圍所有的人視線落在蘇清松身上，蘇清松乾笑兩聲，朝左右解釋道：「近來生意不好做，材料費、車馬費什麼都漲了，又多了好多家的鋪子搶生意，所以也就是看著熱鬧，實在是……」

「二伯父真愛說笑。」蘇白芷打斷他的話，淡淡笑道：「阿九幾次路過香料行，見香料行裡人來人往好不熱鬧。也是二伯父善於經營，才能將鋪子照料得如此紅火。只是阿九惶恐，怕是鋪子裡太忙，累著二伯父了。」

「阿九，不要說了……」姚氏拉了拉蘇白芷的手，示意她不要再說。

蘇白芷仰著頭裝無知。「娘，二伯父確是經商能手。能將爹爹的香料行照顧得如此紅火，阿九心中甚是感激。」

遙遙朝蘇清松的方向福了福身，蘇白芷又道：「多謝二伯多年來的悉心照顧。」

伸手不打笑臉人，蘇白芷就不信，她這一邊裝傻賣乖，一邊不斷拆蘇清松的臺，蘇康寧還好意思將那要求提出口。

倘若軟的不行，她不介意來硬的。

眼角掃到李氏瞪著姚氏惡狠狠的表情，蘇白芷冷笑一聲。

是，他們一家是窮，可是李氏若是指望姚氏自己站出來，主動放棄香料行的經營權，那是斷不可能的。他們是窮，可若是今天姚氏連亡夫的東西都開口放棄了，那麼，他們將來只會更加被人看不起，甚至，淪為蘇氏一族的笑柄。

蘇康寧靜靜地看著堂中的少女，她臉上雖是一直掛著笑，可眉間卻是寡淡。分明此刻低眉順目，可身上卻散發著不卑不亢。

不過度阿諛奉承，卻也不咄咄逼人，就算是說出那樣的事實，她也說得彷彿真是心懷感激。

若是她尖銳，她刻薄，或許他還能以教養不足，將她轟出堂外，可不是這樣，他竟然尋不到她半絲錯處。

眼底下，蘇清松有了一絲的慌亂。

蘇康寧閉上眼，心裡忖度著。從前，他就不大喜歡蘇清遠，明明在族塾中成績很好，有望功名加身，卻硬是繞了個彎去做什麼大夫。那時候的蘇清遠，在面對苛責時，也如蘇白芷這般，禮數周到，應對自如。

果真是一家人——

蘇康寧甚至能回想起，當初蘇清遠在堂中的每一個神態，每一個表情。那時候，他還不是族長，他只是作為一個長輩，在旁觀察蘇清遠。

那時他便想，這是個出格的後生，他不喜歡，他很不喜歡。

如今，換個人，卻擁有一樣的神情，依舊為了自己而戰。

他倒是想看看，這女娃娃能翻起什麼樣的浪花。娘懦弱、哥未成功名，這一家人，對於族裡來說，只是個附屬、寄生，甚至只是可有可無，只是多口飯的廢物……

從對整個家族的貢獻來說，他是願意將那鋪子交給蘇清松的。大不了，他作主給蘇清遠家一個好價錢，這便是他能為蘇清遠家做的極限了。

睜開眼，蘇康寧清朗了聲音，對姚氏道：「妳教養的好女兒啊……」

那一句話，拖長了音，卻是意味深長。姚氏連忙拉回蘇白芷，低聲道：「阿九年紀還小，不懂事，若是有什麼衝撞了族長，請族長大人有大量。」

「不，何曾衝撞了？她說的句句在理。」蘇康寧抬了抬手。「清遠走了五年，這些年，族裡沒少照料你們家人。清松也是花了大把力氣在那個店鋪裡。從前香料行在清遠手上，勉強略有盈餘。如今，這香料行卻是變了一番模樣。所以阿九說的沒錯，清松確實是經商能手。」

這是刻意貶低蘇清遠，抬高蘇清松了。

「是呀，當初爹爹接手香料行時，香料行入不敷出，險些倒了鋪子關門大吉。爹爹花了三個月時間，才讓鋪子起死回生，有了盈餘。」蘇白芷回道。

想欺負死去的爹，沒門！

「阿九當時年紀小，卻也記得，爹爹為了香料行，整日琢磨著經商之道。有不少香料行的客戶，也是爹爹當大夫時，結交的老主顧。」

「行了。」蘇康寧果斷打斷蘇白芷的話，心裡隱隱生了怒氣。「不論如何，這鋪子在清松手上紅火起來的，總是沒錯的。如今眼見著都五年了，你們一家子也不懂得如何經營香料行，不若便由族裡作主，將這鋪子轉到清松名下。當然，這鋪子也不是白給，清松給你們三百兩，妳們看如何？」

這一次，一句話一氣呵成。

三百兩？蘇清松偷偷看蘇康寧。來之前，他可是跟蘇康寧說過的，只能給二百五十兩，怎麼生生多了五十兩？

好吧……蘇清松有些心虛。三百便三百，只當另外五十兩，是投了水！

「對對，親兄弟還要明算帳，這錢，該給的。」蘇清松阿諛道。

「那便謝謝族長爺爺了。」充滿喜悅飽含感激的清亮女音響起，蘇康寧看著姚氏身邊的蘇白芷往前一步，福了福身。「原本在來的路上，我便同娘商量好了，這鋪子是爹爹的心血，若是由我們自個兒打理，怕是經營不好。既然族長爺爺有這樣的安排，我們是再高興不過的。」

「那便好……」蘇康寧捋著鬍子，果真是見錢眼開、沒見識的小婦人。忍住眼底的輕蔑，他朝蘇清松招了招手。「清松，把店契……」

「族長爺爺，這店鋪我們是可以賣的，可這數目，貌似不太對？」蘇白芷臉上盈盈笑語，像是在說一件好笑的事情。

「如何不對？」蘇康寧停了手，蘇清松僵了臉。

「當然不對。」蘇白芷淺笑著上前，福了福身，接著從袖中取出了三、四本冊子。之前誰也沒注意到，小姑娘的身上帶著東西，蘇清松一看，先變了臉。

將那三、四本冊子交到蘇康寧手上，蘇白芷這才清了清嗓門，條條有序說了一遍。

「父親在世時，做什麼都喜好理個清清楚楚，尤其是在帳目上。父親說，這是族裡讓看顧的生意，絕對不能有紕漏。所以，每一個進項、每一個支出，甚至，香料行裡每一樣香料的數目和價格，父親都有詳細記載。

「族長爺爺您看，那第一本，便是父親在接手香料行時，鋪子裡的香料和帳目。當時明擺著，就算是把鋪子裡的香料都按照原價賣了，也抵不上這虧損。」

「那兩本帳目，便是父親在經營香料行時，經手的每一條帳目，還有進的原材料等等；那最後一本，便是父親……」

蘇白芷頓了頓，哽咽著聲繼續說道：「那最後一本，便是父親離世之前，對店鋪的盤點清算，以及帳目的核查。」

「妳父親都去世這麼多年了，妳拿這些，還有何用?!」眼見著店鋪到手，蘇清松再不想橫生枝節。

「二伯父這話就不對了……」蘇白芷笑道：「這些帳目，可是有大用處！」

蘇康寧迅速地翻閱蘇清遠的帳本，不得不說，是詳盡到了香料行的每一個角落，甚至桌椅茶盞的進項支出。蘇清遠細膩謹慎的性格，在帳目上可見一斑。

心裡一咯噔，果然，蘇白芷話鋒一轉，不疾不徐地繼續道——

「那些年，父親在香料行裡的投入，也是真金白銀砸下去的。香料行裡原本多少香料，後來多少，帳目上總有。這幾日，阿九仔細對著這帳目算了一遍，香料不多，阿九也只以市價計算。林林總總。父親接手後，投入的銀子，總共是兩千兩！

「若是從前，我們分著紅利，那父親的投入總歸還是給我們帶來收益的。這些我們都可以不計算。可若是轉給二伯父，這些錢，咱們可得算清楚了。」蘇白芷瞧著蘇清松笑得一臉陽光燦爛。

「二伯父方才說了，親兄弟也要明算帳。若是二伯父不信這帳目，大可以把您接手香料行時做的盤點帳目拿來對比，看對是不對。」

「妳……」蘇清松指著蘇白芷，氣得直發抖，養不熟的白眼狼啊，這分明就是隻養不熟的白眼狼。

分明就是有備而來……

這小姑娘，竟是事先便想好了應對的措施、一早將帳目準備好，並且算得清清楚楚，讓人找不出錯處。

蘇康寧長嘆一聲，這蘇白芷臨危不亂，頭腦清醒，若是個男兒身，對於蘇家來說，可能是天大的福氣。

「二伯父別急。」蘇白芷笑靨如花。「這些年，承蒙二伯父照顧。娘親將每一筆的分紅也記錄了下來。從父親去世起，五年裡，我們統共收了二伯父一百兩的紅利。若是要將鋪子賣給二伯父，總要顧念二伯父對我們家的照顧。作為對二伯父的回報，這一百兩，我們斷斷不能再要了。不僅如此，我們還要加三倍奉還，這就是一千七百兩。

「親兄弟明算帳雖是正理兒，可父親兒時便教導阿九，骨肉親情才是最重要的。若是二伯父一時拿不出這麼多銀子，那不如，就算二伯父一千五百兩，二伯父您看如何？」

這一時間，便是給蘇清松減了五百兩。

蘇清松同李氏對望一眼，在彼此的眼中都看到了難以置信。

她竟然跟他們談條件？她有什麼資格！

最重要的是，她不是無理取鬧，不是博取同情，而是將一樁樁、一件件事實擺在大家的面前，讓人辯駁不得。

原本想用族裡的力量威懾姚氏，如今卻是搬起石頭砸自己的腳。若是在私下操作，或許情況也不會變得如此糟糕。

「二伯父？」蘇白芷輕聲喚蘇清松。

「妳倒是說得簡單。算得如此清楚，怎麼就沒想到族裡對香料行的幫助。如今，妳是想將香料行同族裡撇得乾乾淨淨嗎？」蘇清松掙扎道。如今不能把香料行往自己身上攬，只能推到族裡。

「二伯父這話，阿九有些聽不懂呢。」蘇白芷疑惑道：「這香料行在父親手上時，父親每月都按照族裡規定上繳紅利，不僅如此，原本族裡只要求四成，父親感恩族裡的照顧，特地每月多繳了一成。及至香料行由伯父照看，我們也是每月只拿二成分紅。至於伯父如何繳納紅利，我便不知道呢，可我們對族裡該盡的義務卻是一分沒少……阿九何時將香料行同族裡撇開了？」

蘇白芷只是淺笑，渾然未覺她的一席話，早就引起了在場所有人的議論。女人們看她的眼神已然變了樣，而那些族裡的老人們，或微微瞇著眼打量著蘇白芷，或是乾脆氣紅了臉。

「妳這小丫頭，真是牙尖嘴利。照妳這麼說，若是妳伯父今日拿不出這些錢，妳就要將這鋪子拿了回去，將妳伯父從鋪子裡趕了出去不成？」

自古拔刀相助的人少，火上澆油的人多。這會兒，那些老人們已然有人開始發話。

蘇清松聞言，越發怒火中燒。「趕我出去？那誰來經營那香料行？妳嗎？還是妳娘？還是妳那不成器的哥哥？

「就算是妳，妳能懂經營？還是妳能鎮得住店裡的夥計？」蘇清松重重哼了一聲。「沒有金剛鑽，就不要攬那瓷器活兒！別以為能看兩本帳本，就能做得起生意了！」

「也不掂掂自個兒的分量，在這兒撒野……」李氏捏了帕子一角，低聲對身旁的人說道，引得那婦人輕聲笑。

蘇康寧此刻依然閉了目，任底下鬧去了。

總要讓蘇白芷受點羞辱，她才能知難而退。

「那也不是這麼說，我瞧這姑娘挺能幹的，沒準兒真能成事。更何況，那會兒也只是說讓清松代為打理香料行，可沒說就這麼給了他，人家這會兒要回去，也無可厚非……」角落裡傳來低聲而有力的聲音。蘇白芷望去，只見到一個老人低著頭，一雙眼睛卻是銳利得很。

總算是有人替她說話了……蘇白芷微微點頭只當致意。

「若是鋪子在她手上倒了，族裡的損失由誰賠？」又有人加入舌戰。

「收回鋪子這話，我可從來都沒說過。」一片混戰中，蘇白芷渾然不動，冷冷的一句話，澆滅了大家的議論紛紛。

是啊，這話她從未說過，說的人是蘇清松，她從未提及。倒顯得蘇清松小人之心，太過激動了。

「這買鋪子的話，也是二伯父幾次三番到我家中提及，原本二伯父是說二百兩，阿九那會兒落了水，性命差點都沒了，娘也沒時間思量鋪子的事兒。之後二伯父又加到了二百五十兩，阿九身體好了不少，便同娘琢磨這事，只是這價錢，委實有些不對勁。阿九雖是年紀小，今日也是就事論事，黑紙白字的帳目清清楚楚，阿九總不能誆了伯父？」

任誰聽了這話，都知道蘇清松趁火打劫，誆騙人家孤兒寡母。

蘇清松臉一會兒紅一會兒白，見蘇康寧閉著目，顯然已經不想管這事兒了。

他哪裡知道，蘇康寧原本一門心思想要幫他，這會兒卻是在心裡不停咒罵。好你個蘇清松，趁著人家病，要人家命的不厚道事兒都幹了，如今還藉著他的名義給小姑娘施壓，明擺著一群人欺負一家子。若是今日之事讓建州其他望族得知，他還如何立足？

「族長，您倒是說句話啊……」蘇清松慌了手腳，連忙求救。

「你有一千五百兩嗎？」蘇康寧扭頭看蘇清松，面無表情。「你若有，這鋪子你買下便是了。你若覺得不妥，帳目在這兒，自個兒比對一下。」

「一千五百兩？她這是漫天要價啊！」蘇清松咬牙切齒道。

「啊，若是二伯父這樣說，不若這樣。」蘇白芷嘴角彎起一絲笑意。「方才受二伯父啟發，這買回鋪子的事兒，倒也是可行。我拿三百兩給二伯父，將鋪子買回來？」

「三百兩？妳說笑呢？我在這鋪子投入了多少心血！這鋪子怎能只值得三百兩！我一個月的利潤都不止這個數！」

「二伯父說得真好。」蘇白芷沈下臉，追問道：「二伯父的心血是心血，爹爹的心血就不是了嗎？若是這樣，那二伯父的三百兩，又是從何算出來的？

「再說一句，若是二伯父一個月的盈餘三百兩不止，那我家的紅利至少也有六十兩，又如何變成了一兩？半年只十兩？

「最後，是為了伯父的這句話，敢問伯父，若是我當真要回這鋪子，伯父又是要多少錢，才肯將鋪子還與我家?!」

連著的三句問話，不再裝瘋賣傻賣乖，卻是著著實實地咄咄逼人。

這一堆人看著她，她軟弱又有何用？蘇清松若是不欺人太甚，她也就這麼過去了，可偏偏他卻提及她的哥哥，她的娘親。

若是今日表現出一分軟骨頭，那日後，她便是被人戳一輩子。

話已經說到這裡，一句句，她竟是無比暢快，這話不是她說的，一句句，全是從蘇清松的嘴裡說出來。

欺上瞞下，蘇清松將自己餵了個飽，卻想逃？若不是他這麼貪心，若不是他幾次三番想要害她，她又何至於挖好了陷阱等著他跳？

原本想忍忍，為了蘇明燁的前程，她忍到底。可如今，她再也忍不住了。她就不信，她把事實放在這些人的面前，族裡還能用這樣的名義刁難蘇明燁。

若是這樣，這樣不明是非的家族，又有什麼好依靠的？

「阿九！不得放肆！」現場的氣氛冰到了極點，幾位長輩的臉色已然不對。姚氏連忙拉住蘇白芷，趁著長輩發飆前，她先下了重手。

「阿九，跟二伯父道歉！」姚氏輕輕掐了一把蘇白芷，低聲道：「今日夠了。不要再讓二伯父下不來臺，族長自會定奪的。」

「買回鋪子？」蘇清松仰頭長笑，以掩飾方才被人追問到啞口無言的尷尬。

「若是妳想拿回那鋪子，也成。若是妳能在今日之內，拿出這一千五百兩，這鋪子，我還妳。從今往後，這香料行再與我無半點瓜葛！」

他就看準了蘇白芷沒錢。連身像樣的衣衫都買不起，她如何能有實力同他爭鋪子！

「老爺……」李氏連忙拉住蘇清松。這事兒隱隱透著股不對勁兒。她去姚氏那兒說鋪子的事時，分明見著姚氏的房子也裝修了，家裡還多了不少她未曾見過的陳設。

前幾日還是簇新的襖子，今日卻是換作打了補丁的舊棉襖。

她方才並未注意，直到現在，她才發現不對勁。

「沒事。妳一個婦道人家能知道些什麼，回去！」蘇清松呵斥道，藐視地望著蘇白芷。

他就不信，他就不信一個半大的姑娘能奈他何！

「一千五百兩？」蘇白芷不確定道：「二伯父要不要回去對對帳本，或許，不是這個數呢？」

「不用對！帳本就在我腦子裡！」蘇清松不可一世。「怎麼，嫌這個數多了？」

「不，我就是怕，這銀兩委屈了伯父。」蘇白芷莞爾一笑，眼角閃過一絲陰謀得逞的狡黠。

原本還信心滿滿的蘇清松，在看到蘇白芷那個眼神的瞬間，竟有了片刻的動搖。

不會的，一定不會有事。幾個月前，姚氏一家還為了蘇白芷的醫藥費在痛苦掙扎，怎麼可能在幾個月裡變出一千多兩？

這一信念一旦建立，那信心彷彿又回到了身上，他依然是意氣風發的蘇老爺。

可是蘇白芷臉上的神色，卻一直撩撥著他那根敏感的弦。他似乎也意識到，哪裡有些不對勁了。

端坐在堂中的眾人，只是面面相覷地對望著。博山爐裡的香，依然飄蕩在屋子裡，分明寧靜，可眾人卻是坐不定了。

「老爺、老爺，出大事兒了！」從門外圓潤地滾進來一個家丁，幾乎連滾帶爬地跪在地上。「老爺，外面來了輛馬車，車上全是箱子。說是給蘇九姑娘送銀子來的。」

我的娘欸，五、六個箱子呀！若全是白銀，這得多少錢呀！家丁擦了擦汗，見堂中站著的小姑娘，心裡暗道：果然是不能見衣識人。看不出來呀，這姑娘，如此有錢！

蘇白芷臉上雖是噙著笑，卻也有微微的詫異。

箱子……蘇白芷暗自腹誹：那些錢……不需要用箱子裝來吧？

「帶人進來吧。」蘇康寧看了一眼蘇白芷，冷聲吩咐道。

一個小廝，一個箱子。八個小廝魚貫走入堂中，手上皆扛著箱子。這排場，看起來真是威懾力十足。看箱子中的分量，像是不輕。

蘇白芷一瞬間，竟想掩面……那八個小廝中，有個黑粉塗面的人，這會兒偷偷咧著口白牙朝她笑，不是韓壽，又是何人？

一大一小的兩隻狐狸啊……蘇白芷嘆道。只怕這箱子中的東西，精彩十足。

「蘇九姑娘，我家老爺讓我將這銀子送到您府上。街坊說您在這兒，小的不敢耽擱，所以特地給您送來。老爺說了，這是您這個月的方子錢，分紅的五百兩銀子明日再給您送去。」黑臉的韓壽刻意換了個鄉味極重的口音，把這話說得像是要將她捧上天去。

噯……蘇白芷再次想掩面。借錢能像她這般借得如此氣派的，實屬難得……

「您看看，這可是新製的銅錢，整整一千五百兩，一分不少！」

韓壽一邊說道，一邊吩咐人將蓋子打開，一剎那，八個箱子黃燦燦——整整一千五百兩的白銀，全部換成了銅錢，看起來，著實是……氣勢磅礴……

韓公……您確定您不是在惡整阿九嗎？

蘇白芷瞬間想流淚……不過，原本她只跟韓公預支了一千五百兩，掐準了來算的。想到這裡，她不由得有些感動。韓公大約是怕她中間出了些岔子，所以特地多借了那五百兩與她。這樣也好，多了五百兩，至少在這些人的面前，她有了更加足的底氣，裡子面子上也都更過得去。

蘇白芷乾笑兩聲，只得就著眾人詫異的目光迎難而上。「真是巧了，阿九近日恰好有了這兩千兩的收入。既是二伯父肯割愛，那這銀兩，阿九就不帶走了。煩勞各位做個見證，這鋪子，我便收下了。」

「妳妳妳妳……」蘇清松被眼前一箱又一箱的銅錢刺激得眼皮亂跳，幾乎是挪著身子走到箱子面前，揀起了一貫錢，仔細打量。

銅錢……竟然是用銅錢，竟然恰恰是這個時間。

「蘇老爺莫不是懷疑這是假錢吧？這可是百里香的韓公給蘇姑娘的辛苦錢，決計是不會假的！」又一頂大帽子，扣在了蘇清松身上。韓壽刻意加重了「百里香」幾個字，兩眼直勾勾地看著蘇清松，表示極大的不滿。

眼前的錢，恰如燙手山芋般，燒得蘇清松皮膚灼熱。他一陣暈眩，只覺得在堂中的每一個人都用揶揄、諷刺的目光看著他。

「天，這天是要變了……」蘇清松撐著頭，竟似有些站不穩。

李氏連忙扶著他。「老爺……」

「族長，我家老爺的心悸怕是犯了，我們先行告退。」李氏見事不對，忙攙著蘇清松。

只見蘇清松的唇微微哆嗦著，竟連禮都未行，便想匆匆離去。

「二伯父既然身體不適，那過會兒便煩勞小哥再跑一趟，將這銀兩送到我二伯父府上吧。」想跑，沒那麼容易！蘇白芷連忙補了一句。

李氏臉色不豫地望了蘇白芷一眼，蘇白芷朝她福了福身，再次用清亮的嗓音對著蘇清松的背影一字一句說道：「今日當著族中各位尊敬的長輩的面，阿九再次拜謝二伯父多年來的照顧。鋪子收回之後，阿九定當盡心盡力經營，務必讓爹爹費盡心力的香料行紅紅火火，不辜負二伯父的期望。」

「妳二伯父身體不適，這事兒改日再說。」李氏頓了頓，硬生生地回了句。

「二伯父可得保重身體。這鋪子之事，自然有族長爺爺作主，二伯父不必太過操心。交接之事，阿九擇日再同二伯父商議便可。阿九恭送二伯父。」

蘇白芷恭恭敬敬地答應道，蘇清松鼻子裡哼了口氣，扭頭裝沒聽到。

蘇白芷微微一笑，趁著蘇清松離開之前，在堂中，又提了提嗓門大聲說道：「對了，二伯父。上回您曾經說過，若是哥哥在選拔試中不能得到前三名，就要將哥哥趕出族塾。昨日選拔試的成績出來了，哥哥恰恰得了第三！阿九在此，替哥哥多謝二伯父督促哥哥的學業。」

前兩名，不例外的是秦仲文、韓壽，蘇明燁不負眾望，擦邊進前三。有如今這樣的成績，便是蘇明燁廢寢忘食讀出來的成果。

今日來，她便是連蘇明燁的這口氣，也得吐出來才可。

蘇清松腳底一個踉蹌，險些站不穩——族塾之事，豈容他一言定人出入？

那日之言，不過是嚇唬嚇唬蘇明燁而已，今日卻被蘇白芷在眾人面前無比清楚地說出。

蘇清松幾乎不敢回頭去看族長的臉，倉皇離去……想必，族長此刻的臉色不會太好看。

堂中，安靜地似乎還能聽到博山爐中檀香燃燒的聲音，蘇白芷再不看眾人的眼神，盈盈朝蘇康寧一福身。「今日多謝族長爺爺提點，煩勞族長爺爺操心，阿九甚是過意不去。如此，阿九便先行告退。」

目的已經達到，實在無須多看他人顏色，讓自己不痛快。

拉著姚氏的手，蘇白芷大步出了族長家的大門，不曾回頭。

燭火忽閃，蘇康寧抿一口香茗，從舌尖到喉嚨口，厚重的茶湯中，有濃郁的蘭香味，讓人心生寧靜。

縱然是這樣的一道好茶，卻生生被人壞了氛圍。

蘇清松束手束腳地站著，等著蘇康寧嚥下那口茶湯，看他臉色不豫，越發小心翼翼。

「二叔，這鋪子，我真要交到那丫頭手中啊？她一個丫頭……」

「她一個丫頭怎麼了！我看她，比你懂事多了！」蘇康寧重重將茶杯一放，潑了些茶湯。

蘇清松眉眼一跳，連忙低下頭去。

「今日之事你自己還沒想明白？那一步步、一句句話，都是衝著你來的。你若是沒暗地裡做那些手腳，我倒能替你說上兩句話，可你看看你做的那些事兒！趁著人家病時，趁火打劫要人家的鋪子！拿不到鋪子便逼得你親姪子差點出了族塾。你倒是下得了手啊！那可是你親姪子！」

房裡只有蘇清松，蘇康寧便將話挑明了說，一副恨鐵不成鋼的樣子，饒是蘇清松這把年紀，也是臉上一紅。

「二叔，您別聽那丫頭胡說，這可都是沒影子的事兒。至於族塾……我可真是一片好心想督促燁哥兒向學，別像他爹似的……」

蘇清松連忙將話題引到蘇清遠身上。蘇康寧不喜歡蘇清遠，這任誰都知道。

「這事兒究竟是怎麼回事，你心裡清楚得很，別以為我人在京師，建州的事兒我便不知道。」蘇康寧鼻子裡輕哼了聲。「打小你就比清遠機靈，什麼事兒都知道審時度勢。看你經營著幾個鋪子，也是得力的。可若是你罔顧骨肉親情，做了什麼禍害自家骨肉的事兒，縱然你再機靈，族裡卻是饒不過你的。」

蘇康寧一雙眼睛精明得很，雖是有些歲數，可眼神卻越發凌厲，盯得蘇清松有些發毛。

「知道了，二叔。那這鋪子……」

「今日這麼多人，看著你答應要將鋪子還回去的，你還能反悔不成？」見蘇清松賊心不死，蘇康寧也來了氣。「那銀子的數目是你自個兒說的，胸膛是你自己拍的，這都成了板上釘釘的事兒了，你還來我這兒商量什麼？不若想想明日如何交接，將帳目釐清，才是正途！」

蘇清松的反反覆覆讓蘇康寧真有一棍子將他打出門的衝動。

送走蘇清松後，蘇康寧一個人品著茶，卻怎麼也靜不下心來。

他有他的打算。

既然蘇白芷認定了自己有這個能耐經營好鋪子，那麼他便放任不管，看著蘇白芷去經營。

蘇康寧閉著目，長長地嘆了口氣，年輕人的氣盛啊，他是最見不得的，正好藉這個機會挫一挫蘇白芷的銳氣。

至於蘇明燁——那個罕言寡語的少年，在他的印象中淡得有如清水，他幾乎都快忘記了。今日聽蘇白芷一言，蘇明燁也像是個可造之才，若是有時間，當見上一面。

如今朝中局勢詭譎多變，若是蘇明燁能入仕，對於蘇家來說，總是好的……

家中的蘇白芷萬萬想不到，今日之事，雖不至於讓族中所有人對他們改變看法，卻是實實在在讓蘇康寧重視了起來。

而一場更大的挑戰，正等待著蘇白芷。

第十四章

「阿九謝過韓公！」端端正正、誠心實意的一個磕頭，重重地磕在地上，險些痛得讓人流出眼淚來。

「起來吧。當心磕傻了。」韓斂不甚在意地讓她起了身，看了看她的臉色。「怎麼，心裡痛快了？鋪子拿回來了？」

「是，心裡痛快了……」蘇白芷笑道：「可心裡也不痛快。」

「什麼亂七八糟，把我都繞暈了。」韓斂搖了搖頭。

「原本還有些盈餘，這一下，倒是欠下了韓公一千兩銀子，阿九如今可是真正的赤貧，如何能高興起來……」

「妳這丫頭！真不知足！」韓斂拿著香匙點她的腦袋。「就妳賣給我的方子，年底便能拿到五百兩。如今妳的香油、香露、面脂什麼的，每個月都能給妳帶來不下二百兩的收入。前幾日各地又報來帳目，妳這個月，又是三百兩的分紅。如今妳可是坐著賺錢的小富婆，卻如此摳門。在我這兒叫窮，妳可是找錯對象了！」

「那錢不是還沒到手嘛……」蘇白芷吐了吐舌頭。

「不差妳這一千兩用，妳這會兒開店要錢，等攢齊了錢，再雙倍還我就是了。」韓斂笑得一臉慈祥的狐狸相。「妳就不怕妳這麼算計著妳的族長、妳的二伯，他們會回頭來報復妳？」韓斂問道。

「族長看起來還是個明是非的人，否則也不會在族長的位置上坐得如此穩當。至於二伯父，若是他仍要針對我們，不顧血脈親情，那便來好了。做事的人，若是步子都不敢邁出去，還如何能成事？」蘇白芷無所謂道。

「說好聽了，妳這是初生牛犢不怕虎；說難聽了，妳這是不見棺材不掉淚。」韓斂搖了搖頭。「好在現在還有我在，若是哪一日我不在了……」那後半句，卻是含在嘴裡自言自語的。

「什麼？」蘇白芷正要聽清，卻被韓斂又重重敲了下腦袋。「今日的功課做了沒？別以為做了掌櫃就不用幹活了！去後堂，給我炮製香草去！還有店裡有幾個屜子的香料被我不慎打翻了，妳去把它分門別類分清楚了。沒做清楚，不准吃飯！」

「好哩！」蘇白芷應得極為爽快，嗖一聲，消失在韓斂面前。

也只有在家人面前，蘇白芷才會偶爾露出這歡快的一面。韓斂望著她，不由輕笑，這丫頭對他的防備，是越來越低了……真是貼心啊，一如當初，韓壽的娘親，他的女兒在時一般……

香料行以極快的速度交接到了蘇白芷的手裡。或許是那日幾大箱子的銅錢震懾到了族裡的人，或許也是韓壽口中的「百里香的韓公」讓他們對蘇白芷多了幾分信心，總而言之，族裡大人，並未多加刁難蘇白芷。

在蘇白芷意料之中的是，接手香料行的那一天，香料行裡的夥計，一個不剩，全數被蘇清松帶走。

李氏以理所應當的語氣說，香料行裡的都是她家的親戚，原本就是看在她的面上來店裡幫忙的，如今既然香料行歸了蘇白芷，那她家的人，斷然沒有還在香料行幹的道理。

順理成章，那些同蘇清松交往甚密的老主顧也被全部帶走。剩下的不過是一些自蘇清遠開始就一直同香料行合作著的念舊情的老人。

於是，蘇白芷接手的，是一個才到手，便面臨癱瘓的店鋪。

貼出招工的告示已然幾天，卻依然門可羅雀。偶爾進門的客人，見站臺的是個小姑娘，幾乎是頭也不回地走了。

蘇白芷嘆了口長氣，如今店鋪裡幫忙的，只有姚氏一個人，她懂的卻也不多，蘇明燁雖是偶爾來幫忙，可畢竟明年便是鄉試了，大部分時候，她還是將蘇明燁推去看書了。

「娘，我出去一趟。」蘇白芷收了身上的褂子，有些挫敗地走出店鋪，漫無目的地觀察路上的人。

「喲，這不是咱們刺兒頭嗎？」耳邊傳來戲謔的聲音，陰魂不散的韓壽湊上來。

自那日韓壽見識了她在族裡的樣子，韓壽越發確定，蘇白芷看著軟弱如白兔，實則從頭至尾都是個十足的刺兒頭。

於是，無人時，蘇白芷便多了個外號——「無敵刺兒頭蘇九妹！」

蘇白芷嘴角抽了抽，不太願意搭理韓壽。

那日那般撩撥她，之後見面，他竟似全都忘記了！

這登徒子！枉她幾日睡不好覺，總想著他說要離開的話是否屬實。這幾日看來，分明就是瞎說！若是要走，韓斂為何一點動靜都沒有？

「前幾日還意氣風發地說自己成了掌櫃，怎麼這會兒就跟蔫了的狗尾巴草似的？」韓壽最大的優點，就是能逼著死人都開口說話。可偏偏，此刻的蘇白芷，死人都不願意當。

「喂，不就是少幾個夥計，少個辨香師傅嗎？讓老狐狸借妳幾個人不就得了，何必愁眉苦臉的！」

「我不要。」蘇白芷低聲說道。她也想過，跟韓斂借幾個人，應應急總是沒問題的。可一想到，她此時事事靠著韓斂涉險過關，將來待如何？再說，韓斂對她恩如泰山，將來，她都不知道如何還這份恩情。

錢財債好還，人情債難償。

她思量著，這事兒非要自己解決不可。

人以利為先，她就不信，利字當頭，她還找不到合適的人來站櫃幫忙！

想起還在一旁虎視眈眈的蘇清松，還有那態度不明、立場不清的族長，蘇白芷反倒越發有了鬥志。

這日子，真是越過越精彩了……

一路思量著，不知不覺走到西市，在一片喧鬧中，她一眼便看到一個老熟人。

不過數月沒見，蘇白芷無論如何都不明白，老劉頭怎麼成了如今這般田地。髒污的長鬚黏答答成了一塊，看起來倒像是個土塊墜在下巴上。臉上平添了不少溝壑，舊傷之外，顯見得又多了幾處新傷，也不知道是被誰打出來的。

在熱鬧的西市街頭，蹲著幾個小乞丐，正中便是老劉頭。看起來像是沒什麼精神，無力地靠在牆根，邊上的小乞丐拿著水往他嘴裡灌著，他卻渾然未覺。

蘇白芷也不知道為何，見著這樣的場景，竟心生內疚。當初的事兒，她按算起來並沒有什麼錯，可李記的事兒，最終遭殃的卻只有老劉頭一個。

蘇白芷駐足望了他一會兒，低聲問韓壽道：「你知道附近哪裡有大夫嗎？」

請大夫，問診，抓藥。從頭至尾，韓壽都陪在蘇白芷身邊。

大夫診完脈，只說老劉頭是被人毆打，受了點內傷，又好多天饑餓，並無什麼大礙便匆匆離開了。

在破廟裡，零零散散幾個小乞丐，雖是一身髒污，但烏溜溜的一雙雙眼睛，乾淨得彷彿他們在聖地裡，如今都滿心擔憂地看著老劉頭。

或許他們之前從未認識，可一同淪落到這破廟裡，竟生了親人般的感情，他們都擔心老劉頭就這麼去了……難得有個長者願意待他們如家人。

「姊姊，爺爺會死嗎？」不大的小姑娘，苦著臉看著老劉頭。那雙手原本快要觸及蘇白芷的衣衫，卻在最後一刻收了回去，往身上擦了擦。

蘇白芷微微一笑。「爺爺不會有事的。」

「來吃點東西吧。」消失了一段時間的韓壽再次出現在破廟門口時，手上已然多了幾隻燒雞和一堆饅頭。好像到了哪個地方，他便能變換自身的氣場同那個地方相稱相符。比如在這乞丐窩裡，如今的韓壽看起來，便像是乞丐的首領。

幾個小孩一擁而上，恐怕都是餓了好多天的，見著食物眼裡都能泛出光芒。

韓壽始終如一帶著笑，將那些吃食一一分了，最後留了兩個饅頭，朝蘇白芷招了招手，自個兒先是席地而坐，彷彿忘記了自己身上如今著的是上好錦緞。不過一個饅頭入肚的時間，韓壽便成功收服了這幫孩子，同他們談笑自如。

這自來熟的功夫喲，蘇白芷搖了搖頭，卻沒意識到自己此刻嘴邊噙著的笑容。

「這小子人不錯……」乍然響起一個蒼老的聲音，蘇白芷轉身，便見老劉頭微微睜開了一雙眼，看著一群嬉戲著的小孩。

「老人家……您怎麼變成了這副模樣？」蘇白芷聽說了老劉頭被李福強趕出李家的事情，可是老劉頭畢竟在李記做了這麼多年，或多或少都有些積蓄，又如何能淪落到如今這步田地？

「呵呵呵……」老人家乾笑的聲音如枯老的樹藤劃過沙地，聽著竟有些毛骨悚然。

「我也沒想到，我為李家當牛做馬這麼多年，最終卻落得如此下場。他不僅將我趕出了門，搜刮了我身上所有的錢財。前幾日，我在路上不慎衝撞了他兒子，他更是命人將我重重打了。」

「我在李家半生，一心投在香料行，如今無妻無子，也沒了依靠……現下只能是等死了……」

「老人家有一身好手藝，為何不去其他家求門活計做做？」蘇白芷輕聲問道。

「這不大的建州城，都知道了當日的事情，哪裡還敢有店鋪找我，咳咳……」

老劉頭輕輕咳嗽了兩聲，方才的小姑娘見狀，連忙掰了半個饅頭遞到老劉頭的跟前，怯生生地說道：「爺爺，您吃……」

「爺爺不吃，妳吃吧。」老劉頭伸出乾瘦的手，摸摸小姑娘的頭，蘇白芷見著他眼角都濕了，心裡也是泛酸。

人到老了，伴了快半輩子的人對他下了狠手，到頭來，反倒是一幫小乞丐真心實意地對他好。

「老人家，您若是不介意，可否到我店中幫忙？」蘇白芷偈促道：「只是我家的香料行沒有李家的大……」

「妳請我？」老劉頭呵呵笑。「姑娘莫不是忘記了，當初我差點害得妳……還是姑娘可憐我這老人家，要給我口飯吃？」

「我沒忘，可是您也為那件事受了罪的。況且今日我請您，也是因為時常聽人提起，老人家辨香功夫一流，我要的便是老人家的手藝，並非是可憐老人家才請您的。」蘇白芷解釋。「如今我是真心誠意邀請老人家去我的鋪子裡。」

老劉頭淪落至此，卻不肯將那日的真相說出，可見他也是一身傲骨，兼之忠心耿耿。從蘇白芷的角度來說，她需要的也正是這樣有本事、有風骨的人幫她。若說是同情老人，反倒觸了老人的逆鱗，不若讓老人意識到自己本領的重要性。

非同情，而是互相利用。這樣的關係，對於一個傲氣的人來說，或許更能夠接受。

至於假香之事，她相信，精明的行內人都會明白事情的真相如何。再說，老劉頭在香料行業的口碑，那可是數一數二沒話說的。

所以，若是能請到老劉頭，她可真是賺大了。

「如今我能有一口飯吃都能感恩。」老劉頭望著一屋子的小乞丐，強自撐起身子。蘇白芷知道他這是想以平等的視線與她對話，連忙也站起身來。

老劉頭緩緩道：「姑娘菩薩心腸，老頭子若是能在姑娘底下做事，定能度個安穩的日子。只是，老頭子厚著臉皮，求姑娘一件事。」

「什麼？蘇九找了一幫小乞丐站臺？她是瘋了吧？」蘇清松驚訝地張嘴。

「沒錯，老爺，我看得真切的。那幫子乞丐終日在西市上，好多人都認得他們。如今一個個收拾得乾乾淨淨的，都在那丫頭那兒辦事呢！」李氏捏了帕子呵呵笑著。

「當日這丫頭讓老爺出了醜，我還當她有什麼大本事，如今看來，真真是個瘋子。叫不著夥計，竟然連花子都要！」

「除了花子，還有誰？總不能沒個辨香的師傅吧？」

「有啊！」李氏嘴咧得更大。「聽旁人說，那辨香師傅是前陣子被李記香行逐出去的。聽聞是給李老爺買了一味假香，害了香行丟了大生意。那丫頭怕是瘋了，這樣不中用的辨香師傅都敢請進店裡。」

「當真如此？那我們便看看她的鋪子能撐幾日。」蘇清松歪著嘴笑著，眼裡閃過一絲狠戾。

與此同時，刺史府。

「嫂嫂看蘇家姑娘如何？」林氏拿過蘇白芷近日新製的芙蓉面脂，塗了一些在袁氏的手上，略略揉開之後，便覺得清香宜人，肌膚清涼舒適。

「唔，這個用著舒服。」袁氏收回手，撓著手上的貓，貓咪舒服地打了個呼嚕。

「元衡成日說要找她玩，雲兒也總說她好，妳不也覺得她好？如今又來問我做什麼？」

「我就是想知道，嫂嫂是如何看的。」林氏道：「嫂嫂素日在京師，看的人多是心眼兒藏在肚皮裡的，眼神毒得很，看人比我準。若是嫂嫂說好，那才是真的好！」

「妳這張嘴，到底是誇我還是罵我呢？」袁氏掐了一把林氏的腰，挽過林氏的手。「這看人的本事啊，我怎麼都不及韓老爺子。人人都說他是老狐狸，肚子裡全是彎彎繞繞，可老爺子卻是打心眼裡喜歡這蘇姑娘。」

「嫂嫂的意思是？」

「沒什麼意思，只是給妳點個醒兒，若是老爺子看上的人，必定是不會差的。這段時間，我們看著老爺子親手調教蘇姑娘，就連看家的《韓氏名香譜》都給了蘇姑娘。前幾日，更是聽聞老爺子親自派了人將錢送到蘇姑娘的族裡，替姑娘救了急。這份寵愛，可不是普普通通的。」

「《韓氏名香譜》？我曾聽哥哥說過，這書輕易不傳外人的！莫不是老爺子有意收她為徒？」

「這也是我和夫君不解的地方。老爺子只授課，卻不曾提過半句收徒的意思。要我說，這蘇姑娘也不是平常人，我去過幾次老爺子家，蘇姑娘都是埋了頭在學東西。好好的一個姑娘家，也真是能吃苦，手都磨出繭來了！」袁氏想起遠遠地看著蘇白芷彎著腰在那兒磨香料的專注模樣，略略嘆了口氣。

「聽說蘇姑娘好不容易把她爹爹的香料行奪了回來，前幾日店裡連個夥計都沒有。近日又聽聞，蘇姑娘走投無路，請了一些花子在店裡幫忙呢。」

「花子又怎麼了？就算是幫殘廢，有師叔在，那蘇姑娘都不會被人欺負了去！」兩人正說著話，便有家人說林信生回來了。

「夫君可是有什麼大喜事？」袁氏連忙迎過林信生。

人未到，耳朵卻靈得很，聽到了袁氏的話，林信生笑容滿面的回答。

「是有喜事。」林信生對著林氏點頭道：「妹妹大喜了。我方才得到消息，我的好外甥尋哥兒在軍中屢立戰功，將軍特地為他請獎，准許他近日回家探望父母。想來，不出半月，便能到家了！」

「真的？」林氏喜出望外，握著袁氏的手，高興得合不攏嘴。

顧尋十二歲便去了軍中，一去便是這麼多年，她想兒子想得都快瘋了。

「妹妹可別高興傻了。還有個大事等著妹妹辦呢！」林信生從袖子中掏出一份名錄，道：「近日建州各大商行都邀請我前去赴宴，我本覺得麻煩，正好，師叔託我辦個事兒，我便借妹妹的園子，將這商行的掌櫃請到妹妹的園子裡一次招待了，妹妹覺得如何？」

「原本也是如此打算的。」林氏笑道，接過林信生手中的名錄，一打開，卻是看了看林信生的臉。

「韓斂……韓公竟也要來赴宴？」再往下看，蘇白芷的名字更是赫然在列。

韓斂為人，有個古怪的脾氣。

建州城裡，人人都知道他在香料行業裡是德高望重的老前輩，韓斂是金口玉言，若是他說一道香好，那麼那道香的價格，必定不低——人人都敬重他，可他卻甚少參加任何人的聚會邀請。甚至，建州城每三年的鬥香會，韓斂都不去。

能邀請到韓斂出席的人，那都是有極大面子的。如此一來，那些想通過聚會同韓斂拉好關係的人便徹底斷了念想。

如今，他卻赫然名列在上。

林氏拿著名錄，合不攏嘴。「還是哥哥面子大，能請到韓公出面。」

「只怕面子大的不是我……」林信生這句話只在嘴裡呢喃，林氏並未聽清。

過幾日，蘇白芷收到林信生的邀請帖時，著實愣了一愣，老劉頭卻是喜氣得不得了。香料行裡的生意雖漸漸有了起色，可一直不見大好。老劉頭一直認為，許是自己的名聲壞了蘇白芷的生意，不只如此，自己還帶了一幫子的花子徒弟。

每日總有那麼幾個香料商人打鋪子門前經過，也不進門，只是對著店門指指點點。每回他見著，心裡便難受。

可是在這個節骨眼，他們收到了這樣的一張帖子。

「姑娘，您可不知道喲。這林信生可是京師裡來的調香師，是在太后身邊伺候的人，名氣可大得很。我聽說，這會兒就連李福強那個老混蛋都沒收到這帖子，咱們卻收到了，姑娘真真是好福氣啊！」

跟著蘇白芷久了，第一次知道蘇白芷就是近日在建州城熱賣的桂花油和百香露的調製者時，老劉頭驚得合不攏嘴。蘇白芷喊他一句「劉師傅」，老劉頭都連忙擺手直呼當不起。

雖不知道蘇白芷同韓斂的關係，可是韓斂看得起蘇白芷，那蘇白芷就不是簡單的人——這是心思簡單的老劉頭最直接的想法。及至後來，看到蘇白芷打點香料行裡的帳目，件件事情麻利清晰，他越發覺得，這姑娘不簡單。

對著這樣一位姑娘，他竟然有了敬畏之心，不是因為韓斂，而是因為蘇白芷本身，他想想都不可思議。

「這宴會我該去赴嗎？」蘇白芷自言自語，原本按照她目前的狀況，這帖子著實不可能到她手裡。此時她還不知道，林信生便是蘇白雨口中從京師來的調香師。

「去！怎能不去。在場有許多大香料行的老闆，像是源和香料行、隆友香料行、大興香料行等等。這生意場，三分靠買賣，七分看交情，多認識些人總是沒錯的。」老劉頭興致沖沖地說。

蘇白芷看看時間，還有幾天，只將帖子放在一旁，改日再想。

老劉頭帶回來的人，總共有三個：一個是那個怯生生的小姑娘，名喚靈雙，及至她來之後，蘇白芷才知道，她還有個哥哥，名喚靈哲，年紀比蘇白芷還大上兩歲，因為長期在碼頭幹苦力，皮膚黝黑得很，體格也頗為健壯。原本靈哲每日也有收入，只是小姑娘不忍哥哥太辛苦，趁著白日他不在，便偷偷跟著小乞丐們去乞討，偶爾也能討得幾個銅板。

老劉頭見靈哲人老實又懂事兒，便也將他帶來了店裡幫忙。後來才知道，靈哲也通些筆墨，都是偷偷站在學堂外面聽來的。蘇白芷見過他寫的字，雖是歪歪扭扭，錯處卻不多。只是靈哲不太愛說話，大部分時間都是埋頭在幹活，蘇白芷同他也說不上什麼話。

除了這兩兄妹，還有個就是與蘇白芷同歲的猴兒精二狗，蘇白芷嫌他的名字不好，特地要給他改個文雅的，問了半天，二狗才心不甘情不願地說，他原本姓盛，如果非要改，他要叫盛錢。蘇白芷聽了直冒冷汗，恰好被蘇明燁聽到了，蘇明燁大筆一揮，給他取了個盛孔方。

孔方原本還不願意，後來得知孔方也是錢的意思，這才高興地答應了。

將孔方領進鋪子，蘇白芷才知道這名字是取對了。猴兒精一樣的孔方，在當乞丐時，便是最機靈、最能要到錢的主兒。到了鋪子裡之後，但凡有入鋪子看香料的，孔方總能想到法子哄得客人舒舒服服地進來，雙手滿滿地出去。

孔方果真是招財進寶的利器。

蘇白芷正同老劉頭說話，便見孔方匆匆忙忙地進來，喘著粗氣道：「蘇姑娘，外頭有個糟老頭，非說要見掌櫃的。我見他衣衫破爛，便同他說掌櫃不在。可他說他手上有極為貴重的香料，想要賣與您……我見他奄奄一息的，像要餓死似的，本想趕出去，可是靈哲非讓我來請您，說這人像是有好東西。」

幾個花子在破廟裡住著，十天有九天是吃不飽肚子的。若不是有靈哲時常接濟些，他們老早就餓死了，所以孔方在心裡，還是將靈哲當作兄長敬重的。

「有什麼好東西，這麼急吼吼地來喊姑娘！」老劉頭嘀咕道。

蘇白芷聞言，便起身隨他出去。

這靈哲，雖是混在乞丐堆裡，卻儼然是這群乞丐的主心骨兒。連著幾日相處下來，她倒是覺得，靈哲的行為舉止倒不像是孔方這打小就飢一頓、飽一頓的純熟乞丐一樣粗鄙，看人論事的眼光總是比其他人老道一些。

他大部分只埋頭幹活、不說話，偶爾蹦兩句出來，都是頗為有道理的。既然靈哲這麼說，自有他的道理在。蘇白芷一路想著，老劉頭尾隨其後。

一打簾子，果不其然，見著個髒兮兮的老頭，一雙小眼睛瞇著，只露出一條縫，手上提著個稀稀爛爛的破布包。眼睛雖小，卻是敏銳得很，一上來不是奔向更像掌櫃的老劉頭，只是眼光掃了一掃，便走向一旁的蘇白芷。

「這店裡真奇怪，夥計精得跟猴似的，掌櫃的年紀卻這麼小。」

蘇白芷笑笑，忙叫孔方將老頭迎進店裡，上座看茶。

蘇白芷鼻子尖，總是能在短時間內分清各種味道。方才雖是見著老頭一身髒污，可偏偏沒有那種污濁到讓人想吐的噁心味道。靠近了，反倒覺得老頭身上有一股清幽的香味，雖是極微弱，可她還是分辨得出來。

每個人的體香都是不同的，而身上的香味有時候與一個人的性格和年齡都是有關係的。正如老人家身上常常帶著一股行將就木的腐朽味道，而新出生的嬰兒則總是格外馨香一樣。

有些高手，甚至能夠聞香識人。

蘇白芷自認沒那個本事，可那淡淡的香還是讓她覺得，這老人並不像表象那般邋遢。

當然，事情也正如蘇白芷所想，老頭對於蘇白芷的表現十分滿意地點點頭，讚道：「嗯，姑娘不錯。」

一路上他走了十幾家店鋪，幾乎每一家，他前腳還未踏進店門檻，就被人當作乞兒轟出來。就算他拿出了看家的寶貝，說是極品香料，卻依然被人趕出門，甚至加上一頓冷嘲熱諷。

這幫俗人啊……老頭搖搖頭，大大方方地落了坐，端起了孔方奉上的茶，只略略抿了一口便吐出來，瞋目罵道：「這什麼茶，瓜片有這麼淡的嗎？淡得都快出鳥了！」

蘇白芷喝了口，責備地看了眼孔方。孔方撇了撇嘴，又去換過一道茶，老頭這才滿意了。

老頭品了茶，隨手又吃了幾塊茶點，雖是餓得眼睛都綠了，吃起來卻是慢條斯理。蘇白芷在旁始終如一淺笑著。

等到老頭全部吃完，這才從身上掏出一個小包裹，依然是髒兮兮的，都看不出布料原本的花色。

打開包裹，裡頭赫然可見幾個木塊模樣的東西。

老頭左看看、右看看，隨意挑了一塊扔在蘇白芷的身邊，道：「既然姑娘給了我一口飯吃，這香就便宜賣給姑娘了。那塊妳收著，算妳便宜點兒，五百兩就是了。」

「什麼東西，要五百兩！」孔方對著靈哲咋舌，靈哲笑了一笑。

老頭雖滿面塵灰，身上的衣服也是破爛不堪，可隱約卻還能看出來，他身上的是上好的蜀錦，若是洗乾淨了，倒也能賣幾個錢。不僅如此，就是他腰帶上的白玉腰扣也價值不菲。

靈哲僅是一眼，便掃出了這老頭的不簡單。怕是……也是個敗家的主吧！

靈哲搖了搖頭，正要埋頭繼續幹活，卻被孔方拉住道：「靈哲，你說，咱們家姑娘會不會被騙啊？」

「你見過小姐被騙嗎？」靈哲只問了一句。這三人，只有他始終叫蘇白芷「小姐」。

「也對，就算姑娘被騙，還有咱師傅在呢。」孔方聳了聳肩。在他眼裡，蘇白芷終究還是個白瓷般的女娃娃，分明不比他大多少，卻總是擺出一張大人的臉，哪裡能及他師傅——他可是打聽清楚了，他家師傅，從前也是個人物！

那頭，蘇白芷拿起了老頭扔給她的木塊，仔細看過之後，又給了老劉頭。

兩人都在彼此眼中看出了詫異。

若是按照蘇白芷的判斷，這是品質極好的「倒架」，一品沉香。淡黑卻略帶土黃色，遠遠地聞著，清醇甜美，味道極像奇楠，可若是近聞，卻是味濃，且有微苦氣息相伴。

誰都知道，沉香乃香中極品，若是品質好的沉香，更有可能一片萬錢。如今這塊硯臺大小的「倒架」，他卻僅僅以五百兩賣與蘇白芷，這就跟白撿的差不多了……

蘇白芷收回與老劉頭的對視，再次看向手中的沉香，質硬而重，看似有一層油，摸起來卻不沾手。

「我先說好了，我賣的香，只賣，不驗。若是妳不信我，這香我便收回來，往別家去賣。若是妳信我，那便一手交錢，一手交貨，貨銀兩訖，出了這門，可就什麼都與我無關了。妳可看好了！」

「賣香不給驗香，哪有這樣的道理？」老劉頭抗議道。

「我的東西，我高興怎麼賣就怎麼賣，與你何干？既然要買我的東西就要遵從我的規矩！」老頭白了一眼老劉頭。

「這樣……」蘇白芷沈吟了片刻，指著他手上的包裹問道：「老人家能否借包裹中其他香料與我一看？」

「可以啊！」老頭嘴角的笑意一深，原本便小的眼睛更是瞇成一條縫，臉容縱橫溝壑，看著委實……不太親切。

然而，此刻蘇白芷的注意力，再次完全被老頭袋中的東西吸引住了。

那沉香……若是說實話，她第一眼壓根兒沒看出老人這塊香同方才那塊有什麼差別，甚至於，這塊香比起方才那塊的外形看起來更加規整，質地略黑一些些，聞之，香味卻更加清幽。

蘇白芷對著那塊香琢磨了許久，臉上先是疑惑，後是驚疑，再便是驚懼了。

老劉頭只站在一旁乾著急，若是按照他看，蘇白芷手上的這香可比方才那塊還好，若是這老頭肯賣這香，或許更好。眼見著蘇白芷瞧著那塊香瞧了半晌，臉色變了又變，他才漸覺不對。

過了許久，蘇白芷輕輕吁了口氣，將包裹還與老頭。「方才那塊香我買了，並額外加五十兩給您。不瞞您說，我這鋪子才開張不久，手頭著實沒有富餘的銀兩。五百五十兩，已經是我全部的家當了，若是老人家不嫌棄，便收下，只當我謝過老人家……」她說著，便掏出了五百兩的銀票，加上一錠五十兩的銀子。

「不用，我說五百兩便是五百兩，多一分我也不要。」老頭吹鬍子瞪眼，將那五十兩的白銀又推了回來，掃起桌面的銀票塞進口袋中，便要起身離開。

蘇白芷親自將老頭送出門外，唇微動，最終還是忍不住叮囑道：「老人家，你可曾想過，若是那包中的東西被人發現，你當如何？」

老頭哂然一笑，依然瞇著那雙豆大的眼睛打量了一番蘇白芷，道：「妳說什麼，老人家耳背，聽不太清楚。姑娘，若是要想平平安安到老，有些事情該管妳便管，不該管的，妳便閉上眼睛、塞上耳朵，安安心心地做妳的生意。單憑姑娘目前的本事，混個衣食無憂，總是沒錯的。」

這一番話，算是側面回應了蘇白芷的話。蘇白芷點了點頭，再不言語，老頭嘴角噙著淺

笑，低聲道：「姑娘，老頭實話告訴妳，方才那塊香，姑娘這小門小店，怕是也賣不出什麼花兒來，不如託付大一些的商鋪代妳賣了。我瞧著那百里香的韓老頭倒是不錯，就……就這麼著吧……」

老頭甩了甩袖子，略略抬了抬頭，就在一瞬間，蘇白芷竟然有了肅然起敬的錯覺。片刻後，老頭又變作佝僂模樣，帶著那破爛袋子越走越遠，在餘溫尚存的夕陽下，備顯落寞……

蘇白芷站在店門口站了許久，這才發現，許是老頭在登門之前，已經被許多店家直接轟出來，而唯一就她家將人恭敬地請了進去，這會兒，店門口圍著不少人，就連其他家香料行的人，也頗有幾個探頭探腦的。

她只在那群人的眼中看到了幸災樂禍，似乎在說：瞧，她家的夥計是乞丐，她家的客人，也是乞丐……

蘇白芷淺淺一笑，或許這些幸災樂禍的人永遠都不知道，方才自己錯過了多大的一筆財富。

「姑娘，這香當如何處置？」轉瞬間，老劉頭也不知從何處尋來一塊紅錦帕，小心翼翼地將那塊沉香包好，若是從前，他過手的好香也不少。可如今，好香難得，蘇白芷現下當真是一窮二白，只剩下這麼塊香了。

「給我吧。」蘇白芷略一沈吟，揣著那香便往百里香走去。

方才那老頭最後的話中，明裡暗裡，似乎都是想讓她將香送入韓斂那兒。聽老頭的意思，他似乎是認識韓斂的。可既然認識，又為何不直接賣與韓斂，反而轉了這麼大的一個彎兒，遞到了她手上？

就在她將「倒架」沉香交到韓斂手上的兩日之內，一個消息傳遍建州城上下。

新開那家用乞丐站臺當夥計的香料行的蘇九姑娘，遇到了天上掉下來的餡餅，用五百兩從個髒兮兮的乞丐老頭手上，買了塊極品沉香，名種「倒架」，被百里香的韓公相中，用三千兩買了下來。

再過幾日，又一個消息震驚了建州全城的香料行——有個從西域來的商人，亟需極品「倒架」入藥治病，拜求不得，聞韓公處得此極品，前往韓公處求購。

那從乞丐手中買來的香，再次翻了翻身，韓公用一萬兩，賣了其中的一半，另一半，留作己用，概不出售。

又有人說，其實蘇白芷，做的是賠本生意，薑還是老的辣，韓斂方才是奸商中的奸商，奸商中的楷模……

而此刻，孔方看著蘇白芷，欲言又止，看了幾眼，又忍不住出口：「姑娘……咱們這生意，可是虧大本了，您就不心疼啊？」

第十五章

「咱們五百兩買的東西，轉手便是三千兩賣出，利潤可是翻了好幾番，不曾虧本啊。」蘇白芷噙著笑。這孔方什麼都好，就是小小年紀，已經是精打細算的能人。對於一個一分錢掰作兩半花的人來說，三千兩和一萬兩相比，的確是虧本了。

「可是……」

「你還不去聽課，仔細你的皮！」蘇白芷指了指老劉頭居所的方向，頗帶威脅地打斷孔方的話。孔方身上一緊，忙不迭地從椅子上彈起來，往門外跑去。

每天早上，在開店前兩個時辰，便是老劉頭開堂授課的時間，靈哲、靈雙、孔方三人都必須到場，聽老劉頭講授有關銷量及如何待客接物的事宜，總結起來，便是一個在崗培訓。

相比較而言，靈哲聰慧，一點就透，偶爾還能帶著兩個小的，給他們補補課。靈雙雖是後知後覺，但是勝在勤奮，不懂就問。唯有毛猴子的孔方，無論如何都對這些提不起興趣，學了幾堂課，被老劉頭拿著戒尺打了不少次的手心，依然學不會。

蘇白芷偶然間撞見過靈哲帶著兩個小的在學識字，孔方倒是學得津津有味。靈哲說，孔方作夢都想做帳房先生，每日裡錢財過手，好不快活。

蘇白芷想起孔方一雙精明的眼睛，覺得這帳房的工作，對於孔方而言甚是妥貼。錢財若是給他管，只有進沒有出。唯才適用，也應以德為先，總要讓老劉頭帶著孔方一段時間，讓他的性子穩妥些，才好委以重任。

至於那沉香……這幾日關於那老頭的事情在建州城傳得沸沸揚揚，能在短時間之內將這件事傳遍建州上下的，唯有韓斂。

只是她也不明白韓斂的意圖，當日她將「倒架」交與韓斂，並將老頭兒包裡的秘密都說與韓斂聽。他沈思了片刻後，直接給了她三千兩，並且叮囑不論如何，只對外宣稱是自個兒運氣好撞了財，至於其他，守口如瓶。

不管怎樣，這勢造得對她有好處。至少，這幾日香料行的生意漸漸好了許多——這做生意啊，講的就是個名聲。

再加上最近那幾個小的都上了手，她倒是多了許多的時間，可以好好地看看書，研究研究她的香料配方。

不知不覺，成為蘇白芷已經一年。那些關於宋景秋的一切，真如上一世一般湮沒在塵埃中，不知誰還能記得這世上，曾經有過一個宋景秋……

拾級而上，在寒香山的頂端便是寒香寺。一路上全是清幽的鳥鳴聲，讓人心中沈靜。蘇白芷跪在佛祖面前，虔誠跪拜。

「信女宋景秋，蒙佛祖不棄再世為人，今後必定不負佛祖所願，不只為自己，也為蘇家小姐，好好走好這條路！」

佛堂裡，似有木魚聲聲，一直敲在人的心頭，蘇白芷為之一醒，心裡再次默唸有詞，睜開眼睛時，神色已是清明。只是若仔細看，還能見著眼角的一絲淚光。

「爹，女兒不孝，前世捨了性命，白瞎了一片癡心。今日是您的生辰，女兒未能到您墳前上一炷香，您別怪女兒。這一世，我定順從己心，活出自己的人生。若是來日在黃泉之下與您相見，再與您磕頭認錯。蘇家小姐，借了您的身子，我定將照顧好您的家人，您也安息吧。」

虔誠地磕了三個頭，蘇白芷這才起身離開。

「阿彌陀佛！姑娘請留步……」一個看上去仙風道骨的老僧人擋在她的眼前，雙手合十唸了句佛號，那眼睛便直直地盯著蘇白芷的臉。

「大師尋我有事？」蘇白芷被看得全身都發毛。這和尚的眼神真是銳利，像是能看透人的生前死後，她在他的面前，似乎無所遁形。天，她可不想被當作妖孽！

「了然大師。」幸而有人及時出現，移開了那和尚的視線。蘇白芷剛剛鬆了一口氣，便聽到方才那人略帶驚訝地道：「蘇九妹？」

她一抬頭，便看到韓壽嘴角噙著笑，溫和地望著她。梧桐樹下，韓壽那樣的俊秀挺拔。今日他著一身墨黑色的衣服，平日身上的輕浮之色，今日在這佛寺之中全數收了。

「韓公子好。」蘇白芷福了福身。

韓壽微笑著，略略點頭，又對和尚說道：「方才的棋局才下到一半，了然大師卻跑沒了影子，教我一頓好找。」

「方才看到這位女施主，覺得甚是面善，便逗留了一會兒。」了然淡笑應道：「原來公子與這位女施主是舊相識？」

這話問的是韓壽，可了然卻偏頭向蘇白芷。那眼神一交接，蘇白芷頓時覺得後背又一陣發麻，竟不知如何回答是好。

「嗯，是啊。」韓壽點了點頭，同蘇白芷並肩站到一塊兒。「在下今日還有些事情要處理，改日再來同了然大師下完這盤棋。蘇九姑娘可是要下山，不若與我同行？」

「好。」蘇白芷應道。

兩人走出了許久，蘇白芷還能感覺一道灼灼的目光盯在自己的背上，燒得慌。也不知道為何，竟然如此緊張，韓壽連著同她說了幾句話，她都雲裡霧裡只知點頭、搖頭。

到最後，等到她放鬆後，才發現兩人已經走到了半山腰。依然是鳥語花香，可此刻身邊站著個人，略略比她快了一步擋在前頭。

他不說話，竟也有一番氣度。從背後看，身形已同成年男子一般無二，便是那一身墨色衣服，也是極襯他的氣質。

如今靠得近了，能聞到他身上那股太陽曬過之後暖暖的味道，在淡淡的龍涎香纏繞下，構成一道飄散鼻尖的獨特感受。

她亦步亦趨地跟在他後面，這會兒反倒不知如何挑起話題才好，只能盯著他的後腦勺看。一不留神，韓壽腳步一停，她差點撞上去。

「下山還敢發呆。」一抬眼，韓壽已然回了身，虛扶她一把。蘇白芷明顯地看到了他眼角噙著的笑意，不由得臉上一紅，反擊道：「誰能想到你突然停下來……」

就像那日在林子裡一樣，他在前面走著，她在後頭跟著，本就是極好的情景，可是他卻突然停下來。

人前的韓壽同人後的韓壽，真是有大大的不同。

可究竟哪裡不同，她卻又說不上來。

一個是紅塵俗世中的浪蕩兒，一個是不慎入世的謫仙？

可這分明是一個人，一個人，怎麼會有這樣大的差別？

蘇白芷忍不住多看了韓壽兩眼。

「我怕我再不停下來，我的後背會被妳看穿。」韓壽含笑道。

他習武，第六感總是比別人敏銳一些。也不知道蘇白芷對著他的背影琢磨了半天，琢磨出什麼來了。

他被這樣的視線灼灼地盯著，一直等著她說話。等了許久，她一句話不說，他反倒難過了。

「你怎麼知道……」蘇白芷嘀咕道。

韓壽搖了搖頭，有些無奈。「蘇明燁總在我們跟前誇他有個好妹妹，讓我們這群人好生羨慕，說是既機靈、聰敏過人、好學，是個女學究……今日一看，真是……」

最後一句，顯然是勉強硬拗的。蘇白芷被他說得不好意思，梗了脖子道：「真是什麼？」

「真是聰明得緊啊……」韓壽趕忙說道。

話音剛落，兩個人都笑了。

見蘇白芷不再束手束腳地拘謹著，韓壽這才問道：「聽聞香料行生意不錯？」

「嗯……還成。」

韓壽笑道：「今日怎這麼謙虛？平日裡倒也不見妳這般老實。」

「哎，我可是一直都這麼謙虛的。」蘇白芷應道。

韓壽又笑，半晌拿了扇子一敲蘇白芷的頭，笑道：「往後妳要說自己謙虛，可千萬別露出小狐狸一樣的眼神，讓人瞧見了，可要笑話妳！」

蘇白芷乍然被打，揉了自己的頭怒視韓壽。待要說話時，韓壽轉身又走了。

兩人順順利利地下了山，一路無話。倒是韓壽心思沈重，不曉得在想些什麼。他不說，蘇白芷也不好意思問，等他送她到了門口，她要進屋時，韓壽卻是喊住她道：「蘇九妹，妳明兒個會在家裡嗎？」

「在啊！」蘇白芷隨口應道：「怎麼？」

「那我明兒個一早再來尋妳！」韓壽匆匆說完，轉身便走。

那一夜，那股龍涎香伴隨陽光的暖香一直充盈在蘇白芷的夢裡，揮之不去。

待到半夜時，她突然醒來，竟是有了味香料的配製靈感。

暖香……讓人從肌膚到毛髮都舒服到極致的暖香，不是因為韓壽的特別，而是因為韓壽方從寺廟中出來，身上的龍涎香加上寺廟裡的檀香，再加之韓壽特有的體香，才會有那麼和諧的香之美感。

她激動地趕忙起身，奔到書桌旁，一時間下筆如飛，竟一口氣嘗試著寫了兩、三個配方。

以至於興奮到凌晨，她才再次昏昏沈沈睡著，直到一陣犬吠聲將她從夢裡驚醒。

「哥哥，哪裡來的小狗……」蘇白芷揉了揉眼睛，再次確認……是的，眼前確實是一隻……金黃色皮毛的狗……短短的四條腿，胸前還有一圈白色的毛，也不知道是誰，還給牠掛了個帶著鈴鐺的項圈兒，這會兒在蘇明燁的身邊歡快地繞著圈兒，開心得不得了。

「這狗啊？」蘇明燁難得笑得開心。「韓壽送的，他想得可真是周到。平日裡我都在學堂不在家，家中只剩下妹妹和娘親，養隻狗來看家護院，總是穩妥些的。」

「可這狗也太小了吧？」蘇白芷蹲下身子，那狗狗倒是與她熟絡，伸了舌頭舔著她的手掌。

蘇白芷抬了頭看院子。這人，昨天分明說要親自來的，怎麼放下一隻狗，自己卻不見了……

「妳別看牠小，可凶猛呢！」蘇明燁說道。

顯然這狗也覺得自己受到了歧視，頗為哀怨地看著蘇白芷，隨後，是一聲極為洪亮的犬吠……

牠確實在抗議新主人對牠的歧視……

蘇白芷一滴冷汗差點落下，撓了撓牠的脖子，牠又安靜地趴在地上。

下一刻，小狗的自尊再次受創。

「哥哥，咱們給狗狗取名，叫旺財吧？」

撲通——小狗趴地了……

「旺財……」蘇白芷站在家門口，再次呼喚出聲，可憐的小狗渾身打了個哆嗦，雖是不情願，還是挪到了蘇白芷的手下蹭了蹭。

姚氏站在廚房門口，笑得合不攏嘴。「燁哥兒，哪兒來的小狗，看把你妹妹歡喜的。」

「是挺歡喜的。」蘇明燁點了點頭，就是不知道狗狗歡喜不歡喜了。

要知道，狗狗原名叫「威武」，如今改名「旺財」，那可真是……著實的跌價。

他領著威武進的門，如今與威武對視時，能看到牠眼底深深的哀怨……

蘇白芷摸了摸旺財。不知道為什麼，她總覺得看到這隻狗，就特別像是看到韓壽。表面上總是一副耀武揚威的樣子，可實際上性子卻是溫順的。若是能順著他的毛，摸上那麼一摸，想必他還會俯首稱臣。

雖然把韓壽跟一隻狗相提並論是不太厚道啦，可是……她怎麼就這麼喜歡這隻狗呢？

蘇白芷又替旺財撓了撓，心滿意足地出了門。

昨兒個新寫的那道方子，她還沒嘗試過。若是要配製，家中還少了幾味原料，還需去店中取。

走出門不多遠，倒是遇上了靈哲。蘇白芷見他手上提著文房四寶與幾本《百家姓》、《弟子規》等孩童啟蒙書，還在書攤子前翻著幾本舊書。

如今他還是學徒，每個月給的工錢並不多，可看樣子，他倒是把自己的工錢都給貢獻出來，給另外兩個小的買學具去了。

蘇白芷在旁看了一會兒，便上前同他打了招呼。

「靈哲。」

「小姐。」靈哲眼前一亮，忙將手上書放下。蘇白芷一眼就看到，他方才翻的是《貨殖列傳詳解》。《貨殖列傳》原是出自《史記》，專門記敘從事「貨殖」活動的傑出人物的類傳。因為文字晦澀難懂，後人又在那基礎上，進行了更加詳細的論述。

然而，這世道終究重仕，類似這類教人經商的書，都被人拋棄於一旁。方才見靈哲看得津津有味，倒是看出了門路來。

「你想學經商？」在離開書攤子之後，蘇白芷同靈哲並行，便多嘴問了一句。

「嗯，我想多學些東西。」靈哲點了點頭，再也不肯多說。

蘇白芷思索了片刻才道：「我家的書比較多，若是你想看書，不若找我兄長借借，省得多花那許多錢。」

蘇白芷曾經私底下問過老劉頭，老劉頭說，靈哲從不談及自己的家世，倒是靈雙隱約說過，她懂事之後便一直跟著靈哲東奔西跑，她問起爹，靈哲就黑面，問起娘，靈哲只傷心。唯一知道的，便是他們原是益州人。

「多謝小姐。」靈哲頗為感激。

「不客氣。」蘇白芷淺笑嫣然，回神時，竟是發現靈哲臉上頗為不自然地紅了。

「你怎麼了？」

「沒什麼，就是這天，有點熱。」靈哲扭過臉去，竟是有些窘，這一看，卻是看到了東市中心原本廣場的地方，人頭攢動，不斷地有人往廣場中心聚集過去。

「快走快走，咱們趕去看看。如今這世道真是奇了、怪了，一個乞丐賣香，幾個商行的老闆竟是搶著要，看樣子是要搶破頭嘍！」他隱約聽到一個路人在嘀咕道。

「你知道什麼！那乞丐前幾日賣了一味香給百里香，轉手便是好幾萬兩。大家尋著他，他又賣了味檀香，聽聞李記的老闆李福強，三百兩買進，又是好幾千兩賣出的。放著白花花的銀子，誰不想賺啊！最重要的是，那老頭也不知道哪裡來的門路，手頭的可都是好香！」另一個路人大聲嚷道。

「咱們也去看看吧。」蘇白芷沈聲道。若是一般的熱鬧她決計是不會去湊的，可這乞丐老頭，她著實想知道，他葫蘆裡賣的是什麼藥。

好不容易擠到人堆裡頭，這香料的競價會正在火熱。但是知名的香料行倒是沒什麼人來，在場的，大體上是一些經濟實力不甚雄厚的小商行。唯一有錢的主兒，反倒是李記的李福強。

這一次，老頭被當作貴賓一般坐於廣場中間，周遭圍坐著好幾個香料行的老闆。老頭面前，正放著一味雪梨香，乃是檀香中的一種，因為略次於老山香，價格並不十分高。只是難得的是，這一塊雪梨香塊頭較大，若是給手工好的人，雕刻成檀香雕塑，那價值可就不菲了。

「這香，起價是？」有人恭恭敬敬地上前去問老頭。幾日不見，他的生活倒是滋潤了，身上的衣物已然整潔一新，此刻坐在雕花的黃花梨木椅上，倒顯得慈眉善目。

「老頭這香也是撿來的，我看著塊頭挺大，就……五百兩？」

此句一出，眾人摩拳擦掌。這麼大一塊雪梨香，竟只叫價五百！得到便是賺到。一時間，叫價聲此起彼伏。最終，竟是以一千兩成交。

蘇白芷一言不發地看著老頭又接連賣了幾塊香料，整場下來，得手最多的反倒是李福強。幾個月不見，他倒是越發養得腦滿腸肥了。

「喂，李老闆，你今兒個得手的可夠多了，也讓幾次機會給我們這些小店吧？」不知是誰，起鬨般地鬧起來。

「都說是競價賣，當然是價高者得。」李福強得意洋洋地望著眾人，自有一種有錢能使鬼推磨的優越感。

蘇白芷眼瞧著老頭的眼裡閃過一絲精光，竟帶著一絲不屑和殘忍。那抹笑消失得很快，瞬而變作原本的慈祥樣兒。

「老頭現在渾身上下也就剩下一塊寶貝。這塊沉香，可是老頭的傳家寶貝，若不是迫不得已，老頭斷然不會賣出。」老頭睜開眼，從身上掏出了一個錦盒，交與方才幫忙叫價的夥計，那夥計拿著錦盒，在眾位商行老闆面前遛達了一圈，老頭道：「此香，一千兩起賣。」

「兩千兩！」李福強唯恐別人搶得，一馬當先開了口。幾日前，他便得知老頭身上有寶貝，今日等了這許久，等的便是這塊香。

翻倍的叫價，原本還以為能嚇退那些小門小戶。不承想，卻換來了更加強烈的反擊。在業界之內，李福強也算是個人物，他搶著要的，能是差貨？當然不能。

「兩千一百兩！」

「兩千三百五十兩！你可別跟我搶了，我今兒個什麼都沒買呢！」

「死開死開，兩千八百兩！」

在一群嘈雜的叫價聲中，突然響起一聲悅耳的女聲。「三千五百兩！」

誰都沒看到女聲發自誰的身上，只看到那老頭眼睛一亮，大聲喝道：「三千五百兩？那就……」

「五千兩！」李福強環顧一圈，竟是沒看到喊價的人。可這不打緊，無論如何，這香他要定了。他家李凌才上鄰縣當了縣令，來信說，他頂頭上司家的老太太需要一味沉香入藥，若是他能得此香，那李凌扶搖直上的日子指日可待。

五千兩……他咬了牙看向四周。「五千兩，誰還能與我搶！」

「你幹麼這麼看著我？」一路上，靈哲就一直若有所思地望著蘇白芷。蘇白芷路過李記香料行時，卻是停了下腳步。

「小姐，咱們鋪子裡，沒有三千五百兩。」靈哲低聲道。

「哦，是嗎？我大概忘記了。看到那香，好得我都動心了呢！」蘇白芷吐了吐舌頭，扭頭去看李記的牌匾。

莫要怨她見死不救，恨只恨李凌當日害死了蘇白芷，恨只恨李凌幾次三番羞辱她，恨只恨李福強作惡多端。

她什麼都沒做，只是幫忙叫個價而已，她什麼都不知道。

蘇白芷滿意地笑了。

是的，她什麼都不知道，她只是藉著別人的手，替自己，也替老劉頭，出這一口惡氣。她蘇白芷，就是個睚眥必報的小人，又如何？

以高調的乞丐身分繞遍整個建州城，被人一次又一次地趕出店門，此為「抑」。

後登門將香賣與她，又點醒她讓她將香賣與韓斂，一來脫了她的干係，二來，以韓斂的名義，誰能懷疑到他？這老頭必定是知道她同韓斂有些聯繫，所以藉著她的關係找到韓斂，再說，韓斂必定也是認識這老頭，於是順水推舟，將這香的事情，鬧得滿城風雨，此為「揚」。

再讓全城的人，都知道她蘇白芷撞了大運，而老頭卻消失了，此又為「抑」。

再以一味香料，勾起李福強的購買慾望，讓他獲得一筆頗豐的利潤，此又為「揚」。

如今……當著眾人的面，高價競賣這香料，在眾人的眼皮底下，誰能懷疑，那沉香竟是一味假香？

先抑後揚，以她為餌料，卻將她的關係撇得乾乾淨淨，她不至於被人懷疑。而高調競價，更是將被人懷疑的可能性降低到極點。

這一切的一切，她都覺得是衝著一個人布下這個局。如今看來，這倒楣鬼，便是李福強？

若是李福強將這香用作買賣，頂多損的是金錢，可若是他將這香給了什麼了不得的人，做了什麼用途，那後果……哦，聽聞那禽獸李凌上了鄰縣當官，打通關節，總要些物件吧？

天理昭彰，若要天懲罰著實太慢，不若人為推一把……她唯一擔心的，是那老頭，如何有萬全之策，全身而退？

連續幾日，她都沈心在配製那味新香中。反反覆覆，總覺得少了些什麼，試了幾遍，卻總是在最後環節失了準頭，百思不得其解，索性放下，去逗旺財。

玩得正歡，卻見孔方慌慌張張地跑來，倚著門口喘著粗氣道：「姑娘，師傅讓您趕緊回鋪子看看，咱們店鋪裡來了好多好多官差！」

蘇白芷才到鋪子，大堂中早已站滿了官差，散落了一地的香料。靈雙畢竟還是小姑娘，已經嚇得滿面淚痕，只懂往靈哲身後躲，老劉頭也不見人影，不知道上哪兒去了。

見蘇白芷到，被官差扣押著的李福強指著她哆哆嗦嗦道：「官爺，就是她，就是她當初買的那老頭的香，全城的人都知道。必定是她與老頭聯手想要害我，我是冤枉的呀！」

眼瞧著李福強眼底瘀青，想是這幾日也受了不少罪。只是狗急了跳牆，估計是李福強找不到老頭，怎麼也洗不清自己，倒是想起了她這源頭。

幾個凶神惡煞的官差原本還想著，這小姑娘見著這許多人，定然是嚇得腿腳發抖。

不承想，蘇白芷倒是落落大方地往人群裡一站，柔著聲問道：「各位官爺來此所為何事？」

她的無畏倒是讓領頭的官差不敢輕視，忙堆了笑臉上來道：「叨擾蘇姑娘，姑娘若是方便，可否同我走一趟，過府衙問問話？」

「差大哥客氣了，只是這上府衙的事兒可大可小。」蘇白芷指了指門外。「您瞧門外這會兒已然站滿了人，若是我同您回去，他們必定要說我這小鋪子做了什麼作奸犯科的事兒，總歸是不大好的。

「若是差大哥方便，便在這兒說說，究竟是什麼事兒。若是關於藥草什麼的，總是當堂驗了，也好證明我這鋪子的清白，總省得……落得一地都是，也尋不著您要的東西，您看是不是？」

「妳別裝蒜！就是妳，就是妳夥同那老頭，賣的假沉香！害得知府家的老夫人差點出了事兒！妳這女子心思竟是如此歹毒！妳這毒婦……」李福強眼見官差與蘇白芷之間竟是如此和諧，一個進退有禮，一個淺笑嫣然，心道不好，越發氣不打一處來。

如今李凌還在大牢裡關著，若是老夫人一日不醒，他們二人便有販賣假藥害人性命的嫌疑。

他尋了那老頭許久，竟是再也尋不著他的蹤跡，當日買過老頭香料的人，如今都將香料驗過，都是極品。唯獨他，唯獨那個沉香……

他思來想去，如今只剩下蘇白芷……一切緣由在此，他就算是死，也要咬她一口！

事發後他見過李凌一面，李凌說過，就是他當日鬼迷心竅差點在林子中凌辱了蘇白芷，害得她投水差點身亡。如今沒想到，這小姑娘竟是這般出息，指不定就是她，就是她如此算計他李家。

「假香？」蘇白芷沈下臉來。「李掌櫃，東西可以亂吃，話卻不能亂說。你說我這賣的是假香，大可以派個辨香師傅，將我這裡裡外外的香查驗個清楚，若是有一件假的，我蘇白芷立刻關了這店門去府衙領罪！」

開玩笑，她早就做好了應對會有此一遭。就是要讓捕快抄家一回，抄個乾淨，反倒從官家口裡證明她的清白、她的童叟無欺。以別人之口證明自己，多好的算盤。

抄個底朝天，散開了給人看，誰還能說她蘇白芷是騙子？她好笑地瞥了一眼李福強，是不是該謝謝這胖子？

「我不是說妳這裡的香，我是說妳當日買的那『倒架』！」李福強語一窒，梗著脖子道。

「『倒架』？李掌櫃真愛說笑。那香早就賣與了韓公。若是假香，韓公何以會買？他可是辨香的大師。更何況，人人都知道，韓公手上還留著一半的『倒架』，若是李掌櫃有疑心，大可尋韓公要便是。」

蘇白芷輕笑，見他枷鎖在身，不由疑惑道：「倒是不知道，今日李掌櫃是如何變作了這番模樣？」

「妳……」李福強正待說話，方才那差頭一個刀柄拍在他身上。「夠了，今天你都帶著我們繞了好幾間香料行。何以人人同那老頭做生意都是真香，就你倒楣得了味假的？我看你分明就是拖延時間！」

「冤枉，分明就是這毒婦……」李福強腦袋上挨了一下，正暈著，看到又一個官差從門外進來，揚了聲音道：「老大，從李記裡搜出了許多『甜頭』假香，還有幾味禁藥……」

見有姑娘在場，官差壓了聲音道，蘇白芷隱隱約約聽到「金鎖玉連環」的字眼，不由得臉上一紅。幸而人人都將視線放在李福強身上，並未注意到她。

「金鎖玉連環」乃是一味極為霸道的催情藥，本朝早就禁用，看李福強這般年紀，也不知道他想幹麼……或者說，這是李凌用的？

「蘇姑娘，叨擾了。都是這李福強多嘴多舌，死到臨頭還想作惡。」

方才的差頭抱了抱拳頭，蘇白芷福了福身。「官差大哥客氣了。孔方，還不送送各位大哥。」

「好哩。」孔方連忙迎上來，私下裡，又塞給差頭一個錢袋子，那分量掂著不輕。差頭越發眉開眼笑，對著李福強卻是下了重手，直接踹著他出了門，邊走邊揮散圍觀的人群。「走走，看什麼看，別擾了人家做生意！」

過了許久，老劉頭才從外頭回來，一奔回來便灌了一肚子水，竟是仰天大笑。「哈哈哈，老天果然是長眼。」

眾人甚少見他笑得如此猖狂，待他冷靜下來，方才知道，原來他趁著眾人忙碌時，本想去府衙。

老劉頭畢竟在李記多年，多多少少都知道些內幕。這假香的破爛事兒，他老早就厭煩透了，如今更是憎恨李家到了極點，當日甜頭一事讓他受盡了委屈，正好趁著這事兒，一併將自己洗脫乾淨。

怎知走到一半，便有人告訴他，李記被人一鍋端了。也不知道是誰，如此知道李福強的為人，更有人揭發，李凌在這幾年，去了臨縣用催情藥禍害了好幾個閨閣中的姑娘，有幾人怕家醜外揚，便隱忍了下來，可偏偏有幾個烈性子的姑娘，一時想不開便投了井。

如今李家是牆倒眾人推，一下冒出了好幾個事主。

過得幾日便傳出消息，說是知府家的老太太當晚一命嗚呼，李福強因過失害人性命，被流放——只是李福強一把年紀，多年養尊處優，能否安全走到流放地，還是個謎題。

而李凌則因罪名重大，被判秋後問斬。

李福強妻妾成群，卻在他出事後便各自分了家產，四散開來，不由讓人心生感嘆。

當日，老劉頭站在李記門口，足足望了半個時辰，門口貼上大大的封條，而門上的牌匾已經垂下了一半，一陣風颳過，竟支撐不住，直接從上面落下，斷成兩半。

蘇白芷小心翼翼地撥開博山爐裡的香灰，挑了挑香。韓斂今日也不知道哪裡來的興致，請了個名伶在家唱戲。此刻她歪著腦子，在聽那名伶面色惶惶卻一臉堅決地唱著。

窗前明月亮堂，案上紅燭輝煌，雕龍刻鳳鴛鴦床，只一人垂淚思量。

遙想當年君彷徨，左是虎，右是狼，進退維谷心成殤。妾慕君心若河湯，不忍君愁，褪下紅衫著男妝，馳騁戰場，提槍成君將。

楚歌皆散四面安，君臨天下意昂揚，與妾道：滿目江山與卿享。妾笑：江山雖好，不若執手郎。盛世繁華頌唱，洗淨鉛華羹湯。妾對君心似日月，待地久，更待天長。

蘇白芷只是搖頭，終究還是女子比男子更可心，便是這江山，也願意替人去打，只是男子薄情，也不知道這君王之心將來如何。

這名伶果真厲害，幾句便將那畫面彷佛置於人前，洞房之夜、沙場之上、贏戰歸來……一層層的畫面疊加，將女子巾幗不讓鬚眉的豪情展露無遺，卻又不失女子的溫婉。

韓斂閉著目，隨著曲目搖頭晃腦，似乎也沒感受到空氣中香味的變化。蘇白芷見他沒什麼反應，也就沈下心來聽那名伶唱曲兒，果真，不一會兒便是話音一轉，曲風一轉，鑼鼓緊落，讓人不由得揪起心來。

名伶的聲音也變作如泣如訴，蘇白芷不由得就被帶了進去。

奈何謠言憑空起，妾成禍水，成媚娘，該油烹，該水浸，該火燎。口誅筆伐無止境，千刀萬剮恨方銷。妾不顧，有君在側，逆盡天下又何妨。

可惜到底是妄想，江山與妾，終無須掂量。

一紙書信下，白綾懸斷如水情，鴆酒毒殺離人腸，僅見一面，遺願都難償……

蘇白芷的心就這麼揪成了一團，回神時，已是淚流滿面，只聽到那名伶期期艾艾地唱完了最後一句。

紅燭落淚終有盡，明月成輝萬年長。謹記得，忘川之水少飲些，來世為君再成將！

許久，蘇白芷都未從戲裡走出，倒是韓斂，見她哭得如此傷心，揮了揮手讓名伶退下了，咧嘴笑道：「妳這年紀也不大，怎麼還能聽得懂這戲詞兒？看來是情竇開了，懂事兒嘍！」

蘇白芷抹了抹淚道：「韓公慣愛取笑人。我就是覺得，戲中的女子真是傻，都成了那樣，還無怨無悔，等著下一世成將。那君王，不值得那女子這般待他。」

「這一曲〈君王令〉呀，」韓斂嘆道：「寫這詞兒的人名喚蘇行樂，也是個女子。可人家真是從骨子裡的溫軟，對著愛人那是死心塌地的。」

「我不願。若是我，他負我一回，我便再也不能信他。」蘇白芷恨恨道。

韓斂招了招手將蘇白芷喚到身邊，仔細打量了一會兒，方才道：「這香配得不錯。不過幾個月，妳的本事長了不少。這幾日，妳便將袁氏之前囑咐妳配製的四味香再配配，七日後，帶著那四味香和今日這味香同我前去赴宴。」

「好的。」蘇白芷應承著，又低聲道：「韓公，這幾日我將鋪子拾掇拾掇，您若是方便，便替我給香料行取個名字。等赴宴回來後，我給鋪子再辦個熱熱鬧鬧的開張儀式，從今往後，那香料行便是由我正正式式經營的。」

「這樣……」韓斂點頭。「也該如此。如今妳的香料行就叫個『蘇記』，既不好聽，又像是個食鋪。取個名字，也當是換個主人換個氣象。店名妳有什麼想法？」

「原本爹爹在時，鋪子還叫『瑞昌』，我想若是還能改成爹爹在時的名字，定然是最好不過。您看如何？」

「『瑞昌』，祥瑞昌榮，也不錯。就這個吧。」韓斂點了點頭，遲疑了片刻方才道：「九丫頭，等妳的鋪子安定下來，或許我和韓壽就要離開這兒，常駐京師了。妳可否願意，與我一同上京師去？」

第十六章

蘇白芷斜靠在窗前，不知道為何，聽聞韓斂說要離開，心裡便一陣陣難過。韓斂如她的親人般，一直護著她，若不是怕逾矩，她甚至從心底將他當作自己的爺爺。

還有韓壽……

她不是沒經歷過人事的姑娘，活過兩世，她比旁人更加敏感。在感情一事上，她小心翼翼，唯恐自己再犯了同樣的錯誤，愛錯了人。

韓壽於她的情感，她分明感受到了。

那一日，他醉酒越禮吻她，便是心煩此事嗎？

那一日，沿山路而下，相伴而行，他欲言又止，也是為了即將到來的分離？

因為捨不得，所以那一聲再會，怎麼也說不出口，是嗎？

蘇白芷心裡一陣煩亂的思緒。

從未有男人親口對她說過一句承諾，前一世，她所有的情感都是小心翼翼、卑微和懦弱。

她習慣了仰望，卻不習慣被人喜歡著。

若是韓壽當真說出那句話，她會如何呢？

是欣然地接受，還是依然頑固地堅持著？

她也曾經千百回地設想過這個情景，可是此番，連設想都不用了。

他竟真要走了……

一切設想都枉然，不過是一場無疾而終。

對著窗外發著呆，雨淅淅瀝瀝地在下，旺財趴在她腳邊，無精打彩地打兩個哈欠。蘇明燁打了簾子進來，看到這一人一狗都沈默著不說話，笑道：「妹妹今日不用去香料行？」

「哥哥。」蘇白芷見是蘇明燁，忙斂了神色。「哥哥今日怎下學這麼早？」

「唔……」蘇明燁頗感遺憾道：「今兒個仲文兄前來與眾人辭行，說是家中有要事，這幾日便要啟程回家鄉，先生便提前下了課，許是也方便仲文兄擺這謝師宴。」

「秦公子也要離開？」蘇白芷一頓。匆匆見過秦仲文幾面，她對秦仲文有很深的印象，可是，他也要走了？

「什麼叫也？」蘇明燁一頓。

「昨日韓公與我說，過幾日，他同韓壽也要離開，許是要定居京師，再不回來了……」蘇白芷悶悶道。

這到底是個離別的季節，一個、兩個，都要走。

「所以妳今兒個一直悶悶不樂？」蘇明燁輕聲笑道：「傻丫頭，韓公待妳再好，可畢竟不是親人，總有一日妳也要同韓公分開的。」

「我知道，就是有些捨不得。」不只是韓斂，還有韓壽……

「山水有相逢，或許來年我們便能再見到他們，畢竟韓公的產業還在這兒呢。」蘇明燁勸慰。

女兒家的多愁善感他不懂，可他知道，若是自己一路順順利利，終有一日他會去到京師，見到韓壽。

「倒是仲文兄……他說他家鄉地處偏遠。山高路遠，或許再難相見。」蘇明燁話音剛落，就聽到旺財「嗷嗚」地叫了一聲，他揉揉牠的腦袋道：「你只怕要一直在這兒待著了。你家主人也要走了，怕是不能帶上你。」

「嗷嗚……」旺財低著頭，繼續悶悶不樂。

蘇白芷取了三件紅絲綢包的物什擺在桌面上，一一打開後，蘇明燁方才發現，是香染的筆、墨、紙，比起送與先生的，還多了香墨，聞之頗讓人靜心。

蘇白芷道：「秦公子在學堂裡對哥哥多有照拂，如今正好託哥哥將這些交與他，當是咱們對他的謝禮。」自那日準備香紙、香筆送先生，製作香墨卻遇到諸多難題之後，她就一直琢磨著，如何在香墨的工藝上改進。得空時，她便往墨坊跑，如今手頭的這些或許還不夠成熟，可她卻能拍著胸脯保證，這香墨，是全建州獨一無二的。

只當是做個念想吧……

蘇白芷心裡驀然一緊，竟是想起從寒山寺下來時，她望著另外一個人的墨色衣角，鼻尖飄搖著那似有若無的香氣。

念想……韓壽於她，是什麼念想？

「仲文兄對著先生的香筆、香紙可是垂涎了許久，如今有了這香墨，可是要樂上一陣子了。」蘇明燁笑著收好東西，索性趁著天未黑，先將東西送去。

回來時，蘇明燁手上卻多了個物件。將那博山爐往蘇白芷的桌面上一擺，蘇白芷一眼認出那博山爐，便是當日她看中的「雲潤」。

「幸好我去得早。也不知道仲文兄家中何事，竟是走得這樣急，今日便動身了。我才將東西交到他手上，他便給了我這個爐子，還給了我一幅畫，說是贈與妳的。」

畫卷舒展，畫面上水墨輕染，煙雨籠罩下的大山，在大氣之中不失婉約。

「咦，這是哪裡？」蘇明燁好奇道。「這山可真美。」

「博山雲潤，風雨嫋晴煙……」蘇白芷低聲呢喃道，卻是失了神。「這是晴煙山，在塞外。那兒有塞外江南之稱，很美……」

「晴煙山？塞外？那妳如何得知的？」蘇明燁見她失神，多問了兩句，蘇白芷這才意識到自己一時說漏了嘴，連忙解釋。「我也是聽秦公子曾經提起那兒的景色，這才瞎猜的。」

蘇明燁半信半疑地走了之後，蘇白芷打開博山爐，這才發現裡頭放著張紙條，上面寫著五句詩。

「天地生吾有意無，僮僕使來傳語熟。博山猶自對氛氳，溪上春晴聊看竹，建水風煙收客淚。」

這七拼八湊的詩句，她卻一眼看見了中間一行，「吾來自晴煙」，秦仲文竟是來自晴煙山！

怨不得當日她說「睹物思人」時，對著她若有所思。

晴煙山地處大周國，兩國對立多年，大齊多少男兒死在征戰大周的路上，近幾年，兩國之間關係才有所緩和。

然，大齊之人對於大周之人依然多加忌憚，也怨不得秦仲文總不肯說出自己的來處了。

如今他卻據實以告……蘇白芷摩挲著博山爐，竟不知如何是好。

過得幾日，即是林信生辦的賞花宴，一早，蘇白芷收拾妥當，韓斂派了人接她一同入府。因為去得早，滿場子又都是男人，袁氏便特地派了人將蘇白芷接到了後花園。

蘇白芷這才想起來，蘇白雨是曾經跟她說過，本來各大商行要替從京城來的製香大師辦賞花宴，她們那幾個大家小姐也受了邀請來賞花的。這一想反倒覺得頭皮發麻。

果然，遠遠就看到一群鶯鶯燕燕的年輕女子在亭子裡，林氏、袁氏皆不在，倒是顧雲在，身邊站著蘇白雨和幾個她瞧著眼熟卻喊不出名字的人來。

「姊姊，妳怎麼才來，我等了妳許久呢！」顧雲看到她，忙迎上來，挽著她的手，看樣子，倒像她與蘇白芷是親姊妹。

「喲，九姊姊也來了啊？」蘇白雨捏了帕子，按了按鼻子，那動作倒是與李氏一模一樣。

一陣子沒見，蘇白雨的長相也越發像李氏了。

「這就是妳那堂姊姊？」蘇白雨身邊站著個綠衣的俏面姑娘，看上去也是個心直口快的人，瞧著蘇白芷直接對蘇白雨說道：「妳不是說妳這堂姊家很窮？可是我看著她身上的這衣服，好像是珍寶齋的新款。呀，就連首飾也是新款呢。」

「哼，現在當然是有錢了。」蘇白雨哼了一聲。「玉婉姊姊妳不知道，我這堂姊，兩面三刀，有的是手段呢。」

那聲音卻是低下去，幾個大家小姐圍著，只聽蘇白雨說八卦去了。

當時蘇白雨並不在場，也不知道李氏回去如何編派蘇白芷的罪名，如今看她竟像是看仇人。更何況，這幫子大家閨秀私下裡都有相交，多多少少都聽蘇白雨說起過蘇白芷的家境，在她們眼裡，蘇白芷不過是個窮苦的姑娘，卻誰也沒想到，一個窮苦的姑娘，又是如何會在這個場合出現的。一群人算是徹底把蘇白芷孤立了。

顧雲瞧這情形，低聲對著眾人說道：「眾位姊姊，白芷姊姊可是我舅舅親自寫了帖子請來的貴客……」

「顧小姐妳是客氣人。可這賞花會原本就請的是名門望族，還有各大商行的掌櫃，只怕有些人來，名不副實呢。」蘇白雨含著笑對顧雲說道，蘇白芷只覺得又一道箭射到自己身上，讓自己再一次成為焦點。

「白芷姊姊……」見眾人聽不進去，顧雲脹紅了臉想替她辯解。蘇白芷淺淺一笑，拍了拍她的手，示意她多解釋也無益。

反正這些人說什麼，她都不會少塊肉，那便讓她們說好了。

誰知道那幾人倒是越聽越起勁，一驚一乍的，最後齊唰唰地又看向蘇白芷。

那刻意「壓低」的聲音實在太大，蘇白芷分明聽到有個姑娘憤憤不平。「真真是隻白眼狼！好歹受了自家伯父多年照拂，竟然賣可憐，奪了自家伯父的產業，不要臉！」

「就是就是……」有人附和道。

又是那綠衣少女，仰著頭問蘇白芷。「蘇九姑娘，我有一事兒不明，還望姑娘指點一、二。」

指點？挑刺兒吧。

蘇白芷暗自翻了個白眼，顧雲低聲說道：「這是我二姊，顧玉婉。」

顧玉婉？二姊？她可是知道，林氏就一兒一女，那這二姊顯然就是庶出的？

她見顧雲在旁一條帕子都快絞碎了，又不能把場面弄得太尷尬，只得淺笑道：「玉婉姑娘直言不妨。」

「嗯。」顧玉婉顯然很滿意她的態度，清了清嗓子揚聲道。

「《儀禮》曰：『婦人有三從之義，無專用之道。故未嫁從父，既嫁從夫，夫死從子』，又有《周禮》記載，女子應有婦德、婦言、婦容、婦功四德，不知應作何解？」

三從四德？想用三從四德罵她不懂規矩？蘇白芷暗笑，她上輩子玩三從四德的時候，她們幾個估計還在喝奶呢！難為她竟然連出處都背得這樣牢，學問賣弄得真是……落痕跡。

「我娘只告訴我，女子無才便是德。方才玉婉姑娘所說的書，我可真真沒看過。玉婉姑娘真是考住我了。」

既然都是些不打緊的人，幹麼費那唇舌？

「妳……妳連三從四德是什麼都不知道？」玉婉瞪大了眼睛，誰說這蘇白芷是個才女！她是知道，蘇白芷是舅老爺親自請來的人，她便一早給她一個下馬威，可明顯，人家不願意接招啊！

「妳……好！我問妳。古來有之，內外有別，男尊女卑。妳一個年輕女子成日在街頭拋頭露面，難道不覺得會給自己的家族丟臉嗎？」

這句話說得猖狂，就像是一個響亮的巴掌甩在蘇白芷的臉上。顧玉婉說完之後，只是揚著臉，一臉倨傲地看著蘇白芷。

蘇白芷總算明白為何顧雲常常被顧玉婉欺負得只能上她那兒解悶。溫婉如綿羊的顧雲哪裡是張牙舞爪的顧玉婉的對手？

再環視過去，蘇白雨的眼裡只剩下輕蔑和幸災樂禍。

蘇白芷想起，在李記的假香案裡，因為李記同蘇清松相交甚密，蘇清松也被牽累了不少，自家商鋪的生意直接一落千丈，蘇清松更是被族長叫了去，狠狠地訓了一頓。看來是一家子不好過，便又想著找她麻煩……

沒承想，蘇白雨如今也會像李氏那樣，不著痕跡地挑撥其他人羞辱她。一家人，血脈相連……這些詞兒真是不靠譜呀。

「那照姑娘看來，我這樣一個年輕女子該當如何，才不會給家族蒙羞呢？」蘇白芷言笑晏晏，和聲問顧玉婉。

「一個正正經經的年輕女子，當如眾位在座的姊妹一般，謹記自己女子的本分，在家孝順父母，兄友弟恭。平日裡便在閨房裡，好生學女紅、修四德。待日後尋得如意郎君，遵從夫婦之道，以夫為綱，謹遵敬慎之道。若婦不賢，則無以事夫，何以讓家庭和睦？倘若妳如今在街上拋頭露面，又何以面對將來的夫君？」

顧玉婉冷哼一聲。沒見過這般不知羞恥卻又毫無學識的女子，空長了一張俊俏的臉兒，偏生長了顆豬腦子。

「姑娘說的是。只是這如意郎君之事……」蘇白芷也學著蘇白雨的模樣，拿著那帕子捂著自個兒的唇，假裝嬌羞。「我娘親說，自古女兒家的親事，都是父母之命、媒妁之言，這覓不覓的，阿九著實沒有想過。還有，我娘親叮囑過我，這正經人家的姑娘，可不能把婚啊、嫁啊什麼的掛在嘴邊，教人聽見了，還以為……」
在合適的地方停下了唇，蘇白芷就這麼看著顧玉婉的臉紅了又白、白了又紅，索性低了頭，去品丫頭新泡的龍井茶。
眼見著顧玉婉要爆發，蘇白雨冷眼看著，不鹹不淡地又加了把火。「九姊姊，看妳說的。這在座的可都是熟識的姑娘，可都是自己人，咱們說說體己話罷了，哪裡就上升到那層次去了。
「哦，對了。玉婉姊姊不知，前幾回我給妳送去的桂花油同那百香露，可是我九姊姊親手做的。連同從前的，每一樣都是出自我九姊姊的手。玉婉姊姊用著可還好？」
「那香出自妳的手？」顧玉婉含著怒氣問蘇白芷，差點一口氣上不來。
她偶然從蘇白雨手上得到過一瓶百香露，原本聞著那香味特別，結果，那一日她用了百香露，正好同自家爹爹撞了個正著。爹爹直接罰她去跪了一個時辰。
那理由便是：一身脂粉味，沒點大家閨秀的矜持。
她原本想著那香是蘇白雨送的，總不好駁了蘇白雨的面子。如今，正主卻在這兒！
顧玉婉猛哼了一聲，罵道：「果然是什麼長相的人配什麼樣的香……」
她還未說完，卻覺得有人在扯她的袖子，她猛地一甩，恨恨道：「一股子狐媚味兒！」
「玉婉姊姊就是愛說笑。」顧雲再一扯，對著顧玉婉道：「娘親和舅母來了。」
一轉身，果然見林氏和袁氏就站在臺階下，方才的對話卻是被她們聽得一清二楚。

顧玉婉看著林氏眼裡閃過的精光，不由得心一跳，暗自思忖方才有沒有說錯什麼，想過之後，才鬆了口氣。她從頭到尾都是在說蘇白芷……幸好……

眾位姑娘紛紛上前同林氏和袁氏見過禮，二人落了坐，林氏望著顧玉婉說道：「方才聽妳們討論得挺熱鬧，我倒是聽到了什麼……『狐媚』，說起什麼狐媚了？」

「沒……」顧玉婉一向忌憚林氏，雖說如今她娘親曹姨娘才是最受寵的，可林氏畢竟還是當家主母，她一個庶女無論如何是惹她不起。若是讓林氏知道方才她這麼說蘇白芷，她只怕吃不了兜著走，一邊想著，一邊卻是狠狠剜顧雲，希望她能說句話。

「娘親，方才眾位姊妹在談論九姊姊的百香露呢。」顧雲笑著站在林氏身邊。

「就是阿九手藝不精，所做的百香露顧二小姐不甚喜歡。」蘇白芷附和。「倒是委屈二小姐用那香了。若是二小姐不嫌棄，改日阿九再替二小姐配一道香當賠罪，只是不知道二小姐喜歡什麼味道的？」

「手藝不精？」林氏輕笑，對著袁氏道：「妳看這姑娘，真是謙虛得過了頭了。如今她做的百香露在百里香賣著，一瓶就是好幾兩，還時常斷貨。不僅如此，還有那什麼香身粉、胭脂、口脂，每一樣都很特別，同別人家的不同，我若是想買，都買不著。」

「可不是！」袁氏挽過蘇白芷的手拍了拍道。「手巧心也巧。蘇姑娘可是個有心人，每個月還特別送了新品給咱們用，就連我家小元衡，也時常能吃上蘇姑娘特製的點心，每日都嚷嚷著要上九姊姊家。」

一干姑娘看著兩位夫人對蘇白芷疼愛不已，都生了疑惑。

林氏又裝作不經意地對袁氏道：「說起這，我倒是想起一件好玩的事兒。蘇姑娘這百香露，每日若是滴一滴在洗澡水裡，倒是勝過了滿盆新鮮花瓣的功用。刺史大人總說，我這香用得濃淡適宜、高雅脫俗。倒是玉婉這個傻丫頭……」

林氏招了招手，將玉婉喚到身邊，挽著她的手，像是說笑一般，低聲對袁氏道：「玉婉這傻丫頭，愣是把一整瓶的百香露一次抹在身上。結果嗆得刺史大人連連打了一天的噴嚏。」

「二姑娘同曹姨娘一般，都是喜好香料的人。」袁氏答應道：「女若親母，就連這習慣都是同娘親一個樣的。」

顧玉婉袖中掐著手掌恨不得咬碎銀牙，蘇白芷只是看著眾人表演這一場母慈子孝的戲，暗自不語，心裡卻恨不得撫掌讚這兩人的演技。

這才是損人於無形啊……在場的人都是一個圈子裡，或多或少都知道些內幕——顧玉婉的親娘曹姨娘，當初可是懷著顧玉婉嫁入顧家的，不管現在曹姨娘如何受寵，可這未婚先孕的事兒可是著實不太光彩。

大約方才那句「狐媚味兒」觸了林氏的逆鱗……

她這正室如今不大得夫君疼愛，誰能比誰狐媚？

不過，顧玉婉也真是厲害，一瓶的百香露往身上倒，她是可以出去引蜜蜂了哇！

如今顧玉婉站在人群裡，在眾人的注目下低著頭含笑掩飾尷尬的模樣，儼然失去了方才張牙舞爪的傲氣。蘇白芷暗自嘆了口氣，好吧……庶女的日子不好過，她也無意與人為敵。

「兩位夫人客氣了。今日上門叨擾，也沒什麼好送給兩位夫人。倒是近日根據一道醒腦的方子，特地做了這兩顆蘇合香丸，南方多瘴氣，這蘇合香丸正好溫中行氣，開竅醒腦。方子是我爹爹留下的，裡頭的每一樣原料都是過我的手，決計是不會錯的。」

蘇白芷掏出兩個檀木盒子，裡頭露出兩顆白色的藥丸。

林氏拿到手感嘆。「從前蘇大夫也給過我這味香，那時候家裡的老太太中了風，幸而有這蘇合香丸頂著，才熬了過去。這麼好的東西，總算又見到了。」

「這方子也是我哥哥看過之後，在爹爹的方子上做了些更改，藥用更加溫和。若是平日有心絞痛，也是能用的。」蘇白芷笑著道。

「有心了。」袁氏拍了拍蘇白芷的手，整個氣氛方才緩和一些。

林氏又道：「聽聞妳哥哥蘇明燁如今在學堂裡成績也是拔尖兒的，今日是否也會同學堂裡的哥兒們一起來？」

「應該一會兒就來。」蘇白芷應道。今日蘇明燁也是一早起來，一會兒或許會同韓壽一同來。這時可能已經在林子那頭吟詩作對去了。

「那敢情好。」袁氏笑道：「沒準兒尋哥兒已經同他們在一塊兒了。」

「成，那咱們兩個老的就不要在這兒耽誤年輕人了，省得拘束了她們。」林氏挽了袁氏的手，對顧雲說道：「雲兒、玉婉，好生照顧眾位小姐，可別怠慢了大家。」

「是，娘親放心。」顧雲福了福身，送走了袁氏和林氏。

幾位姑娘因為平日與顧玉婉相交甚密，見這會兒袁氏、林氏已走，顧玉婉又擺出主人的態勢，帶著一干人去逛花園去了。

等一群人走後，整個場面冷清下來，顧雲同蘇白芷反倒鬆了口氣。顧雲挽著蘇白芷的手道：「二姊為人一向心直口快，九姊姊妳莫怪。」

「怎麼會。」蘇白芷暗忖，為了不相干的人動肝火，才是真正的不值得。

「九姊姊不生氣就好。」顧雲又道：「九姊姊今日裡忙，元衡又整日學著舞槍弄棍，雲兒可真真是無聊透了。好不容易今兒個見著姊姊，姊姊可得跟我說說體己話。」

「元衡？舞槍弄棍？」顧雲想像著小不點拿著一根棍子揮舞的場景，不由得失聲笑……個子都不如人高，如何舞棍？她倒是想去看一看他了。一段日子不見，怪想念這小不點的。

刺史府內廊腰縵回（注），蘇白芷隨著顧雲四處走著，正好就看到湖邊小不點一個人，正舞著棍子呼呼哈哈喊得起勁。

看樣子，教他棍棒的師傅挺用心的，那棍子正好是他能用的尺寸，只是教他的人顯然太高估小不點的力量了……能想像一個小胖墩拿著根胖棍子一臉嚴肅地揮舞半天，卻依然在原地打轉的畫面嗎？

由於這畫面太過逗趣，蘇白芷忍不住輕笑出聲，卻被耳尖的小不點聽到，一抬眼，先是一喜，繼而棍子一丟便往蘇白芷的方向跑來。

「香囊姊姊……」蘇白芷只看到一個小胖子飛奔過來，卻萬萬想不到，元衡經過一段時間的訓練，身子早比以前結實了許多，而力量也更加迅猛。

更加悲催的是蘇白芷此刻的位置。同顧雲從橋上下來後，為了近距離觀察小不點兒舞棍，兩人默契地選擇站在湖邊。而對小不點力量的錯誤估計，讓他直接撞上了蘇白芷，蘇白芷一個重心不穩，向後傾斜。

撲通……

在蘇白芷落水瞬間，水淹沒頭頂之時，她只有一個心思——

小不點兒，你怎麼又變胖了？蒼天，我命休矣……

「九姊姊，九姊姊……妳別嚇我……」

是誰在那兒焦急地呼喚……

「妹妹別怕，這池子水淺得很，不會出人命的。這位姑娘應該是被嚇到了，沒事。」

又是誰，聲若靜心的鐘鳴，安撫傷痛？

「哥哥不知道，九姊姊曾經落水，如今是怕水得很……」

在水中浮浮沈沈，四周只剩下靜謐。

蘇白芷忽然又像是回到了重生那日，所有的記憶如潮水一般沖進腦海裡，包括蘇白芷

注：廊腰縵回，意指走廊如綢帶一般蜿蜒曲折。

的，包括宋景秋的。她抽離在兩人的人生之外，細數著兩人的過往。

就像是在黑洞裡突然劈進一道閃電，光亮得讓人睜不開眼，可偏偏，她必須睜開眼，看著蘇白芷自小到大，看著蘇白芷最終站在黑洞的那頭，對著自己深深鞠躬，繼而揮了揮手。

她突然明白，這是蘇白芷徹底將自己的人生交到她手上，不只蘇白芷的人生，還有蘇白芷的家人……

因為蘇清遠就挽著蘇白芷的手，朝著她微微笑。爾後，便是宋良……鬍鬚的宋良依然是年輕時的模樣，對著她揮了揮手告別……

從水中生，從水中死，生命竟是個輪迴，而這些人，已然放心地將她留在人間。

「爹，秋兒怕，別走……」眼見著宋良要走，蘇白芷突然伸出手去拉住眼前的人。

「嘶……」渾渾噩噩中，似乎抓住了什麼，只聽到那個人倒抽一口涼氣，伴隨著蘇白芷驚呼出聲的一聲「爹」，全場開始寂靜。

奮力地睜開眼睛，醒來的蘇白芷，就這麼看著自己的手緊緊抓住了眼前人的鬍子，而那人明顯已經疼地脹紅了臉。

「姑娘，我這年紀只怕暫時還做不了妳的爹。」顧尋護住自己的鬚髮，勉強咧開笑臉道：「姑娘能否鬆鬆手。」

「對……咳咳……」一句「對不起」還未出口，卻是換來一句劇烈的咳嗽。顧雲連忙拍了拍她的背部，倒是元衡，許是知道自己犯了錯，有點不安地扯了扯顧尋的袖子，喊了句

「尋表哥」。

「不打緊。」顧尋拍了拍元衡的腦袋，稍稍瞥了眼蘇白芷的方向，立刻又收回視線。方才急著救人，倒是沒往深處想，如今再看，卻是年輕姑娘濕透了衣衫後，衣物貼身，玲瓏畢現。

「咳咳。」顧尋清了兩下嗓子。「妹妹，不若妳帶著這位姑娘先去換身乾淨衣裳，省得到時著涼。」

「好。」顧雲點了點頭，攙起蘇白芷道：「九姊姊可走得動？」

蘇白芷勉力站起來，腿腳雖是依然有些發軟，可也無大礙。也不知道是不是頭次落水心裡落下了陰影，如今竟是這樣怕水。

她都不好意思去看那池水——那看起來，分明是站著就到她腰部的水深。

饒是如此，她還是硬著頭皮，朝顧尋福了福身。「蘇九謝過大公子。」

待蘇白芷走遠後，顧尋這才晃過神來，自言自語道：「倒是個機靈的姑娘，這樣落魄的境地，卻還能落落大方，不失禮儀。」

元衡嘟著嘴應道：「香囊姊姊笨死了，我輕輕碰了碰她就落了水。可偏偏姑母、娘親都喜歡她，就連那個天天愛數落人的爹爹都誇她，哼！」

顧尋這才知道，方才的人，便是顧雲日日掛在嘴邊的「蘇白芷」。

聽多了這位姑娘的故事，如今倒是百聞不如一見，確實如此。

咧了嘴一笑，顧尋撿起地上的小短棍，輕輕拍了下元衡的屁股。「做事這般莽撞，差點害了人性命，還敢抱怨？罰你站半個時辰的馬步。」

「表哥……」元衡可憐兮兮地望著顧尋，怎奈顧尋一句話就把他打發了。「男子漢頂天立地，半個時辰的馬步算什麼？難道你是姑娘？」

好吧，元衡暗自腹誹道：他才不是姑娘，他要成為像尋表哥一樣，頂天立地的大將軍！

蘇白芷才換好衣裳，便有丫頭來傳喚說，林信生請蘇白芷前去大廳。她到前廳才發現滿座的人當中，還有蘇清松。

她走進時，原本熱鬧非常的場面，頓時靜了一拍。倒是有知情的人，趴在蘇清松耳邊低聲說道：「這不是你家姪女？怎麼這種場合她也能來？」

世人對於女子，大體上都是輕蔑的態度，最愛的便是將女子踩在腳下，以為凌駕於女子之上，才能彰顯自己的地位。

殊不知，正是因為這種輕視女子的態度，讓他們往往錯過了重要的東西。

正如這場上的許多人。

其實來赴宴之前，林信生早已將赴宴之人的名單寫在名帖之上，一來讓來赴宴的人心裡有個底；二來，也是想提醒大家，能來赴宴的，都是地位相當的人，沒有誰比誰強。

有些人記住了，有些人刻意選擇遺忘，譬如蘇清松，以及同蘇清松親近的那些人。

「小小丫頭，能懂些什麼？怕是走錯地方了吧？」蘇清松低聲道。

一雙眼睛卻是剜在蘇白芷身上。想起蘇康寧前幾日才把他喊去教訓了一頓，又不情願地將視線收回。

蘇康寧可是打明了說，蘇白芷這幾個月交的紅利，可不比他在香料鋪裡少。

呸，運氣！蘇清松暗道。

於是，全場的人，竟是無一人同蘇白芷打招呼，她像是一個透明人，走進了一個喧囂的場所，卻沒一個人注意到她的存在。直到——

「阿九，來我身邊坐。」韓斂笑咪咪地朝蘇白芷招了招手。全場「唰」一聲將視線集中到蘇白芷身上……韓斂身邊一直空著個位置，大家都在揣測是哪個重要的人要來，如今看來，竟是蘇白芷？

竟是蘇白芷！

蘇白芷頂著眾人好奇的目光，硬著頭皮坐到韓斂身旁。

這隻老狐狸，一早就打發她去後院跟那些姑娘玩，又在眾目睽睽之下召喚她……她怎麼聞到了一股陰謀的味道。

好吧，其實，狐假虎威是博得存在感的最佳方式。蘇白芷暗嘆。

「韓公，這位是您？」不知是哪個不長眼色的人低聲問道。

「這是蘇記香料行的掌櫃蘇九姑娘，您不認得？」韓斂眯著眼睛笑著問道。

「認得，認得，就是少見。」那人尷尬著回答道，又同蘇白芷點了點頭，算是打過招呼了。

「哦，不對，應該是叫『瑞昌』香料行。」韓斂拍了拍自己的腦袋。「瞧我這記性。阿九，那香料行原本就是妳爹的，現如今也改回原名『瑞昌』？」

「是的，韓公。」蘇白芷老老實實地答應道，又看著韓斂裝老賣傻道。

「這就對了嘛！什麼蘇記、蘇記的，又不是飯館兒，你看『李記』，一聽就是晦氣名字，倒了吧？還是改名好！」韓斂拍了下掌，扭頭對著蘇清松的方向。「你們也覺得好吧？」

「是是是……」眾人硬著臉點頭，忍不住又看了一眼蘇清松。

蘇白芷只低頭偷笑。

不過一會兒，便見幾個丫鬟模樣的人搬進一尊高約三尺的香爐，蘇白芷仔細一看，才發現那香爐下有個托盤，盤內有一枝蓮花，十二片葉子，每片葉子隱隱現出十二生肖的形態，在爐蓋上有一位仙人，頭戴遠遊冠，身披紫霞衣。

原本爐子的作工已經是極好，那仙人的模樣更是形容端莊、唯妙唯肖。仙人座下有一石頭，石頭上花、竹、流水錯落有序，美不勝收。

眾人原已被香爐吸引，讚嘆不已，不多時，那香爐裡又隱約飄出香味來。清清淡淡地，似乎聞之極快便會忘記它的香味，可若是深吸一口氣，又深覺美妙，沒過一段時間，那香味便有輕微的變化，漸漸變強。宛如從一幅水墨畫，漸漸變為一幅濃墨重彩的侍女畫卷。

更為美妙的是，在品香之時，從內室之中，便有隱約的古琴曲傳來，原是飄逸，漸漸爭鳴，同香之變化相契相合，色、香、音，竟是俱全。

一段香，十八般繞轉，樣樣不同，直須細品方才能體會各種滋味。直到古琴曲至高潮處戛然而止，那香味也在一瞬轉至無處，讓人頓感意猶未盡，求而不得之苦。

眾人恍然之時，便聽林信生春風滿面地從外而來，先是對著韓公屈身一拜，方才對著眾人笑道：「林某不才。方才的琴曲，是我家夫人親自譜曲親自彈奏的『斷音』，而方才的香，便是在下配製的『斷香』。」

「斷香，竟是如此。」蘇白芷低頭道。

從前便聽聞過「斷香」，一段香，十八般變化。香氣至最華麗之時便是轉身之時。

聽聞，林信生便是憑藉這味香，贏得了淑貴妃的信任——宮廷秘聞，當時淑貴妃盛寵，專橫跋扈，險些失了皇上的寵愛。林信生就是用這道香告訴淑貴妃，若是一時香氣畢盡，後力不足，極易斷折。即使一時盛極，不能長久也是無用。

品香時能悟人生，可是蘇白芷卻不能從一道香裡悟出這麼多道理——仁者見仁，智者見智，她反倒覺得，香氣在制高點戛然而止，多少有些不厚道，甚至有些凶殘。

唯一能肯定的是，能在一味香裡體味出百般滋味，這才是真正的大師。

扭頭去看韓斂，卻見他似乎不甚在意。蘇白芷低聲道：「韓公也會配這香？」

韓斂低聲道：「配香我不會，倒是能告訴妳配製的方子。我給妳，妳配得出？」

「呿。」蘇白芷暗自腹誹，林信生好歹也當了十年的御用配香師傅，練基本功都不知道練了多少年。她就算是拿到方子，也未必能配得成這道香。更何況，香方不同於藥方，香方有強烈的個人色彩，她即使配出來了，這「斷香」依然是「林氏斷香」，斷然成不了「蘇氏斷香」。若是要揚名，她還是配個自己的香，冠上自己的名吧。

眾人依然在盛讚林信生，林信生笑了笑，指著那香爐道：「此次來建州，一是探親訪友；二來，卻是得了這『瑞爐』。此香爐，乃是天降之爐，預示著大齊必定昌盛不敗。如今，更是得了一道好香，同大家一同賞鑑。」

他說話時，蘇白芷正好抬頭看了他一眼，卻見他饒有意味地朝她點了點頭。

她心裡咯噔一跳，果不其然，不一會兒，便見林信生從身上拿出一個錦盒，那錦盒那麼眼熟。

分明就是她一早交到韓斂手上的。

第十七章

一瞬間，她竟然緊張了……能不緊張嗎？林信生壓根兒就沒品過那味香，而今日在場的可都是各大商行的老闆。若是她今日出了醜，砸的可不僅僅是自家的牌子。

品鑑品鑑，是品、鑑，還是品、賤……她就不得而知了。

老狐狸啊，您老人家下回要讓我出席這種場合，能提前「吱」一聲不……

那廂裡，林信生已著人換了狻猊狀的香爐。因今日來人甚多，原本的目的也不為品香，所以並未按照正規的香席待客。可顯見得，原本林信生就讓下人準備好了一切。

在燃香之前，林信生笑著對眾人道：「聖人有云：品評香氣，以意敘者上，以味敘者下，以境敘者上，以物敘者下。所謂香者，原本便是非氣、非木、非煙、非火之物，不可過多苛求功用，只需靜心去品，以圖凝神定性之功效……」

這段話說得真是夠繞的，蘇白芷聽了半天，琢磨著如此高深的道理似乎也只有林信生這樣的大師才能說得出來，於是多看了他幾眼。這才看到，他有些不安地往韓斂的方向瞟了幾眼。蘇白芷臉唰一下紅了——敢情繞了半天，林信生對她的香也是半分把握也沒有。

方才說得像是此香只應天上有的模樣，實則，這會兒也是在以各種理由勸解大家，香啊，無定勢、無固有香氣，百種香百種味，莫強求。

偏生說得這樣委婉，哄得在座的人直點頭。

被韓斂狠狠地瞪了一眼，林信生凜然一震，忙又結束了方才虛無縹緲的言論，正正經經地品起香來。

經過繁複的前期處理，那香漸漸逸出香氣。品香之時，最需要的便是靜心。林信生已然閉上了雙目，沈心在香氣的世界裡。

便是那一刻，他忽然渾身一震，暖暖的香氣從肌膚上的每一個毛孔往裡滲入，彷彿身上的每一寸肌膚都在歡叫這舒暢，爾後，從身體裡，生出一股暖意。

許久沒有遇上這樣純粹得讓人從肺腑之中生出溫暖之意的香。在官場中浸淫許久，他所做的每一味香都只為討好他人，帶著股阿諛奉承，或者帶著特有的功利心。

在香裡，往往能感覺到一個人的心境。

而他在這道香裡，只感覺到製香的誠意，以及特有的少女心境——在忐忑中帶著期許和不安，卻期待一切都是美好的、溫暖向上的。

或許只有頂尖的製香師和品香師，才能感覺到香氣細膩的變化。而林信生，恰恰是頂尖中的頂尖。

如一段餘音繞樑三日的名曲，那香氣，久久揮散不去，纏繞在一個人的骨髓裡，難以忘記。

「唉……」至香氣結束，林信生發出滿足的喟嘆，睜開眼時，就像是受過一次洗滌，就連世界，都美好得像是新生。

就連他都沒想到，短短時間內，蘇白芷竟進步如此神速……當初果然是沒看錯了人。

「不知此香出自何人之手？」不知是誰先問出口，卻是說出了所有人的心聲：不知此香出自何人之手，此間可有售？

「製此香者，必定也是製香好手。」蘇清松插聲道：「莫非是林大人親手所製？」

「呵呵，這香可真不是出自我手。」林信生擺了擺手。「世人皆知，我所配之香，大體偏好華麗。這香卻是如此清新淡雅，若是以我如今心境，只怕也配不出這樣的香。」

「那究竟是何人所配？此香又為何名？」眾人見林信生賣著關子，也有些急了。

林信生擺了擺手，讓眾位稍安勿躁，方才側頭往蘇白芷的方向，含笑道：「這製香之人，就在席間。蘇姑娘，此香何名？」

唰——所有的視線突地全部集中在蘇白芷身上，蘇白芷彷彿就在等這一個時機，落落大方地起了身，朝林信生說道：「回大人話，此香名為『暖香』，為小女子近日所製。」

所有的一切，她竟是在瞬間明白。韓斂特意來此，便是來為她鋪好未來的路。即使韓斂要走，若是得到林信生的認可，她的香就不怕沒銷路，更不怕沒個好價錢。

而韓斂為她所鋪的路，卻不僅於此。

「阿九，林大人教了妳這麼些時日，妳今日所製的香才勉強過了他的關。今日當著眾人的面，妳便給林大人敬杯茶，好生地叫句師傅，也不枉他費盡心思。」韓斂在旁不鹹不淡地推了她一把。

「這……」蘇白芷和林信生同時看向韓斂，卻看到他微微地點了點頭。

那一日，蘇白芷不僅僅因為一道香在建州城裡揚了名，更重要的是，她正式拜入林信生門下，成了製香大師林信生的徒弟。

兩天後，建州東市大街上，一家名為「瑞昌」的香料行在熱鬧的鞭炮聲中正式開了張，讓人驚奇的是，開業當日，瑞昌門口絡繹不絕，各大香料行都遣了人，遞了名帖前往瑞昌。瑞昌門口，甚至排起了長龍……

在瑞昌對面的茶樓上，林信生替韓斂斟滿了茶，方才小心翼翼道：「如今蘇姑娘既然拜入我名下，生意上定然順風順水。瞧今日之情形，蘇姑娘將來的路只會越走越寬。她雖年紀小，卻是個懂事的。只是師姪有一事不明，師叔能否告知一、二？」

「你都憋了一天了。有什麼想問的儘管問好了。」

「蘇姑娘雖是天資聰穎、為人和善，確實與其他姑娘有所不同。可此間這樣的女子卻也不少，為何師叔獨獨對她另眼相待？莫不是，蘇姑娘有何身分是師姪所不知的……嗷……」

林信生話音未落，頭頂上卻是狠狠地受了韓斂一個爆栗，所幸兩人都在包廂裡，並未有他人。

林信生只揉了揉腦袋，聽韓斂教訓。「我看你是在宮裡跟那些黑心的人處多了，凡事總想著利用和被利用，想著功名利祿，就連幫助個人，都得瞻前顧後、權衡多時。若不是你師傅早逝，我便連你師傅一同教訓了。你看看你近日製的香，多浮躁，少踏實，我聞著都反胃。」

韓斂雖是粗聲粗氣，可偏偏句句在理，林信生反駁不得，只得受了。想了半日，又低聲說道：「可蘇姑娘也是師叔一手調教的，為何不讓蘇姑娘拜入師叔門下。蘇姑娘雖是年紀小，可以她的功底和才智，做我師妹我也是能認的……哎喲……」

頭上又是挨了個爆栗。

韓斂側頭看向窗外，樓底下，韓壽正捧著大盆的玉芙蓉喜孜孜地往瑞昌方向走去。

蘇白芷親自出了門來接韓壽，看到那玉芙蓉的一瞬間，臉上又是一僵。

韓壽只嬉皮笑臉地將那盆玉芙蓉往她懷裡一塞，不知道兩人又說了什麼話，蘇白芷無可奈何地搖了搖頭，抱著玉芙蓉將韓壽領進了門。

「方才說你肚子裡彎彎腸子多，如今卻像是個腦中缺根弦的。」韓斂淡淡道。

林信生順著韓斂的視線往下看，正好看到方才那一幕，思索了片刻，方才明白。「師叔原來是為了韓壽師姪……這輩分確實亂不得，只是一來師姪那樣的身分，蘇姑娘怕是配不上。二來，近期咱們便要離開建州……」

「我只是看著這姑娘乖巧，便幫一把罷了。」韓斂阻了林信生的話頭，那視線卻一直沒收回來。

山水有相逢，年輕人的事兒，誰知道呢？

後院裡滿滿的禮物，蘇白芷繞開那些禮物，韓壽跟著她，在一份大禮前蹲了下來，翻了翻禮單咋舌。「這大興盛的掌櫃一向都是以摳門出名，今日竟是給妳送了這麼大一份禮？難得，可真難得！」

「這哪裡是送給我，這是送給師傅看的。」蘇白芷淡淡笑道。

「那倒是。」韓壽點點頭。「這幫人都是跟風跑的。如今都知道妳是林大人、林大師的徒弟，妳的身分自然也是水漲船高。林大人的香，原就是只給宮裡的貴妃們用，自然不能賣到民間。可若是有了妳這個徒弟，妳就是漏了顆小藥丸，人家都能當作大師之作，衝著這名聲，那都能賣個好價錢。」

「被你說的，我好像全身都金貴了。」蘇白芷打了個寒顫。「我想起了會下蛋的金母雞。」

「妳比金母雞金貴。」韓壽笑道：「妳是我韓壽的師妹，自然身分不同。不過有句話說得好，師兄師妹，天生一對……」

「呃……」也不知道是不是嘴快，韓壽說完便後悔了，原本想著此話太過輕浮，正想道歉，卻見蘇白芷一臉看痞子的神情，不甚在意的模樣，又不滿地抱怨。「欸，蘇九妹，妳知道我快走了吧？上回秦仲文走了，妳送了一套香的紙筆墨。如今我不僅是妳哥哥的同窗，更是妳的師兄，我的禮自然會比秦仲文的厚重吧？」

「啊……」蘇白芷噎了一下，縮著脖子回道：「我為什麼要送你禮物？」眼見著韓壽的臉紅了又白，轉怒，這才笑嘻嘻地從袖子裡取了東西。「看你送我這麼大一個刺兒頭的分上，我自然也少不了你的。」

韓壽一拿到手，臉先綠了一半。

上回秦仲文走，他親自送的人，看著蘇明燁給了秦仲文香墨、香筆、香紙，他羨慕得直流口水，如今他也走了，可待遇怎麼差這麼多！

韓壽拎著那香囊，指著香囊上綠刺刺的一坨，糾結地問道：「為什麼別人家姑娘送人的香囊繡的要麼梅蘭竹菊，要麼就是美人圖，多是文雅的東西，妳卻要繡這個……這個玉芙蓉……」

那個刺兒頭他怎麼也說不出口，可那明晃晃的綠色刺得他眼睛疼，以至於這香囊他都不想碰了。

嫌棄，赤、裸、裸的嫌棄。

蘇白芷嘆了一聲，將那香囊拿在手裡掂了掂。「不要拉倒。這刺兒頭可是我找哥哥畫的花樣，親手一針一線繡的。香囊裡的香料，更是我這瑞昌香料行裡，最名貴的香料配製成一道獨一無二的香。既然有人不要，那正好省了。如今我身分金貴，這香囊可值不少錢……我去賣賣看？」

「欸！」韓壽斜了她一眼，從她手上又搶了回去，珍而重之地捏在手裡，嘀咕道：「有總比沒有好。」

「欸，蘇九妹，如果妳將來到了京師，一定要來尋我。」韓壽叮囑道。

「好好好。」蘇白芷滿口答應道。

韓壽只覺心裡越發沈重……她竟是滿不在乎。

到了晚間，蘇白芷宴請了林信生、韓公、韓壽、瑞昌一併人等在家慶祝。

她原是想在酒樓好好請上一桌，怎奈韓公不肯，非要蘇白芷親自下廚，蘇白芷只得硬著頭皮上。

等她忙了一天，做下一桌子菜，韓斂自是開心地打頭坐著，吃一口菜便讚不絕口，蘇白芷都懷疑自己要成食神了，韓斂打頭，又來敬她酒。

這哪成啊！蘇白芷趕忙攔下他的酒杯，恭恭敬敬地喝了三杯。三杯酒下肚，她的臉都紅了。韓斂看得直樂呵，一拍掌道：「好！」

「老頭子！」韓壽在一旁嗔了一聲。韓斂捋著鬍子笑道：「今兒個這頓，算是慶祝阿九有了自己的店。第二呢，也算是為我和我家這小子送行了。往後山水有相逢，我在京師等著蘇明燁這小子到來！到時候若是中了進士，還不讓我曉得，我就是掘地三尺，也要找到你們，討得這杯酒！」

「好！」蘇明燁當頭應道。

姚氏看看這個，看看那個，心裡頭真是暖和得緊。到後來，竟也不知不覺地笑開了。那一廂，蘇白芷喝得盡興，喝到最後，連看人都迷糊了。不知不覺，她的身邊不知何時換作了韓壽，端了碗熱茶到她跟前。「不能喝酒就少喝，老頭子瘋了，妳也跟著瘋嗎？」

「我、今兒、今兒個高興！」蘇白芷應道。

桌子底下，她的手上卻突然覆蓋了一雙手，那樣的溫暖。

她側了頭，看到韓壽臉上莫名的緊張。「別喝了。妳這樣……」迷濛的眼神，若是教一旁的男人看到，不知該如何肖想。即使這裡只有長輩，只有親人，可是只要是男人，他都不想讓他們看到蘇白芷此刻的模樣。

蘇白芷的手心慢慢地也出了汗，她略略避開韓壽的眼睛，低聲對一旁的姚氏道：「母親，我出去下……」

姚氏只當她要出去放水，略略點頭便隨她去了。哪知過了不久，韓壽也急急地起身。姚氏正要喊住韓壽，一旁的韓斂卻朝她使了個眼色，她一時會意，本想說些什麼，還是作罷。

小花園裡，蘇明燁不知什麼時候，給鋪了一條一人寬的十字路。平日沒事時，蘇白芷最愛的便是坐在那花園裡。此刻她循著那路走，卻是踉蹌了兩下，險些跌倒。

身邊突然竄個人來扶了她一把，一股好聞的龍涎香味，混著男人身上特有的乾爽味道撲面而來。

「妳喝醉了，怎地還亂走。」他急切地說道。握著她的手，卻怎麼都不肯放。

酒帶來的那股灼燒感似乎能蔓延到她身邊，熱浪一陣陣襲來，燒得她頭也暈的，人也是熱的。可是相交握的手中，卻像是被注入一股清泉，讓人頓然覺得舒服。

蘇白芷抬頭看到韓壽俊朗的臉近在眼前。

玩世不恭、輕浮、浪蕩……所有的一切都只是表象。此刻的他眼神裡全是炙熱。

韓壽有一雙極為好看的眼睛，像是兩泓泉水，一旦讓人看進去，便只能沈溺其中。

可偏生她看了幾回，明明沈進去了，卻只能自欺欺人。

本不該如此。

一直以來，父親宋良告訴她，若有想爭取的，便不顧一切。

何時，她變得這般小心翼翼、謹小慎微？

誤了終身……宋景秋被誤了一輩子，卻禍及現下的蘇白芷。

何必自苦！

蘇白芷嘴裡一陣苦澀：平生不會相思，才會相思，便害相思。

才害相思，他卻要遠去。

從前想著京師山長水遠，見不著沈君柯。如今京師山長水遠，讓她再一次動心的人，卻遠行去那兒。

「韓壽……」蘇白芷突然低聲喚道。

「嗯？」韓壽身子微微一動，只見蘇白芷的嘴邊突然咧開一絲微笑，踮起腳尖，趁著他不留神，將唇附在他的唇上，一晃而過。

時光若能靜止，韓壽怨不得，一輩子就停留在此。

所求，所想，所得，不過如此而已。

「我還你一個，韓壽……」蘇白芷嘿嘿了兩聲，笑得像個竊玉偷香的賊。

她的本性壓抑了太久啊。五歲之時，在沙場上同父親手下的兵士打架，她能用力拉了人家的褲子就跑，不戰而屈人之兵。如今想來，倒不如從前爽快。

不是不能，而是不敢。

可如今，她醉了……酒醉的人膽子比天大。那她借一借這個酒膽，又何妨？

眼前的人乍然睜大了眼睛，不可思議道：「阿九，妳再還我一個！」

「好！」蘇白芷迷濛著雙眼，再次閉上眼睛。在她踮起腳尖的瞬間，韓壽欺身而下，猛地吻住了她的唇。

「這一次，是妳撩我的，阿九。」韓壽終是惡狠狠地呢喃著，摟著她，再不肯放。

月色微涼，姚氏站在門後，略略別開了眼睛，低聲道：「韓公，我家阿九，不適合……您明日就要走了。」

還有一句話，姚氏含在嘴裡：阿九，原是同顧尋定過親的……

「適合不適合，是他們說的。能不能在一起，端看他們的造化。」韓斂淡淡笑道。

這樣美的月色，這樣美的人，有何不可？

離別的那日，場面頗為尷尬。原本是一團和樂的場景，韓家與林信生一家一同啟程前往京師。蘇白芷正好一次送走了兩家人。

誰知道那小不點元衡，臨走時卻突然抱住了蘇白芷，一把眼淚一把鼻涕，全蹭在蘇白芷的衣服上，哭嚎道：「香囊，香囊，我想讓妳跟我走。可是我娘親說，我只能帶著我自家的娘子走。如今我還小，我娶不了妳當我的娘子。妳要等我，過幾年我長大了，便能娶妳當娘子了，妳一定要等我，嗚嗚嗚……」

當場一陣微風吹過，飄落了一片樹葉……

唰……又一陣陰風……

蘇白芷背後一陣冷汗還未落下，就聽到袁氏含笑怒罵道：「你這小子怎麼沒羞沒臊的，蘇姊姊怎麼能當你媳婦兒？你將來喊她嫂子還差不多！」

蘇白芷心裡咯噔一跳，嫂子？誰？

韓壽心裡一驚，瞥向站在一旁英武非凡的顧尋，又聽韓斂眯著眼睛笑呵呵道：「什麼嫂子不嫂子的，我看你啊，還是叫她蘇姊姊的好。」

「那也難說，許是下回元衡來，便是喝蘇姑娘的喜酒呢。」林氏饒有意味地看了蘇白芷一眼。

一群人，莫名其妙地眉飛色舞，蘇白芷打了個冷顫，這事件的主角分明是她，可是她怎麼就聽不懂眾人的話呢。

如今說到女兒家的親事，她又不好貿貿然插嘴，只得低了頭不語。不一會兒便聽到顧雲低聲說道：「娘親，舅母，天色不早了，別耽誤了時辰。」

眾人這才打起精神，各自告了別。至於元衡，那是生拉硬拽才把他從蘇白芷的身上扒拉下來。

反倒是最後韓壽走到蘇白芷身邊，塞了塊東西到她手上。

眼見著幾人乘坐的馬車越走越遠，蘇白芷站了許久，回頭見林氏在抹淚，不由也有些悵然。這一別，不知何時再見。也可能就此再也不見了。

一抬頭，便見到一直站在顧雲身邊的男子，瞧著也眼熟，可她怎麼也想不起是什麼時候見過。

顧雲笑著推了一把蘇白芷。「九姊姊可是見過哥哥的，如今卻是記不得了？也難怪，哥哥剃了鬍子，連我都差點不認得了。」

原來是顧尋？蘇白芷仔細看了他兩眼，這才確認。前次她落了水，醒來渾渾噩噩就抓住了人家的鬍子，面上雖是淡定，心裡卻是懊惱得要死。如今顧尋剃了那落腮鬍子，整個人倒是精神斯文了許多，只是軍營中養成的氣勢卻不減，英氣十足。

見他對著自己淺笑，蘇白芷朝他福了福身，再次道了句謝謝。

林氏原是想要邀請蘇白芷到府中用餐，卻被蘇白芷以店中有事忙婉拒了。

這群人的眉飛色舞讓蘇白芷起足了疑心，她必須第一時間搞清楚。

方才到家，便見姚氏和蘇明燁圍桌坐著，姚氏一臉憂心忡忡的模樣。

「妹妹回來了。」蘇明燁迎她落了坐。

蘇白芷隨口問道：「娘，您和哥哥在說些什麼呢？」

「說起妳白雨妹妹呢。」姚氏回道：「這回妳二伯父是真的動了怒氣，三十板子打下去，也不知道妳白雨妹妹頂不頂得住。一個姑娘家，哪裡能這麼打喲。」

「蘇白雨被打了三十大板？為什麼？」

「妹妹那日赴宴，許是品香去了。不知道花園中發生的事兒。」蘇明燁應道：「原本也不是什麼光彩的事兒，我也沒想著說，不承想這事兒卻鬧大了。」

「什麼不光彩的事兒？」蘇白芷那日拜完師，確實被顧雲留了一會兒，可顧雲欲言又止了半天，也沒說個所以然來，她也就沒放在心上，敢情這事兒跟蘇白雨有關？

「這事說起來，也不全怪白雨。」蘇明燁道：「那日我同學堂裡的同窗都受了林大人的邀請參加宴席，原本一群人都在園子裡吟詩作對，刺史府裡景致好，大家便多逗留了一會兒。誰知道不多時，突然從林子裡竄出來兩個姑娘。我一瞧，不就是白雨？後來那個，我也是才知道，是顧家二小姐。」

「啊……」蘇白芷默然。早知道蘇白雨能鬧事兒，可這也太莽撞了。蘇明燁又說道：

「也不知道白雨那日怎麼了，在公子哥兒面前也不害羞，大大方方地自我介紹道，是蘇家的小姐，正好那日蘇明燦也在，又將白雨從頭到尾誇獎了一番。我瞧著有些不像話，便勸白雨同顧家二小姐趕快離開。誰知道，蘇明燦說我狗拿耗子。」

「所以，因為這個打了她板子？」看起來這蘇清松還算家教很嚴啊。

「哪裡……」姚氏拉了蘇白芷低聲道：「娘才從族裡回來，也是方才知道的。那日燦哥兒同顧家二小姐見了一面，不知道怎麼了就暗生了情愫，便同妳二伯父說起要提親。妳二伯父哪裡肯？燦哥兒可是嫡長子，妳二伯父對他寄予厚望，那顧家二小姐卻是個庶出的。聽聞她親娘也不是個安分的主兒，有些門道的人都是知道的，那曹姨娘原本的名聲不太好。」

「妳二伯父不同意，妳那明燦堂哥他便……」

「他待如何？」這故事聽著像話本，蘇白芷來勁兒了。

「蘇明燦三天不曾到族塾了。」蘇明燁委婉地說道。

「私……私奔？」好樣的。看顧玉婉那日的樣子，同蘇明燦倒是天生一對，蒼蠅碰上爛腿。想顧刺史若是要挑女婿，也是必定得知了此事，若是稍加查查蘇明燦的底細便知道他的口碑也不甚好。

彼此挑剔，誰看不上誰也說不定。

蘇白芷不免惡毒地偷笑，看來，是蘇明燦離家出走，蘇清松怒火中燒，又聽聞了當日在花園中的事兒，認定了是這個女兒先挑的事兒，若是被人知道了，必定是要笑話他的。

如今只能拿出個態度，證明他也是個有家教的人。於是乎，蘇白雨便成了這事兒唯一的犧牲品。

只是這事有點不靠譜。蘇明燦是個伸手吃飯的主兒，一點養家餬口的能力都沒有，過段時間必定灰溜溜地爬回來，到時候米已成炊，兩家人都是要聲譽的，李氏又是極疼兒子的人，枕頭風吹上一吹，這事必定是睜一隻眼、閉一隻眼就這麼過去了。

那顧玉婉不就當定了她的堂嫂？那個張口、閉口三從四德，到頭來卻與人私奔的人若是當了她堂嫂，這抬頭不見低頭見的，一想到就頭疼。

她不介意同顧家當親戚，可這親戚，當得有點不爽快……不管如何，反正蘇清松有一段時間要夾著尾巴做人了。

姚氏擔憂道：「聽妳哥哥說，當日在花園之中多是名門子弟，白雨如此一來，敗壞了女兒家的名聲，若是傳出去，人家只當我們蘇家的女兒都沒有好家教，若是將來影響到妳的親事可如何是好？」

「娘，不打緊。」蘇白芷原本就想說，在某些人眼裡，她蘇白芷已經是反面叛逆的典型，賢良淑德與她半點不沾邊。莫說他人，就連蘇清松都覺得她離經叛道。

可若是這麼一說，又要惹姚氏煩惱，她索性封了口。如今他人她管不得，她還是關心自己些。

「娘，您是不是……是不是曾經給我訂過親事？」蘇明燁在旁，她硬著頭皮說道。

「妳怎麼知道？」姚氏一驚，回神時，卻見蘇白芷驚坐起。「娘，我真的訂過親？不會是……不會是顧家大公子吧？」

方才袁氏和林氏的態度，她思來想去，唯一的可能性就是顧尋……可她從來都沒見過顧尋，她的記憶裡，她也從未有過親事。

唯一會讓他們有交集的法子便是——指腹為婚，而且，姚氏還瞞著她。

「妳見過尋哥兒？」姚氏低聲問，隨即自言自語。「是了，前幾日有聽顧夫人說過，尋哥兒從軍營裡回來。」

「他可還好？」姚氏又問道。

「呃……看著還不錯，一看便是當將軍的體格。」蘇白芷也不知道姚氏問這話何意，便照著自己的感覺直接答道。

「尋哥兒自小便是有志向的人，妳小時還見過他的。」姚氏笑道：「那時候他還那麼一丁點兒，妳還在襁褓裡，他就懂得對著妳喊：『妹妹、妹妹』。那時候妳爹就說，你們倆有緣分。況且，娘同顧夫人又是閨中密友，原本就定下了這兒女結親的約定……」

「娘，您的意思是……我要嫁給他？」

突然之間，多了個陌生男子當未婚夫，這也太……雖然宋良從前就是個將軍，她自小對於威武的男子也頗有好感，可如今她才幾歲就定了終身，那不就是多了層束縛？

更何況，見顧尋一面，她便知道，顧尋絕不是會耽於兒女情長的人。人家的心思不在此，她嫁過去不都得跟著林氏過活？

咦，不對……或許，顧尋也不會喜歡她這樣的人？

更何況，她在顧尋面前可丟了不止一次臉——小不點的鼻涕、眼淚貌似還停留在她的衣裳上呢。那次落了水，她揪著人家鬍子，他那副在暴躁邊緣的模樣，她也依然記得。

思及此，她不由得鬆了口氣。

第十八章

刺史府。

「娘，我能不能不娶？」幾乎是同一時間，刺史府內的顧尋蹙著眉頭問了這樣一句話。

「莫非是你不喜歡蘇九姑娘？」林氏端著的茶又放回了桌面，抬眼看恭恭敬敬站著的兒子。

「不是。」顧尋低頭道：「娘親看中的姑娘自然是不會差的，平日裡總聽妹妹誇著蘇姑娘。那一日見，兒子也覺得蘇姑娘甚好。」

「那是為何？」林氏皺眉不解。「你別看蘇姑娘年紀小，可是胸中自有一番天地。娘都替你想好了，將來你若是當了將軍，家中裡裡外外還是要靠夫人操持，總不能娶個柔柔弱弱的在家。那些菟絲花般的女子，瞧著是好看，可凡事都得讓你操心，你可受得住？」

林氏頓了一頓，遲疑道：「莫非你也嫌棄蘇姑娘在外拋頭露面？」

「怎麼會！」顧尋道：「我雖是在軍中幾年，可自小也是在家中長大的。看多了那些嬌滴滴的小姐、姑娘，瞧著過去都是一個樣子，說起話來就像是餓了好幾天似的，原本就膩歪得很。這會兒看到蘇姑娘，倒也是眼前一亮。然則，兒子卻只是欣賞蘇姑娘女中豪傑，至於娶妻之事，卻是半點想法都無。」

「傻孩子。」林氏笑道：「你總有一日也要娶妻生子……」

「娘，我志不在於此。如今我只請了一個月的假期，能在家中待得幾日？我既娶了人家，卻不能日日與她相處，豈不是白白耽誤了人家姑娘？蘇姑娘是個有志向的姑娘，若是像養家花一般將她養在家中，豈不是埋沒了她的才華？於人於己，兒子都覺得，不能以一口頭上的婚約約束了彼此。若是兒子同蘇姑娘有緣，日後必定結為連理，若是無緣，便是強扭的瓜，也甜不了。」

顧尋字字句句、字正腔圓，底氣十足，顯然是原本就想好了說詞的。

幾句話倒是把林氏堵了回去，林氏思索了片刻，不免有些氣餒。原本她也是抱著滿腔的熱血，想把蘇白芷這塊寶貝拉回家裡。

可就今日的事情看來，韓斂似乎對她也上了心。林信生幾次三番點醒她，讓她要麼趁早下手，要麼就別動這個心思了。她咬著牙，想從兒子這邊入手。誰知道，兒子又不放心上。更何況，她委婉地同刺史大人提過，刺史卻是橫眉冷對呵斥她。「尋哥兒將來前途無量，豈能娶一無名女子為妻？」

想來想去，這件事裡，倒是她一個人剃頭擔子一頭熱。如今兒子升遷極快，蘇白芷再強，畢竟也是平民，若是兒子將來能有更好的前程，也的確有些委屈了兒子。

「罷了、罷了。」林氏擺了擺手。「幸好蘇夫人同我是打小的姊妹，不同我計較這事。我去同她說說、道個歉。」前幾回她提起時，姚氏也並未表現出極大的熱情，幸好……

過得幾日，林氏去尋姚氏時，顧尋琢磨了片刻，也跟著去了。站在蘇家的門口，顧尋倒是眼前一亮。院子雖小，卻是打點得井然有序。院子裡整整齊齊擺著幾個簸箕，曬著香料，散發出好聞的味道。

蘇白芷就站在院子中，似乎剛剛忙完，身上還圍著圍裙，低著頭，汗水在陽光下晶晶亮，跳脫在髮梢，越發顯得膚如凝脂。

顧尋不由得想起那日剛剛從水裡救出蘇白芷時，她臉色蒼白的模樣。百變的蘇白芷，在不同的角落散發著不同的光芒。

蘇白芷一側頭，便看到門口站著的林氏同顧尋，遠遠地福了福身，喊了句：「顧夫人，顧大公子。」

姚氏聞聲，從屋中出來，見是顧尋，也甚是歡喜，連忙迎了二人進屋。

四人聊了一會兒天，姚氏見林氏似有話說，便打發了蘇白芷去給旺財餵食，林氏又遣了顧尋去幫蘇白芷，兩個小輩就這麼被轟出了門。

尋常的姑娘，若是同陌生男子相處，許是已經羞羞答答不知道說什麼好。蘇白芷倒好，大大方方地帶著顧尋去餵狗，餵了狗，又帶著顧尋去澆花，然後便是曬香料，進地窖裡搬動存香的瓦罐。一點都不跟顧尋客氣，搬不動便讓顧尋幫把手。

兩人至最後，倒是默契了許多。

直到兩人忙完，都是汗流浹背。蘇白芷這才遞了帕子給顧尋擦汗，笑道：「今日正好顧公子來，一個時辰倒是將我兩日的活兒都忙完了。」

「蘇姑娘倒是不怕勞役他人。」顧尋也不在意，卻是在言語上討了些便宜。

「我聽顧雲說過，顧大公子不拘小節，樂善好施。想來幫小女子這點忙，顧公子也是樂意的。」蘇白芷淺笑道，又從身上掏出了半塊玉珮，遞到了顧尋面前。

那半塊雙魚吊墜兒，自從第一次林氏上門之後，姚氏就執意要讓她帶著。直到前幾日，她才知道，那便是兒女訂親的信物。方才見林氏來，看她時眼神頗有躲閃，而顧尋一個公子哥兒被她勞役了半天也無怨言，她便猜到他們的來意。

是以方才她才頗不厚道地讓顧尋做了許多的事兒。反正免費的勞力難得，一個心有愧疚的勞力，更加難得，能用就用了。

「蘇姑娘一早便看穿了顧某的來意，竟是不怨？」顧尋從身上也掏出了半塊雙魚墜兒，同方才那塊倒是配成了一對，望著倒是團圓了。

「顧公子一直在蘇九左右，不就是要告訴阿九緣由嗎？」蘇白芷一攤手。「方才我一直等著顧公子開口，怎奈顧公子只埋頭做事，阿九心中著實有愧。見顧公子如此認真，又不好攔著，毀了顧公子的雅興。」

「真是難為蘇姑娘了。」顧尋咬了咬牙……

是誰說的蘇白芷賢良淑德，頗有大家風範，如今看來，就是個睚眥必報的小女子。不知不覺就讓他先贖了罪……真真是……

「好說，好說。」蘇白芷笑咪咪地望著顧尋。

「不論如何，顧某退親，是顧某的不是……」顧尋正要道歉，卻聽蘇白芷攔住，面露疑惑道：「顧公子何時結了親，我倒是不知。這玉珮，不過是娘親與姊妹的相認之物。今日顧公子尋來，我便還了顧公子罷了。至於顧公子結親之事，怕是與蘇九無關，蘇九也無意探聽顧公子的私事。」

他娘的。顧尋性子再溫吞，那也是在軍營那幫兵痞子中待過的人，這會兒是真真的想罵粗話了。這蘇白芷可真是夠厲害，一、兩句話，倒是把結親的事兒推了個乾淨。可她說的偏偏在理，這結親的事兒，只有兩家人知道，若是真真說起來，也是兩家的戲言，並無媒妁之言。

這是吃了暗虧啊、暗虧啊！顧尋眼珠子一轉，挨著蘇白芷彎下身去。

蘇白芷只覺得眼前一道陰影籠罩，強烈的壓迫感襲下，便聽到顧尋刻意壓低的聲線，如古鐘磬鳴般渾厚。「蘇九妹，韓壽那日給妳的玉珮，妳可收好了？」

蘇白芷倏然抬頭。「你……你看到了……」

那道壓迫感漸漸消失，顧尋挺直了背，笑咪咪道：「我自小便同韓壽廝混在一塊兒。縱使之後幾年不常見面，可他依然是我兄弟。那日我見他偷偷塞了塊玉珮在妳手裡，便明白他對妳的心意。這奪人所好的事兒我是斷然不會做的。」

「你說什麼，我聽不懂。」蘇白芷臉一紅，顧尋已經背過身去。

「妳我雖不能結親，可韓壽也曾同我說過，他同妳哥哥蘇明燁關係甚好，我家妹妹也甚是欣賞妳。既是如此，妳也就如我妹妹一般。將來若是有事兒，妳大可來尋我。」

「那蘇九可就卻之不恭了。只願顧大公子早日成為大將軍，也好讓蘇九攀個高枝兒。」蘇白芷福了福身，抬頭時已是滿臉笑意。

顧尋聞言，淺淺一笑，人卻是蹲下去逗弄旺財。

「聽聞十年前撫遠將軍宋良身邊也有隻戰犬名喚『旺財』，那狗十分乖巧，能知人心意，又極其敏銳。曾經還在戰中救了宋良一命。宋良死後，那狗竟也絕食，沒幾日也隨著宋良去了。如今軍營中的人，若是有貼心的犬，也好叫旺財。」

「你想太多了，我這狗叫『旺財』，只是希望自己能財源廣進罷了。」蘇白芷臉一僵，愣愣地回答道。

過得幾日，林氏不知是否因為退親之事內疚不已，每日裡便常常派人送些吃食到蘇白芷家中，又常常邀了姚氏過府，蘇白芷也常在邀請之列。

原本林氏是把蘇白芷當作媳婦兒的人選來觀察，難免帶著審慎，如今少了這層障礙，反倒是打心眼裡將她當作女兒來疼。

顧尋走後，兩家的走動更加熱絡了。

隔年秋季，有個消息卻將蘇白芷從賺錢的高漲情緒中震出了片刻。

那一日，蘇明燁難得帶著萬分激動的情緒，衝到蘇白芷的香料行裡，蘇白芷見他激動得都快說不出話來了，趕緊給他倒了杯水。

蘇明燁擺了擺手，深吸了一口氣才道：「妹妹，妳猜狀元郎是誰？」

「啊？」蘇白芷愣了愣，這才想起來，今年是皇太后五十大壽，大赦恩科（注一）。而正科，本應該是明年。所以蘇明燁這一年，幾乎是拚了老命在念書。韓壽和秦仲文走後，蘇明燁儼然成了族塾中數一數二的人，頗獲得先生歡喜。

可這狀元郎，她怎麼知道是誰？

「狀元妳認識！」蘇明燁笑著道：「大齊第一位連中三元（注二）的狀元，竟是韓壽！」

「啊，他真中了狀元？」蘇白芷愣愣問道。

「是呀！他真的中了。還是三元及第！」蘇明燁撫掌道：「今日我得知這消息，也是恍了半天神才知道，就是韓壽。妳別看他平日什麼都不在乎，什麼都不理，可他肚子裡可都是墨水。這小子，真是能耐了！」

蘇明燁樂呵呵地在那兒說著，蘇白芷的耳邊卻一直迴響著韓壽曾經說過的那句話。

「我一定會讓天下人都認得我韓壽。」

他做到了。

注一：科舉制度，每三年舉行一次的鄉試及會試稱為「正科」。若遇皇帝即位或皇室慶典，於正科外特開考試，稱為「恩科」。如恩科與正科同在一年，則改正科為恩科，正科提前一年舉行；或於次年補辦，或合併舉行，稱為「恩正併科」。

注二：凡接連在鄉試中解元，會試中會元，殿試中狀元者，謂之連中三元。

那個曾在最初被她當作登徒子，又在後來幫了她許多的人，如今不知身在何處。

撫著袖中那塊溫潤的玉珮，蘇白芷的嘴邊突然漾起一絲淺笑。「哥哥，明年此刻，若是哥哥也考中了科舉，妹妹我就將生意做到京城去。你做你的文狀元，我做我的香狀元，如何？」

「文狀元，香狀元……好！我就做我的文狀元，妳便做妳的香狀元。為了妹妹的這句話，哥哥便是拚了命，也要奪回狀元！」蘇明燁撫掌，對著蘇白芷，兩人突然就這麼傻傻地笑開了。

姚氏拎著食盒子站在門口，就看著吃吃傻笑的一雙兒女，一股暖意從心底漾開。

「小姐。」

門外有人輕敲，蘇白芷一抬頭，便見到靈哲站在門口，忙喚了他進來。他一開口，倒是哈出了一股白氣。

過了秋天，天漸漸冷了。蘇白芷特意撥了錢給店裡的夥計們一人添了兩套襖子。如今瑞昌在建州城做出了名聲，許多人眼見著蘇白芷店裡的幾個乞丐日子越過越紅，都羨慕不已。後來瑞昌生意做大了，要招夥計，倒是輪著蘇白芷要費思量去挑選。

孔方漸漸成了店裡的帳房先生，走出去都多了幾分氣勢。舉手投足間，有個帳房先生的斯文樣，唯獨一點，就是大了之後，反倒愛欺負起靈雙，總是趁著靈雙不注意時，揪她的小辮子，靈雙也不惱，被揪了，總是瞪大了眼睛看他。蘇白芷偶爾見了，只抿著唇笑。

至於靈哲，倒是學到了老劉頭的七分手藝，辨香的活兒學得不錯。店裡的活兒交給他們幾個，蘇白芷也是放心得很。

「小姐，百里香那裡今兒個又送來了二百兩銀子，說是上個月的利錢。」靈哲拿了帳本，小心地交到她手上，蘇白芷笑笑，接過來隨意翻了翻。她原本就說過，這帳的事兒，孔方管著她放心，可老劉頭不允，說是一個大掌櫃的沒這麼幹事兒的。硬是拉著她，每回有大帳目入帳，必要她親自過目。

「今兒個店裡有什麼事兒嗎？」蘇白芷輕聲問。

「大事兒倒是沒有。」靈哲應道：「就是又有幾個掌櫃的來求香。如今小姐的香賣得越來越好，若是哪個香鋪子沒有小姐的香，總是不大好。還有幾位夫人派了婢女來催前些日子跟您訂的香粉胭脂……」

「哦，那些已經製好了，待會兒你派人來取便是。至於那幾個掌櫃的香，咱們店裡有多少便賣給他們多少。他們該知道，咱們有些香料是只供給百里香的，也不打緊。」蘇白芷斟酌道，隨身又取了個錦盒，交到靈哲手裡叮囑道：「這香是新近製的祛寒暖身香，你得空親自跑一趟刺史府，交到顧小姐手上。」

「是。」靈哲接過香，見蘇白芷眉間略有疲色，忙給她斟了杯茶。「小姐，今日還要去墨坊？」

「不去墨坊，你陪我去個地方。」蘇白芷揉了揉眉心，靈哲見狀，正要開口勸蘇白芷注意休息，又怕自己逾矩，只得生生忍了下來。這才想起身上還有封從京師來的信件，連忙遞給蘇白芷。

元衡走後，倒是每過半個月就會同蘇白芷寫封信，初時總是在信裡說些童話，小小年紀寫得一手好字，蘇白芷一看信件，便能想起初次見他時，他那胖乎乎的模樣。只是近來說話越來越像大人，總是叮囑著她不要太累，蘇白芷看得總是會心一笑。

小元衡都長大了，一年多便懂事了這麼多，待她幾年後再見他，會不會就不認得他了？只是掂著這回的信件，像是厚重了許多。蘇白芷忙打開，卻是看到兩封信。

第一封，依舊是元衡的字跡。規規矩矩地寫了些問候的話兒，又說自個兒最近看了什麼書，她正奇怪元衡怎麼這麼乖巧，便見後文一轉，元衡抱怨道，最近娘親看他看得緊，讓他寫信給她時不能沒規沒矩的，又說爹爹最近不知為何，總是不大開心，回到家有時還會發脾氣。

想是前頭有人盯著，便照著八股寫。後頭袁氏許是走開了，他便毫無忌憚，最後又說，他特地請了人為他畫了畫像，省得蘇白芷將來不認得他了。

她一打開，果真見到元衡的畫像。小孩子長得快，如今元衡胖嘟嘟的臉也長開了，露出清秀的面龐，蘇白芷正嘀咕著元衡將來必定也是個禍害，卻看到那畫的落款：韓壽。

那第二封信，蘇白芷迫不及待打開了。一張白紙上，獨獨就一幅畫，畫上畫著一棵大樹，樹下有一男子，眉目間頗似韓壽。畫下一行小字：

見信如晤。今日見一樹，號楠榴，其形甚異，故與君共用。

蘇白芷見那信，也不知道韓壽想要表達什麼意思。抖抖那信件，卻有一小條子抖落地面，是元衡的字體。

「韓世兄甚是奇怪，每半月我要同妳寫信之時必至。總在我耳畔嘮叨，時而非要我加幾句話。今日更是怪異，硬是要給我畫畫像。喏，這會兒又要畫自個兒的畫像。原本還要在信中放一顆紅色的豆子，來回重撥弄了幾回，又拿回去。不就是顆豆子嗎？真是小氣得緊。香囊姊姊可千萬別告訴他是我說的，要麼他一定要生氣的。」

蘇白芷的臉，蹭一下便紅了。

紅豆生南國，春來發幾枝。願君多採擷，此物最……

相思……

楠榴之木，相思之樹。

第一次見面時，他便是斜著一雙風流的鳳眼，眼裡滿是笑意地望著她道：「蘇家妹子，妳不記得我了？」

有些人，總是面上風流。此刻她懂了，心下裡卻是再歡喜不過。

蘇白芷拿著那封信，一時竟不知道該做何表情好。一會兒羞，一會兒惱，一會兒卻是又歡喜得緊。

待要再看時，元衡的最後幾句話卻如一悶棍，打在她的頭上。

「最近總有許多奇怪的人到韓爺爺那兒去，帶著一堆姑娘的畫像。可韓世兄說了，那些姑娘再美，也沒姊姊美。娘說，韓世兄要訂親了。什麼是訂親？」

蘇白芷身上激騰的熱血一下凝固，數九寒天（注），也不能再這麼冷。

入定國公府時，她便知道自個兒大約會嫁給沈君柯，於是謹小慎微地活著，夫大過於天，沈君柯便是她的天。

最後天塌了，她死了。

她試著放開過去，放過自己……她刻意去接近韓壽，可是在她即將接觸到他時，他突然站在一個高不可攀的位置。

如今，韓壽已是狀元郎，或許，提親的隊伍早已踏破了他的門檻，她沒有這個資格——又或許……

她曾經如此慶幸她與沈君柯的山高水遠。而如今，另外一個人，也同她隔著山水，久遠到兩年見不到一面，或許，他早已心屬他人。

那一個玉珮，全然不算什麼。

蘇白芷握著手裡的玉珮，一陣悲涼。

命運同她開了個大玩笑，曾經送了一個人在她身邊，如今，祂想要收回去了。

可是她不甘啊！

蘇白芷仰頭看天：在這兒多想，不如當面問個清楚。空想有何用！

這一次，她為自己爭取一次，可好？

身上漸漸冷了。她打了個寒顫。

這才發現靈哲一直等在門外。手指輕拂過信上的那個人、那個字兒，許久，她這才仔細地收起來，珍而重之地放在自個兒的小寶箱裡上了鎖。

「靈哲，咱們走吧。」

東市上依舊是人來人往，近幾年來，大齊同南國的香料貿易往來越發頻繁，建州作為大齊最大的香料交易地也越發熱鬧。

靈哲邊走，邊想著，或許瑞昌也當開個分鋪。如今生意越做越大，不只是香料的銷售量急劇增加，香料的使用早就不限於達官顯貴、富商巨賈，普通的市井都可以看到製香、販香

注：從冬至起，每九天為「一九」，三九、四九最寒冷。數九寒天意指最寒冷的那些日子。

的作坊。

若是能一家專賣香料，另一家專賣香品，那麼，兩間店各司其職，卻互通往來，互相扶持，這生意，必定更好。

轎子停下時，他倒是愣了一愣。

「小姐，這……」

那店分明是原先的李記香料行。李福強倒臺了之後，這鋪子冷清了許久。前陣子才聽說，有人將鋪子盤了下來，他幾天前路過，還看到裡頭敲敲打打在整頓。

蘇白芷推門進去，屋子裡淡淡的一股檀香味兒。所有的物品早已按照她的想法停放妥當，一目了然。左邊便是她針對文人雅士所列的香紙筆墨；而右邊則是針對女子所製的胭脂、水粉等香品。至於其他，則是按照一般人所使用香品的習慣，分門別類放好。

她忙活了一個多月，總算有了如今這樣的成果。

「靈哲，這便是咱們瑞昌的香品鋪。那香料行，我想讓劉師傅看著，而這香品鋪，你能不能替我看著？」

大齊的文人墨客有四雅：鬥香、品茗、插花、掛畫。其中，建州文人又以對香品的熟悉度為才藝之首。他們喜以香為友，更有聖人認為，香能提升文人的境界。對於香的重視，滲透到文人生活的方方面面。

這樣的一個香品鋪子，若是普通的小二來站櫃，或許應付不了這幫苛刻的文人。可靈哲不同，他的身上自有一番文人的氣息，氣質相近，更易說服文人。

「靈哲？你可願意替我看管這鋪子？」蘇白芷微微仰著頭，眼睛裡滿滿的誠意。

「願意。」一瞬間，靈哲竟是失了神。

建元十三年秋天，瑞昌香品鋪正式開業。到冬天時，以蘇白芷的名字命名的「芷墨」也漸漸打出了名聲。

這一天，蘇白芷正同靈哲盤著店裡的存貨，便看前頭的夥計火燒火燎地跑進來。「掌櫃的，前臺來了個大客，我瞧著不太簡單。他指名要見蘇九蘇大掌櫃！」

「什麼人？」蘇白芷邊走邊問道，夥計一時半會兒也答不上來，她一走出去，便看到幾個衣著華麗的男人，臉蛋白淨得出奇，尤其是打頭的那個，臉上掛著淺笑，透著一股陰柔美。

上輩子她在定國公府雖是同宮裡人甚少來往，可宋良的身分在那兒，她打小也見過不少人。如今看到這男人，腦子裡那根弦先給繃住了。

那男人看到她，也不動，只含著笑等她走近了，方才微微欠了欠身道：「可是蘇九，蘇姑娘？」

「是的，您是？」

那男人只笑，一回身，旁邊的人便遞給他一本冊子，那男人交到蘇白芷手上。「蘇姑娘，我要這冊子上所有的香，您這兒有嗎？」

「有是有，就是可能需要些時日。」蘇白芷翻完那冊子，老實回答道。

「不打緊，半個月之內我們都會在建州。」那男人笑笑，見鋪子裡擺著試用的香墨，便徑直走到桌邊，略略研了研墨，提筆寫了幾個字，便開口稱讚。

「嗯，這墨不錯。加了珍珠、麝香、蘭花沫子，墨色色澤黑潤、堅而有光，入紙卻不暈染、舔筆不膠，難得的是，墨經過幾道工藝處理，煙燻味兒卻被處理得乾乾淨淨，墨香淡雅。」

蘇白芷走近一看，那紙上，分明地寫著：「芷蘭生於深林，不以無人而不芳。」眼前的男人，竟是認識她。

那男人只大約看了蘇白芷一眼，旁的人已是遞上了帕子，他仔仔細細地淨了手，這才對蘇白芷道：「鄙人姓趙，是打京裡來建州尋香的。若是姑娘備好了香，自有人上門來取。」

說完話，那男人便走了，倒是後面跟著的人，恭恭敬敬地上來，遞給蘇白芷一錠金子，弓著腰說道：「蘇姑娘，這是訂金，您收好。」

若是按照冊子上香的數量，這一錠金子倒也是不多。那人遞給她金子之時，卻往她手裡又塞了張紙條。等眾人走遠了，蘇白芷方才打開，字條上是韓壽的字跡。

「好生對待。」

方才她靠近那男人，便從他身上聞到一股熟悉的香味，大體是長期從事製香、合香工作的人，身上才會有這樣的味道。她便隱約猜到了那男人的身分，這會兒，韓壽又給她字條特意點醒，她越發肯定，此人必定是出自宮裡，或許，出自御香局也說不定。

早就聽聞，御香局的人隔幾年便會往全國各地蒐集奇香、異香，如今竟是徑直來了瑞昌，想這其中，定是有林信生或者韓壽的功勞。

她這一想，越發怠慢不得，連忙讓人備置了許多原料。

直到空閒下來，她再看韓壽那些字跡，不由得出了神：不論他在多遠，他始終惦念著她的事情。

從前他在她身邊，總是護著她、守著她。

如今他遠在益州，仍舊將她的事情，安排得妥妥當當。

似乎，凡事有他，她便有了依靠。

想念，猝不及防地來了，卻根深柢固地不肯走。

韓壽啊……你這個登徒子，什麼時候，就這麼悄無聲息地滲入到我的人生中？

蘇白芷默默想著，指尖觸過韓壽的字跡，嘴角早已控制不住地上揚。

這一日到家時，卻是又添了堵。

自從家境好了許多之後，她便為家裡買了幾個丫鬟、婆子伺候著姚氏。她方才走進門，便聽到家裡的婆子低聲說，二房的大少奶奶來家裡了。

她聽到，先是皺了眉。

年初時，蘇明燦果真如她所料，帶著顧玉婉走了沒多遠，在鄰縣就被刺史家的人尋著了，沒多久，二人便成了親。

原本成親之前的事兒也不大光彩，顧玉婉想是進了門之後，沒少受李氏的氣，可她的性子卻是綿裡藏針，李氏也討不得半分便宜。

照說顧玉婉同蘇白雨也算是閨中密友，怎奈成了姑嫂之後，反倒關係變得惡劣。

也不知道腦子抽了哪根筋，顧玉婉倒是愛往她家跑，有事沒事，還會去香品店裡坐坐，面上裝得好像跟蘇白芷是親姊妹似的。

蘇白芷不冷不熱地待著，她倒是黏上了姚氏。

她皺著眉走沒多遠，便看到顧玉婉拉著姚氏的手，一把鼻涕一把淚地在哭訴，姚氏只顧遞帕子，臉上也不知是尷尬還是不知所措。

「嬸娘，您是知道的，平日裡，我也不同小姑子說些什麼。我們從前要好得緊，有什麼事兒我都同她說。可她如今倒好，我怎麼說都是她的兄嫂，可她卻指著我的鼻子說我……她說我……」

顧玉婉捏了帕子只知道拭著眼角，時而哽咽上兩句，姚氏只知道反反覆覆地說：「都是一家人，哪裡有隔夜仇。有話怎麼不能好好說……」

「我拚了自己的名聲嫁到蘇家，原本想著自個兒嫁了個好夫君，可如今，夫君的功名也不要了。成親之後，他接手了個香料鋪子，可如今整日人也不在鋪子裡，我連人都找不著。我跟婆婆說，可婆婆也不站我這邊，直說男人總要應酬。哪裡有這麼應酬的，連續幾天都不在家。」原本都止住了哭聲，這會兒倒是哭得更大聲了。

「嬸娘，若是將來分了家，我可只靠這香料鋪子過活了。您不知道，當初我嫁進蘇家，那些個陪嫁如今倒是被夫君都拿去應酬了，若是這香料鋪子的生意再上不去，我可……我可如何是好……」

蘇白芷聽了一會兒，心裡不由得冷笑。蘇明燦如今是吃喝嫖賭樣樣精通，若是一個不順，便說是顧玉婉當日勾引他，害得他如今被妻室所累，心散了，方才考不得功名。

這會兒看顧玉婉能哭，可在那頭卻是整日鬧，鬧不過便裝作弱勢的模樣。

如今在這兒博同情，不過是為了香料鋪子。說到底，也不過是個可憐的女人。

「這……我也知道妳不容易。可香料的事兒，嬸娘當真不懂。咱們都是婦道人家，能做好相夫教子的本分就好。」姚氏只當聽不懂她的話，安慰道。

蘇白芷鬆了口氣，總算，姚氏過了這幾年，這些場面話倒是能應付過去了。

她推門進去，正好顧玉婉說到：「哪裡，您看九妹妹多有本事，香料行、香品鋪子開得風生水起。若是九妹妹肯為了我們專供一種香品，我們的香料行也能好些……」

那話就卡在那兒，顧玉婉忙站起身來道：「喲，九妹妹回來了。」

「堂嫂今日怎麼有空來？」蘇白芷淡淡道，姚氏見她嘴唇有些青紫，想是受了寒，連忙拉過她的手捧在手心為她呵氣，直看得顧玉婉羨慕不已。

「九妹妹可真是好福氣，嬸娘如此疼著妳，又有個才華橫溢的哥哥。若是將來明燁得了功名，九妹妹更能尋個好夫家。」

「堂嫂又說玩笑話。婚姻之事，我只憑母親作主，此外我是斷斷不敢多想的。」蘇白芷垂下眼眸，不鹹不淡地說道。

顧玉婉一句話被噎在喉嚨口，一雙手絞著帕子，恨不得將帕子絞碎了。

誰也想不到，今日她顧玉婉會落到這般田地。

當日她分明看中了蘇明燁，林子中所有的人，她一眼就看中了長身玉立的蘇明燁，那時候她還不知道他是誰，可偏偏，她就相中了他。

蘇白雨說，蘇明燁無權無勢，毫無背景。她衡量之下，才決定轉而投向蘇明燦。

誰能想到，短短時日，蘇家的鋪子開了一家又一家，而蘇明燁的學識才智在建州城，越發出名。

建州第一才子……蘇明燁。

比起浪蕩子蘇明燦，即便是無權無勢又如何。

一子錯，滿盤皆落索。

她就是在錯了之後，才懂得後悔。

如今千般不順意，卻是自己當日一手造成。可她不服！眼前的女子，哪裡比她好？她恨！

如今忍氣吞聲，總有一日能借著蘇白芷的東風，重新揚眉吐氣。

深呼吸一口氣，顧玉婉又恢復了方才溫柔嫻雅的模樣，輕聲笑道：「瞧嫂子這張嘴！嫂子也是當九妹妹是自己的親妹妹，才會說些沒遮沒攔的體己話。九妹妹別放心上。」

「堂嫂說哪裡的話。倒是最近不大見堂嫂回娘家，雲兒總跟我說，堂嫂新嫁，也不知過得如何？」

親妹妹？正經的親妹妹不去交流，把我當親妹妹幹麼……您這樣的親姊姊，我不太能伺候得起。

蘇白芷不著聲色地岔開話題，顧玉婉臉上又是一僵，思及每次回娘家，親娘唉聲嘆氣，夫人又冷嘲熱諷，就連那個沒脾氣的顧雲見著她，也是一臉憐惜的模樣，便氣不打一處來。

「還不就這樣。」顧玉婉低頭喝了口茶，潤了嗓子。

見蘇白芷和姚氏興致缺缺，自個兒又受了一肚子氣，索性起身離開。

姚氏這才鬆了口氣，扶著蘇白芷說：「妳這堂嫂每回來，我都得挑著話說，總是繞著繞著就把人的話給套出去了。」

蘇白芷淡淡一笑。「怎麼，她又找娘親要方子了？」

「可不是。一進門便拿著那香，一會兒說這香料可真好，不知加了什麼；一會兒又說這香與別家不同，不知是什麼方子。我哪裡懂這些，全給推回去了。」姚氏揉著太陽穴，一臉苦惱。

「下回來，娘就說身體不適，讓她進不得門來不就得了。」

「三回我倒用上兩回這個藉口，用多了總歸不好。」姚氏嘆道：「妳說她同顧雲是一個爹生的，在一個家裡住著，怎麼性子差這麼多？」

「一樣米養百樣人嘛！」蘇白芷替姚氏有一下沒一下地捶著背。

「今兒個倒是從妳堂嫂這兒得了個消息。」姚氏道。「也是她方才不小心說漏了嘴，我倒是有心記住了。」

姚氏斂了精神，讓蘇白芷坐下才道：「妳堂嫂說，前幾天從族長那兒得來的消息，說是京裡來了人挑專供御香的鋪子。她這麼一說，我倒是想起來。從前建州也是有選過御香坊的。一般是御香局的人來，先是暗訪，定了那香品鋪子的真實底子，確認了參選的資格，方才往上報，若是能選中御香坊，那才是光宗耀祖的事兒！」

「御香坊？那不是……」「十里香風」四個字差點衝口而出，蘇白芷生生忍住，一時間，卻是心跳不止。

所謂御香坊，雖說是四年一選，每年御香局的人都會在全國各地找有實力的鋪子參選，可十二年來，御香坊的牌子一直掛在十里香風，動搖不得。

一來，定國公的地位在那兒，誰不給他面子？

二來，十里香風的製香師傅確實了得，調得一手好香。

於是每年御香坊的參選倒像是個走過場，選是選的，最後中選的，卻只十里香風一家。

思及日間來店裡的人，她心緒突然如明鏡一般亮堂。

沈君柯，若是要以財力絆倒他，或許窮她一生之力都未能達成。可若是這樣光明正大地參選，哪怕只有一分的勝算她也要拚一把！

「此後各自婚嫁，永無爭執。」那休書上的幾個字猶如烙印一般，刻在腦海中。

蘇白芷突然想要仰天長嘯。

沈郎啊沈郎，就算我已不再是宋景秋，可該拿回的，我一樣不會少拿。

你自有你的美嬌娘……可我真想看看，倘若十里香風倒了，那內裡早已空虛的定國公府，是否還能如往日那般風光？

而你，是否依然如從前，驕傲地將每個人都視如草芥，踩在腳底？

山水有相逢，如今，是否是我蘇白芷贏回這口氣的時候？

——未完，待續，請看文創風115《棄婦當嫁》下

肥妃不好惹 棠茉兒㊟

全套三冊

穿越便罷，偏偏這王妃不僅沒人緣，還肥得令她震怒！
這會兒她既要忙著減肥，還得應付那些想害她的瘸腳妃妾們，
最衰的是，她根本不愛王爺夫君啊！嗚～～想想她也太冤了吧……

文創風 089 

有這副肥到走幾步路就喘的身子，
她還能成啥事啊？
別說王爺夫君厭惡她、
整個王府中沒人將她這王妃放在眼裡，
就連她自個兒攬鏡自照，
都很想一把掐死自己算了！

文創風 090 

蛤？林側妃吃了她代人轉交的糕點後，
就中毒暈死過去了？
呿，這簡直是笑話！
她若要下毒，
會親自出馬讓人有機會指證嗎？
這種搬不上檯面的小兒科手段，
根本是在侮辱她若靈萱的智慧嘛！

文創風 091 

若靈萱沒想到自個兒瘦下來、臉上的紅疤又治好後會美成這樣！
這下可好，不僅夫婿看她的眼神愈來愈曖昧兼複雜，
就連小叔對她的愛意也是愈來愈藏不住，害她一時左右為難啊～～

匠心獨具、妙筆生花／七星盟主

重生／宅門／言情／婚姻經營之雋永佳作！

庶女出頭天

全套五冊

人善可欺，天真與單純必須留在過去；
重生一回，計謀及陷阱都是為了自保。
這次，她要昂首闊步，走出屬於自己的另一片天！

文創風 109 **1**

若說她司徒錦真有什麼不可饒恕之處，就是身為庶女，
不僅不得父親喜愛，嫡母、姊妹更以欺負她為樂，
最後甚至落得遭砍頭處刑，連母親都因心碎而死在自己身邊！
她含冤受辱，走得不明不白，如何能甘心?!
幸而老天垂憐，給了她一次重生的機會，讓她能再返人間……

文創風 110 **2**

她司徒錦是招誰惹誰，為何重生了一回，命運依舊如此多舛?!
好在她頭腦冷靜、聰慧過人，不但逃出重重陷阱，
更將計就計、反將一軍，不但給足了教訓，
還讓那些惡人一個個啞巴吃黃連，有苦說不出，只能自認倒楣！
只不過，她的十八般武藝，在他面前全成了空氣，
他非但無視她的抗拒跟退縮，甚至得寸進尺，藉機吻了她！

文創風 111 **3**

原以為成親後能稍微喘口氣，享受片刻寧靜，
沒想到這王府裡除了有瞧不起自己的王妃婆婆，
還有備受王爺公公寵愛的勢利眼側妃、專門找碴的小姑跟大伯，
更過分的是，竟然住了個對夫君用情專一的小師妹！
天啊，難道她的考驗現在才正式開始?!

文創風 112 **4**

好不容易處理完這一團爛帳，也坐穩了當家的位置，
皇位爭奪之戰卻一觸即發，不僅王爺失蹤，世子也不知去向。
就在全府上下人心浮動之際，皇后竟下了道懿旨宣她進宮，
太子甚至親自來迎接她——這葫蘆裡賣的是什麼藥，
著實讓人丈二金剛摸不著頭腦……

文創風 113 **5** 完

當司徒錦準備迎接新生命到來時，卻傳來太師爹爹暴斃的消息，
母親也忽然病重，弟弟則是身體有恙。
看樣子，那些幕後黑手還不死心！這群傻瓜怎麼就是不懂，
跟她作對，就是跟她親愛的相公為敵，
膽敢打擾他們幸福過日子，挑戰冷情閻王隱世子的底限，
後果請自行負責！

機關算盡、局中有局之絕妙好手／玉井香

任何磨難，凡是殺不死她的，
終將化作她的養分，令她變得更強，
她就像懸崖上的花，牢牢抓著岩間的縫隙，
什麼風吹雨打都無法令她低頭！

豪門守灶女 全套七冊

文創風 102 1

她焦清蕙是名滿京城的守灶女，也只有良國公府的二子權神醫配得上她了，
所謂生死人而肉白骨，這個權仲白是名滿天下的神醫，連皇帝后妃都離不開他，
偏偏他超然世外、不爭世子位的態度，與她未來要走的爭權大道不同，
看來想扳倒權家大房之前，她得先收服了二房這個不成器的夫君才行吶……

文創風 103 2

這輩子她焦清蕙沒嚐過第二的滋味，到死她都是第一。
不過，人都死了，就算生前是第一又有什麼用？
這輩子她也就輸這麼一次，甚至連死都不知道是怎麼死的！
她不想再死一回，所以重生後就得好好活，活得好，並揪出凶手來！

文創風 104 3

權仲白這個人實在是有趣得緊哪，講話直來直往又任憑自己的意思而活，
焦清蕙承認，一開始自個兒的確是小瞧了他，以為他好拿捏得很，
但仔細想想，能在詭譎多變的皇宮中自由來去多年又深得君臣后妃看重，
他，又怎麼可能會是個頭腦簡單、不懂揣度人心的平凡人物呢？

文創風 105 4

焦清蕙不得不說，大嫂林氏這個人也確實算得上是個對手了，
若非天意弄人，始終生不出一兒半女來，世子位早非大房莫屬，
也因此自己一進門，林氏就急了，暗中使了不少絆子，甚至還給摸出喜脈了！
成親多年都未能有孕，二房剛娶妻就懷上了胎兒？這也太巧了吧？莫非……

文創風 106 5

焦清蕙的體質與桃花相剋，才食用攙有丁點桃花露的羊肉湯竟險些喪命！
而出事前便知道她與桃花相剋的權家人只有四個：兩個小姑、大嫂、老四。
兩個小姑就不用說了，老四早在她懷孕時便知相剋一事，要害早害了，
如此推算下來，所有的矛頭便指向了剩下的那個人——大嫂林氏！

文創風 107 6

該怎麼品評權家老四權季青這個人呢？焦清蕙一時還真有些沒底。
初時，她只覺得他是個想在大房和二房間兩邊討好之人，
但相處過後，她卻漸漸發現他不若表面上的良善無害，
相反地，他狼子獸心，竟存著弒兄奪嫂，想將她占為己有之心！

文創風 108 7 完 隨書附贈：繁體版獨家番外二篇，首度曝光！

懷璧其罪，焦清蕙手中的票號分股引來了有心人的覬覦，天家便是其一。
皇帝想方設法要吞了票號，又怕吃相太過難看，於是變著法從她這邊下手，
她一方面得跟皇帝斡旋，一方面還得追查當年想殺害她的幕後黑手，
沒想到這一抽絲剝繭，竟發現權家藏著一個連權仲白都不知道的驚人秘密……

她年紀雖輕，卻也非省油的燈！招招精彩的權謀比拚，盡在《豪門守灶女》中！

國家圖書館出版品預行編目資料

棄婦當嫁 / 魚音繞樑著. --
初版. -- 臺北市 : 狗屋, 2013.09
冊 ; 公分. --（文創風）
ISBN 978-986-328-134-4（上冊：平裝）. --

857.7　　102016271

著作者	魚音繞樑
編輯	黃暄尹
校對	黃鈺菁　黃亭蓁
發行所	狗屋出版社有限公司
地址	台北市104中山區龍江路71巷15號1樓
電話	02-2776-5889～0
發行字號	局版台業字845號
法律顧問	蕭雄淋律師
總經銷	知遠文化事業有限公司
電話	02-2664-8800
初版	102年9月
國際書碼	ISBN-13　978-986-328-134-4
原著書名	《重生之弃妇当嫁》，由晉江文學城（www.jjwxc.net）授權出版

定價250元

狗屋劃撥帳號：19001626

網址：love.doghouse.com.tw　E-mail：love@doghouse.com.tw